疾人之愛
EX-LIBRIS
©DEETEN PUBLISHING

痴人之愛

谷崎 潤一郎

笛藤出版

ナオミ

沒想到妳竟然會變成這麼符合我理想的女性，我真的太幸運了，
我一定會一輩子疼妳，絕不會像這世上有些夫妻一樣始亂終棄，絕不會虧待妳，
妳可以認為我就是為妳而生。

一、

以下我所要敍述的是我們夫妻之間的交往過程，我將盡可能誠實坦率地、如實地描寫下來。其內容很可能是世上找不到的特殊關係，這份紀錄對我本身而言是個無法忘懷的珍貴紀錄，同時我認為對各位讀者而言，這份紀錄想必也能成為某種層面的參考資料。特別是最近的情勢是日本逐漸在國際間打開知名度，本國人和外國人之間往來頻繁，各種主張和思想不斷湧入；不僅男性，連女性的生活模式也逐漸西化，我認為像我們這樣的夫妻關係也會漸漸出現。

仔細想想，我們夫妻從邂逅開始就不尋常，第一次見到我現在的妻子約莫是在八年前，雖然不記得確切是幾月幾日，不過反正那時她是在淺草雷門附近一家叫做「咖啡鑽石」的店裡當服務生，那時她虛歲才十五歲，想當然爾我認識她時，她才剛到這家咖啡店工作。真的是個新手，所以還不是個能獨當一面的服務生，只能算是個見習生——嗯，勉強只稱得上是個培訓中的服務生。

說到為什麼當時二十八歲的我會注意到這個孩子呢？我自己也不是很清楚，不過大概是我一開始就被這個孩子的名字吸引了吧，大家都叫她「小直」，有次我問了她，她說她本名是奈緒美[1]。「奈緒美」這個名字引起我的好奇心，這名字真的很美，寫成ＮＡＯＭＩ的話，就很像洋人。從有這想法開始，那之後我就逐漸注意起她。非常不可思議的是，將名字西化後，連她的臉蛋及言行舉止看起來都很像洋人，看起來也很伶俐，並開始覺得「這個人待在這裡當服務生太可惜了」。

實際上ＮＡＯＭＩ的臉蛋（我先說明，接下來我都會用羅馬拼音寫她的名字，總覺得不這麼寫，無法表現出我的心情），有點像女演員瑪麗．皮克福德，確實是像洋人，不過絕不是因為我偏愛她才這麼覺得，成為我妻子之後，現在也還有很多人這麼說她，所以這絕對是事實。而且不只是臉蛋，看了她的裸體後會發現那身材更是洋人的曲線，當然這是之後才發現，那時的我還沒知道那麼多，只是朦朧地從她的穿著想像出身材大概是什麼樣子，看來手腳應該也很勻稱吧。

至於十五六歲的少女心思究竟是如何，如果沒有母親或親姊妹，是非常難以了解的。所以若說到在咖啡廳工作的ＮＡＯＭＩ的性格是怎樣，我也無法很清楚地回答，恐怕那時ＮＡＯＭＩ自己也只是認真地面對眼前的所有事情而已吧，不過若從旁人眼光來說的話，她看起來充其量只是個陰鬱安靜的孩子。臉色稍顯蒼白，打比方來說的話就像是幾片透明無色的玻璃片疊起來呈現出的暗沉色澤，看起來並不健康，之所以看起來像這樣的原因之一是她才剛來這裡工作不久，所以不像其他服務生會化妝，也和客人或同事不熟，只是默默地在角落忙碌地工作。我之所以覺得她很伶俐，或許也是因為這個關係吧。

在此我必須先說明一下自己的經歷，我當時是一個月薪一百五十塊錢的某電器公司技師。我出生於栃木縣的宇都宮，從本地的中學畢業後就到東京來，進入藏前的高等工業學校就讀，畢業後馬上就開始當技師。除了星期日之外，每天在芝口的租屋處和大井町的公司之間往返。

因為我是一個人租房間住，所以每個月一百五十塊的薪資對我而言生活起來非常寬裕。此外，我雖然是長男，不過也不需要寄錢給鄉下的父母親或兄弟姊妹，因為我老家經營大規模的農作事業，雖然父親已不在世，不過年老的母親和忠誠的叔叔夫妻會打理好所有事，讓我非常地自由。再說我也沒有什麼特別的娛樂，就只是個標準的上班族——亦即簡樸、認真、不走偏門、平庸、每天不發牢騷不抱怨地工作著，當時的我大概就是這樣吧。甚至在公司裡的風評是只要說到「河合讓治先生」，就是個「君子」。

1　奈緒美的日文讀音為NAOMI。

因此說到我的娛樂，就是傍晚去看電影，或是在銀座街道上散步，偶爾大手筆地去帝國劇場看表演，頂多就是這樣而已。當然我身為尚未結婚的青年，自然不討厭和女性接觸，可是我只是個在鄉下長大的粗俗人，所以不擅長與人交際，因此從沒和異性交往過，嗯，或許也是因為這樣，我才有個「君子」形象吧。但我只是表面是個君子，內心可是毫不懈怠，走在路上或是每天早上搭電車時都不忘觀察女性，也正是在那樣的時期裡，ＮＡＯＭＩ這位女性偶然地出現在我的眼前。

不過我那時並非認為世上沒有比ＮＡＯＭＩ更美的人，在電車裡、帝國劇場的走廊上、銀座街頭等地方擦身而過的小姐們當中，想當然爾有很多比ＮＡＯＭＩ更美的人。ＮＡＯＭＩ的姿色會變如何是未來的事，十五歲左右的小姑娘未來可期，卻也令人擔心，所以我一剛開始的計畫就是先收養她來照顧，如果她看起來好像有未來性的話，就好好地培養她，娶她為妻也沒關係——那時差不多是這種程度的想法。就某方面而言是同情她，不過另一方面也是因為我個人每天過著太過平凡且單調的日子，想要為自己的生活加入一點變化。老實說，我已厭倦這幾年的租屋生活，我想替這煞風景的生活添加一點色彩及溫度。為此我想有一個自己的家，小一點也沒關係，然後可以裝飾房間或種種花草、在採光充足的陽台掛個鳥籠，找個女傭來煮飯和清潔打掃。而且如果ＮＡＯＭＩ願意來做的話，她不但可以當女傭，也可以擔任小鳥的角色，這是我那時的打算。

如果是這樣，那為什麼不乾脆就娶個好人家的姑娘當妻子，組個正式的家庭就好了？——簡而言之，就是因為我還沒有結婚的勇氣。關於這點我不得不說明清楚一點，本來我就是一個遵循常規做事的人，討厭突發奇想的事，而且也無法做出那樣的事。但很不可思議的是，對於結婚這件事，我有著很前衛洋派的想法。

說到「結婚」，世間人們大多會將它搞成一件很按部就班、重儀式的事。首先要有位介紹人，暗中打聽雙方的想法，接下來是「相親」，之後若雙方都同意的話，就找個人當媒人，雙方交換聘禮，看是大聘還是小聘，然後把新娘的行李搬到婆家，之後出嫁、蜜月旅行、歸寧……，要遵循這些極為麻煩的步驟，我很討厭這類的事情。如果要結婚的話，我想採取更簡單自由的形式。

那時，若我真的有心要結婚的話，應該有很多候補的人在排隊吧。雖然我是個鄉下人，不過我體格壯碩、品行端正，這麼說或許有點可笑，不過我長得不差，也有正當工作，任誰都會很樂意嫁來照顧我吧，不過實際上我不喜歡「被照顧」，所以沒辦法那樣。不管多漂亮的人，只見過一、兩次面，也無法瞭解對方的脾氣和性格，大概就只是覺得「嗯，那樣也不錯」、「還算漂亮」，靠這種一時的想法就決定要和這個伴侶過一生，我沒辦法做這種愚蠢的事。再想想，我先收ＮＡＯＭＩ這樣的少女為養女，靜靜地看著她成長，如果喜歡她的話就娶她為妻，這種方法是最好的。本來我就沒想娶資產家的千金或是受過良好教育的女性，所以能這樣就足夠了。

不只這樣，讓一個少女當朋友，朝夕觀察她的發育，開朗愉快地、也就是抱著玩玩的心情和她住在同一個屋簷下，和組成正式的家庭不一樣，這讓我覺得特別有興趣。也就是說我和ＮＡＯＭＩ就像隨意地在玩扮家家酒，不帶「組織家庭」這種麻煩至極的含意，而是過著悠閒的簡單生活，這就是我的期望。實際上現今日本「家庭」的內部擺設中，衣櫃、長火盆、坐墊等東西都必須放在它們該在的地方，主人和妻子、女傭的工作分得很清楚，還要麻煩地和鄰居與親戚打交道，為了做這些事要花多餘的費用，明明簡單就能解決的事卻搞得很麻煩又拘束，對年輕的上班族而言絕不是件愉快的事，也沒有任何好處。就這點來看的話，我確信我的計畫的確是個好主意。

我對ＮＡＯＭＩ提起這個話題是在認識她的兩個月之後。那期間，我只要一有空就會去「鑽石咖啡廳」，盡可能製造和她相處的機會。因為ＮＡＯＭＩ非常喜歡看電影，所以休假時會和我一起去公園的電影院看電影，看完會去西式料理餐廳或蕎麥麵店吃完東西再回家。沉默寡言的她在這些時候話也不多，不知道她是開心還是無聊，總是板著一張臉。但我邀她出門時，她也絕對不會說「不要」，而是直接說「嗯，去也可以」不管去哪她都會跟著去。

雖說我不知道她到底認為我是個怎麼樣的人，還有她是抱著什麼心情和我出去，不過我想她可能就真的還只是個孩子，所以沒有懷疑「男人」這個人物，她可能只是單純且無邪地覺得「因為這個『大叔』會帶我去看我喜歡的電影，有時候還會請我吃飯，所以我就跟他一起去玩吧」，而我也是只將她視為一個孩子，當她溫柔親切的「大叔」，沒有對當時的她抱有更多期待，也沒做出逾矩的行為。現在回想起那時淡淡的如夢境般的時光，感覺好像是住在童話世界般，現在我還會忍不住想要再次回到那天真無邪的兩人世界。

「NAOMI，怎麼樣？看得清楚嗎？」

在電影院客滿沒空位時，我們只能站在後面，此時我常這樣問她。她就會回答：

「不，我完全看不到啊。」邊說著她會努力踮起腳尖，設法從前方兩個客人的頭之間望出去。

「這樣也看不到啦，妳坐到這塊木頭上，抓住我肩膀看看。」

我說著就將她從下往上推，讓她坐在較高處扶手的橫木上，她雙腳踢呀踢地，邊用單手扶著我的肩膀，滿足地屏息看著電影。

「有趣嗎？」我問。

她也只說：「很有趣。」

雖然她不會開心到拍手或是雀躍到跳起來，不過她那像聰明的小狗細聽著遠方傳來的聲音般，靜靜地睜大聰慧雙眼認真觀賞的神色，讓人感覺到她是真的很喜歡那些電影。

「NAOMI，妳肚子不餓嗎？」雖然在我這麼問時，她有時也會說「不，我沒有想吃東西」不過當她肚子餓時，通常也會直接說「我餓了」當她想吃西式料理就會說想吃西式料理，想吃蕎麥麵就會說想吃蕎麥麵，都會明確地回答我問的問題。

二、

「ＮＡＯＭＩ，妳長得很像瑪麗·皮克福德呢。」不記得是哪天，剛好看完那位女演員演的電影後，我們去某家西式料理店吃飯的夜晚，我對她提起這個話題。

「是嗎？」她沒露出高興的表情，只是疑惑地看著突然說出這句話的我。

「妳不這麼覺得嗎？」我再次問。

「我是不知道像不像，不過大家都說我長得很像混血兒。」她一副應付似地回答了。

「那是一定的啊，首先妳的名字就很特別，ＮＡＯＭＩ這個洋化的名字是誰取的？」

「我不知道是誰取的。」

「是爸爸或媽媽吧——」

「是誰啊——」

「那妳父親是做什麼生意的嗎？」

「我父親已經不在了。」

「妳母親呢？」

「我母親是還在啦——」

「那兄弟姊妹呢？」

「有很多，哥哥、姊姊、妹妹——」

之後有時也會出現這類的話題，不過每次她被問到自己家裡的事時，都露出不是很高興的表情，也回答得不清不楚。還有，我們約出去玩時大概都是前一天才約，在固定的時間約在公園長椅上、或是約在觀音寺前碰面，她絕不會遲到或爽約。有時我因為有事而遲到，想著「她應該等不下去已經回家了吧」，去到一看，她還端正地在那裡等著。在看到我的身影後，突然地站起來往我這裡走過來。

「抱歉，NAOMI，妳等很久了吧。」我說。

「嗯，等很久了。」她也只這麼回答，既沒露出不滿意的樣子，也沒有生氣。有次我們約在長椅碰面，突然下起雨來，我在過去的路上邊想著她怎麼辦，到的時候看到她蹲在池塘邊一個小祠堂的屋簷下，還是乖乖地在那裡等著，我覺得她真的太惹人憐愛了。

說到她的穿著，大概是接收姊姊的衣服，她總穿著有點舊的銘仙綢衣服，繫著平紋友禪綢的腰帶，頭髮也梳成日本傳統的裂桃式頂髻，上層薄薄的粉底，而且她總是穿著剛好包住她小腳且很好看的白色足袋[1]，因此當我問她是只有休假日才會梳日本傳統髮型嗎，她也只是說：「因為我們家就是這麼做。」依然不給個詳細的說明。

「今天已經很晚了，我送妳到家門前吧。」

我好幾次都這麼說。

1　穿和服時穿的襪子，拇趾和其他四趾分開的設計。

「不用了，就在這附近，我一個人回去就好了。」她說。只要一到花屋敷[2]，她一定會說「再見」後就往千束町的小巷裡趴搭趴搭地跑進去。

沒錯——雖然關於那時候的事情不需要囉哩囉嗦地敍述，不過有一回我稍微打破隔閡，和她好好地說話。

那是個微暖四月底的某個黃昏，正淅瀝淅瀝下著春雨，那天剛好咖啡廳沒什麼客人，非常安靜，所以我就長時間佔據了一張桌子，慢慢喝著酒——這麼說可能會被認為我很愛喝酒，可是其實我是個酒量很差的人，只是為了打發時間，請店家幫我準備女生喝的那種甜雞尾酒，一小口一小口含著啜飲著而已。此時她端著料理過來。

「NAOMI，妳來這裡坐一下。」我藉著微醺的酒意說。

「什麼事？」

NAOMI溫順地在我旁邊坐下，我從口袋裡拿出敷島牌香菸，她馬上拿起火柴幫我點菸。

「嗯，在這裡聊一下沒問題吧？——今晚看來沒那麼忙啊。」

「好，這種情況不常有。」

「平常都那麼忙嗎？」

「很忙啊，從早到晚——忙到連看書的時間都沒有。」

「那妳喜歡看書嗎？」

「嗯，我喜歡。」

「妳都看些什麼書？」

「我看各種雜誌，只要是讀物，我都看。」

「真不簡單啊，如果妳那麼喜歡看書，怎麼不去念女校？」

我故意這麼說，邊觀察NAOMI的神色，不知道是不是激怒她了，她傲氣地把視線轉向另一個方向注視著，眼裡明顯浮現出悲傷、鬱鬱寡歡的神色。

2

淺草的某家遊樂場。

「怎麼樣？NAOMI，說真的妳有想要念書嗎？如果有的話，我可以幫助妳讓妳去學習喔。」

即便我這樣說，她還是沉默不語，然後我用安慰的口吻說：

「欸？NAOMI，不要不說話，說點什麼話啊，妳想要做什麼呢？有想要學什麼嗎？」

「我…想要學英文。」

「嗯，英文，還有呢？——只有這個嗎？」

「還有也想學音樂。」

「那麼，我幫妳付學費，妳去學吧。」

「可是現在要去上學已經太遲了，我已經十五歲了。」

「妳在說什麼呀，和男生不同、女生十五歲還不算晚，還是說如果妳只想學英文和音樂的話，也不用去上學，請家教就可以了，怎麼樣？妳是認真想要學嗎？」

「是認真想要學——那您真的願意出錢讓我學嗎？」

NAOMI說著突然認真地看著我的眼睛。

「是啊，是真的，可是NAOMI啊，如果要這樣的話，妳一直在這工作也不是辦法，這樣沒關係嗎？如果妳覺得不工作也沒關係的話，我可以領養妳照顧妳……然後負擔起責任，把妳培養成一個出色的女性。」

「嗯，好啊，如果您願意照顧我的話。」

她當下完全沒猶豫地明確回答，這讓我不由得多少感到驚訝。

「那妳要辭掉工作嗎？」

「嗯，我會辭掉工作。」

「可是NAOMI，妳覺得這樣可以，可是妳母親和哥哥會怎麼說，妳不用問家人的意見嗎？」

「家人的意見，不用問他們也沒問題，他們沒人會說什麼。」

雖然她嘴裡這麼說，但實際上明顯看起來非常在意。這是她一直以來的習慣，她不想讓我知道家裡的事，故意表現出沒什麼事的樣子。我也覺得既然她那麼不想讓我知道，我也不用勉強問出來。不過為了實現她的願望，再怎麼樣也還是一定要去她家拜訪一次，跟她母親與哥哥仔細談談才好吧。我們兩個之後不斷進行這話題時，我好幾次都順勢跟她說：「讓我和妳家人見個一面吧。」

她很意外地並不高興，只固定地回答：「不用了啦，您不用跟他們見面，我自己跟他們說就好了。」

在此，我不需要為了現在成為我妻子的她、為了「河合夫人」的名譽強惹她不高興地去仔細調查當時ＮＡＯＭＩ的身世和來歷，就盡量不去觸碰這個話題了，反正之後也自然就會知道，即使不是這樣，只要想到她家就在千束町，十五歲就到咖啡廳工作，還有絕對不給別人知道她家住處，任誰都大概想像得出她是出生於什麼樣的家庭吧。不，不只這樣，最終我還是說服了她，而去跟她母親與哥哥見面，他們似乎不是很在意自己的女兒或妹妹的貞操問題。我跟他們談的是我認為既然她本人對學習有興趣，讓她長期在那樣的地方工作有點可惜，如果他們不介意的話，請他們把她交給我如何，反正我自己也沒辦法做好所有事，剛好想要找一個女傭，她只要幫我煮飯和做些清掃的工作，在做家事的空檔，我會讓她受教育。當然我在商量時，也明白地和他們說我的環境以及我還是單身的事，他們也只是說：「如果您能為她這麼做，對她本人而言也是件幸福的事……」就僅是這種毫無生氣的寒暄，完全就像ＮＡＯＭＩ說的，沒必要特別見面。

我那時深切感受到這世上還是有些沒什麼責任心的父母和兄長啊，這讓我不由得地更憐憫起ＮＡＯＭＩ，替她感到悲傷。根據她母親所言，他們正苦於要怎麼安排她的出路，「老實說本來是要讓這個孩子去當藝妓的，可是她本人沒有意願，但也不能讓她無所事事，無可奈何之下只好讓她去咖啡廳工作。」她這般敘述後，表示所以無論是誰，只要有人願意領養她使之成人的話，他們都會放下心中一塊石頭。啊，原來如此，難怪她不喜歡待在家裡，休假日也都在外晃蕩，去看電影，聽到這樣的內情，終於解開我心中的謎團了。

不過，ＮＡＯＭＩ那樣的家庭狀況對她或對我而言都反而更便於行事，所以一旦決定下來，她就馬上辭掉咖啡廳的工作，每天和我在路上逛逛，尋找合適的租屋處。因為我上班的地方是大井町，所以盡可能想找方便到那裡的地方，因此星期日就一早約在新橋車站會合，其他天就在下班後約在大井町。主要從蒲田和大森、品川、目黑這些外圍地方開始，找到市中心的高輪和田町、三田，回程就找個地方一起吃晚餐。如果還有時間的話，就按照往常一樣去看電影或是在銀座街道散步，然後她回到千束町的家，我回到芝口的租屋處。記得那時出租的房子很少，很難找到合適的屋子，我們就過了半個月這樣的生活。

如果那個時節，在明媚五月的星期日早上，有人在大森附近充滿新綠的郊外路上，看到一個上班族似的男人和一個梳著裂桃式頂髻的寒酸小姑娘並肩走在路上的光景，會怎麼想呢？男方稱小姑娘為「ＮＡＯＭＩ」，小姑娘稱男方「河合先生」，既也不像主僕，也不像兄妹，若說是夫妻或朋友好像也不像。雙方用很客氣的語調交談，兩個人一起問路，一起眺望附近的景色，或是一起瀏覽隨處出現的圍籬和宅邸的庭院、路邊野花迷人的風采，一起幸福地到處左轉轉右繞繞地度過暮春漫長一天的兩個人，在外人看來想必是一對不可思議的組合。

說到花讓我想到她非常喜歡西洋的花，她知道很多我不知道的花名，而且都是些很難唸的英語名稱——她說是在咖啡廳工作時，看著裝飾在花瓶裡不斷更換的花而自然記起來的。我們走過的大門裡偶然有個溫室的話，她會眼尖地發現然後馬上停下腳步。

「哇，好漂亮的花！」

她馬上開心地叫了出來。

有一次我問她：

「那妳最喜歡什麼花？」

她回：「我啊，最喜歡鬱金香了。」

或許她是因為生長於淺草千束町那樣雜亂無章的胡同裡，才會讓她更嚮往田園，養成喜歡花草的習慣吧。三色堇、蒲公英、紫雲英、櫻草——只要她看到田埂間或鄉下路邊等地開著這些花，就會馬上小跑步跑去摘。於是整天走下來，她手中塞滿了摘來的花，做出好幾個花束，並寶貝地將它們帶回家。

「那些花都枯萎了不是嗎？也該丟了吧。」

即使我這麼說，她還是不同意：

「沒事啦，只要澆水，它們馬上就會活起來，河合先生您可以放在您桌上啊。」

她總是這麼說，在道別時把那些花束交給我。

像這樣到處搜尋也沒那麼容易找到租屋處，猶豫了很久後，我們在省縣電車鐵路沿線上一個離大森車站一公里半的地方，租了一間極為簡陋的洋房，是間所謂的「文化住宅」——那時這個稱呼還沒那麼流行，不過用現在的話來說的就是那種房子。屋頂鋪的斜度很大，紅石棉瓦佔了幾乎整個高度的一半以上，外側是像火柴盒形狀的白色牆壁，牆上有些地方嵌著長方形的窗戶，然後在正門口的走廊前，有一塊稱不上是庭院的空地。首先外觀是這樣，裡面看起來與其說適合住，倒不如說比較像個圖畫裡會出現的有趣裝潢，也難怪是這樣，因為這個家是某位畫家蓋的，他娶了某個模特兒為妻，兩個人以前住在裡面。因此，整個屋子的架構是個非常不方便生活的設計，大而不實際的工作室，一樓有小得不能再小的玄關和廚房，一樓就只有這樣，二樓是有兩間分別為三塊塌塌米和四塊半榻榻米大的房間。不過那也只是像閣樓般的置物間，稱不上是個能使用的房間，要去閣樓必須先在室內工作室搭梯子，爬上去後有用矮欄杆上圍起來的走廊，猶如劇場的看台般，可以從矮欄杆上俯瞰整個工作室。

ＮＡＯＭＩ第一次看到這個家的「風景」時，就流露出非常中意的樣子說：

「啊，好洋派啊，我喜歡這種房子。」

而我也因為她那開心的樣子，馬上贊成租這裡。

或許ＮＡＯＭＩ只是靠那孩子氣的思考迴路，並沒有考慮到隔間等實用性，單純覺得這個房子像是出現在童話故事裡的插畫，新奇的樣式激發出她的好奇心吧。這確實是個適合不打算有小孩的悠閒青年少女抱著玩心住進來的房子，前屋主那個畫家和模特兒也是抱著這種想法在此處生活的吧，實際上若只有兩個人的話，只在那間工作室裡吃飯睡覺，就很夠用了。

三、

終於我領養了ＮＡＯＭＩ，住進那間「童話故事般的家」，那時約莫是五月下旬，一住進去就發現並沒有想像中的那麼不方便，從採光充足的閣樓上可瞭望海景，向南的前方空地拿來種種花草也很剛好，住家附近的省線電車有時會通過，這算是缺點，不過在住家和鐵路之間有一片田地分隔，是也不至於那麼吵，姑且算是間沒什麼好挑剔的住家。不只這樣，因為這是間不適合一般人住的房子，所以房租意外地便宜，雖說那時物價本來就不高，不過房租只要一個月二十塊錢真的很便宜，且不用押金，這也是我中意的地方。

「ＮＡＯＭＩ，以後妳不要再叫我『河合先生』，改叫我『讓治先生』，我們就像是朋友般生活如何？」

搬過來住的那天我這麼跟她提議。當然我有跟我家裡的人說過我要搬出之前租屋的地方，改租一棟房子，且雇用了一個十五歲少女當作女傭，不過我沒跟他們說我和她會「像朋友般」生活。反正家人也不怎麼來找我，所以我覺得真的有需要講時再講就好了。

接下來的一段時間，我們為這間少見的新居添購了適合的家具，為了把那些家具擺設裝飾好，忙裡忙外的，不過每天都很開心。我的做法是盡量啟發出她的興趣，即使只是買個小東西，我也盡可能不自己決定，而是讓她發表她的意見，並採用從她頭腦中想出來的方案。不過這間房子本來就放不下衣櫃和長火盆這種傳統家具，因此可以自由地選擇，完全可以依照自己的喜好設計。我們找到並購入便宜的印度花布，然後ＮＡＯＭＩ用她那笨拙的手藝縫出窗簾。我們也在芝口的西洋家具行購入舊藤椅、沙發、安樂椅、桌子等，擺放在工作室，在牆壁上掛上瑪麗．皮克福德等兩、三幅美國女演員的照片。另外，關於我們的寢具，如果可以的話我想要選西式，但買兩張床也很花錢，而且棉被墊被等寢具還可以請我家人從鄉下寄來，只好打消那個念頭。但是，我家人寄來給ＮＡＯＭＩ的寢具是專為女傭準備的那種蔓草花紋的硬梆梆被子，裡面沒放多少棉花，我覺得讓她用這種被子太可憐了，就跟她說：

「這樣太過分了，我跟妳換一條被子吧。」

「不用啦，我用這個就夠了。」

她說著拉起棉被，一個人孤單地睡在閣樓上那間三塊榻榻米大的房間裡。

我就睡在她隔壁的房間——就是那間同樣位於閣樓上的四塊半榻榻米大的房間，每天早上醒來後，我們都會在被窩裡互相打招呼。

「NAOMI，妳醒了嗎？」我問。

「嗯，我醒了，現在幾點？」她回答。

「六點半喔——今天早上我來做飯吧？」

「是嗎？昨天是我做的，今天換讓治先生做也可以。」

「那沒辦法，我就做給妳吃吧，因為煮飯有點麻煩，那就吃麵包吧？」

「嗯，是可以啦，不過你還真狡猾啊。」

我們想吃米飯時，就在一個小土鍋裡煮米，也不會另外把飯盛到飯桶裡，就直接把小土鍋搬到桌子上，配著罐頭之類的東西吃，如果連這樣都覺得很麻煩的話，就吃麵包塗果醬、喝牛奶草草結束，或吃些點心，晚餐就吃蕎麥麵或烏龍麵打發掉，想吃好一點時，就兩個人到附近的西式料理店吃。

「讓治先生，今天請我吃牛排吧。」

她常會像這樣提議。

吃完早飯，我留ＮＡＯＭＩ一個人在家就去上班了。她早上會照顧一下花圃裡的花草，下午就將大門上鎖，去上英語和音樂課。英語方面，我覺得一開始就跟西方人學比較好，就讓她每隔一天去某位住在目黑的美國老婦人哈里遜太太家，學習會話和閱讀；不足的部分，我有時會在家幫她複習。音樂方面，要怎麼做我完全沒個底，只是聽說有位兩三年前畢業於上野的音樂學校的某位小姐在她家教授鋼琴和聲樂，就讓ＮＡＯＭＩ每天去芝伊皿子[1]各上一個小時的課。ＮＡＯＭＩ穿著銘仙綢衣服，搭配深藍色喀什米爾的袴[2]，黑色襪子再搭配可愛的踝靴，完全就是個女學生的打扮。她一副總算實現自己夢想般、滿心歡喜勤快地去上課。有時下班回家在路上遇到她，會覺得她看起來完全不像是個生長於千束町且在咖啡廳當過服務生的人，髮型也是，在那之後就再也沒梳過裂桃式頂髻，而是綁著蝴蝶結，蝴蝶結下面編個辮子垂下來。

我之前有說過我是抱著「養小鳥的心情」領養她的吧？我領養了她之後，她的臉色逐漸變健康，個性也逐漸改變，變成一隻活潑開朗的小鳥。而那間大而無用的工作室就是她的大鳥籠。五月也結束了，時節來到明亮的初夏，花圃的花日漸綻放得五彩繽紛。傍晚，我下班、她下課後回到家時，透過印度花布窗簾照進來的陽光還像是白天般明亮地照亮塗了純白油漆的房間各個角落。她穿著一件法蘭絨衣，沒穿襪子套著拖鞋，咚咚踩著地板唱著學來的歌曲；或是叫我把眼睛蒙起來當鬼玩鬼抓人，此時我們就會繞著工作室跑來跑去、翻過桌子、或是鑽到沙發底下、把椅子倒過來放，還不盡興的話就爬上梯子，在之前說的那個像是劇場觀眾席的屋頂走廊，像老鼠般爬來爬去。還有一次我當馬，背著她在房間裡爬來爬去。

那天，NAOMI叫我咬住手帕，用那條手帕當韁繩，喊著「嘿！嘿！跑！跑！」地玩耍——她就像是個小孩般歡叫，頑皮地在梯子上上下下，最後踩空了而從梯子上摔下來，馬上嗚嗚地哭了起來。

「喂，妳怎麼了？——讓我看看有沒有哪裡摔傷了。」

我說著把她抱起來，她還是抽抽噎噎地翻起袖子給我看，可能是摔下來時撞到釘子還是什麼的，右手臂的手肘處破皮了，有血滲出來。

「什麼嘛，才這點傷哭什麼！我幫妳貼OK繃，妳在那裡不要動。」

---

1 位於現在東京都港區。

2 日式褲裙。

然後我幫她貼了OK繃，把手帕撕開當作繃帶包紮時，NAOMI的眼眶也還是盈滿淚水，吸著鼻涕又抽抽搭搭哭泣的臉，簡直就像是個天真的小孩。不幸地傷口化膿了，五、六天都還沒好，每天幫她換繃帶時，她沒有一天不哭。

可是，那時我是否已經愛上NAOMI，我自己也不知道。沒錯，或許確實是愛上她了，不過我本來的期待是教育她，把她培養成一個出色的女人，光是這樣我就很滿足了。那年夏天，公司讓我們放兩個星期的假，如同往年一樣我會回老家，就讓NAOMI回到她淺草的娘家，我將大森的家上鎖。一回到老家生活，就發現那兩個星期非常無趣，也覺得很寂寞，那時第一次發覺她不在身旁會這麼寂寞，也察覺到那就是戀愛的開始吧。然後就跟母親隨便編了個理由，比預定的時間還早回東京，回到東京已經超過晚上十點了，不過我還是馬上從上野車站叫了輛計程車直驅NAOMI家。

「NAOMI，我回來了喔，我讓車在轉角等著，現在馬上回大森吧。」

「好，那現在馬上去。」

她說著，讓我在門外等了一會兒，終於提著小包袱出來，那是個非常悶熱的晚上，她穿著一件繡著淺紫葡萄圖樣的白色輕飄飄的棉衣，頭上綁著一個很大的淺粉紅色蝴蝶結髮飾，那塊布是前不久盂蘭盆節時我買給她的，她趁著我不在的這段時間，請家人幫她縫製成衣服穿上。

「ＮＡＯＭＩ，妳每天都在做什麼？」

車子駛出熱鬧的大街後，我和她並肩坐著，稍微把臉靠向她問。

「我每天都去看電影。」

「那麼妳不覺得寂寞吧？」

「嗯，是不會寂寞啦……」

她說著稍微想了一下，又說：

「不過讓治先生啊，你比預想的還早回來呢。」

「因為待在鄉下也很無聊，所以就縮短預定行程回來了，果然還是東京最好了啊。」

我說著悄悄嘆了一口氣，用也不是真的那麼懷念的心情望著窗外閃爍的都會夜晚繁華燈影。

「可是我覺得夏天的鄉下也很不錯。」

「那也要看是什麼鄉下，我家只是個偏僻的尋常百姓人家，附近的景色很平凡無奇，也沒什麼名勝古蹟，白天就有很多蚊子蒼蠅嗡嗡嗡地飛呀飛地，熱得受不了。」

「啊，是那樣的地方啊？」

「就是那樣的地方。」

「我想要去海水浴場呢！」

突然這麼說的ＮＡＯＭＩ，口吻就像是撒嬌的小孩般可愛。

「那最近帶妳去涼爽的地方好了，鎌倉好嗎？還是箱根？」

「比起泡溫泉更想去海邊——真的，好想去喔！」

聽到那天真的聲音，覺得雖然她就是之前的那個ＮＡＯＭＩ，可是怎麼才十天不見，身體就突然發育成熟了，讓我的視線不禁不時地飄到在棉衣下起伏著的肩膀形狀和乳房周圍。

「這件衣服很適合妳，誰幫妳做的？」

一會兒後我說。

「我媽媽幫我縫的。」

「妳家人覺得如何？他們沒說很好看嗎？」

「嗯，有說——他們說是不錯，不過圖案有點太過洋派了——」

「妳媽媽那麼說嗎？」

「嗯，對——我們家人什麼都不懂啦。」

她眼神像是凝視著遠方般地說：

「大家都說我完全變了個人。」

「變得怎麼樣？」

「變得非常洋派。」

「那是當然的啊，在我看來也是這樣啊。」

「是嗎？——有一次他們叫我綁個日式髮型，因為我不喜歡就沒綁了。」

「那那個蝴蝶結怎麼來的？」

「這個嗎？這是我有一天去商店街自己買的，怎麼樣？」

她說著歪了歪頭，讓乾爽蓬鬆的頭髮被風吹起，秀出那塊飄起的淺粉紅色的布。

「啊，很好看，這個不知道比日式髮型好看多少。」

「哼。」

她稍微抬高那塌塌的鼻子，很得意地笑了出來。說得不好聽一點，這種笑法有點傲慢，她很習慣這麼笑，這在我看來反而很俏皮。

四、

由於NAOMI不停地吵著「帶我去鎌倉！」只好決定在八月初去個兩三天。

「為什麼只去兩三天？既然都去了，不待個十天或一個星期太無趣了吧。」

出門前她露出不滿意的臉色這麼說著，可是我是跟母親說公司很忙，所以要早點回東京，如果被發現的話會很難交代，但是我覺得如果這樣跟她說會讓她感到愧疚，就跟她說：

「唉呀，今年先忍耐一下，只去兩三天，明年再帶妳去別的地方待久一點，這樣可以吧？」

「可是才兩三天太短了。」

「是沒錯啦，可是如果妳想游泳的話，回來之後再到大森的海岸游就好了啊。」

「我才不要在那麼髒的海域游呢。」

「不要講那麼任性的話啦，乖，聽話。那這樣好了，我買件衣服補償妳好了——好，就這樣，妳之前不是說想要西式衣服嗎？那我弄件西式衣服給妳吧。」

她被這個「西式衣服」這個餌引誘到，終於同意這個行程。

我們在鎌倉是住一間叫做長谷金波樓的不怎麼起眼的海邊旅館，說到這件事，現在想起來實在很可笑，因為我這半年來拿到的獎金還留下一大半，根本沒必要只為了這兩三天的旅行這麼節儉。而且這是我第一次和她在外過夜旅行，非常期待，所以為了要留下美好的回憶，應該不要這麼節儉，要找高檔的旅館，我剛開始是這麼想的，但是到了旅遊當天，搭上往橫須賀的二等艙車時我突然畏縮了起來。怎麼說呢？那輛火車上搭滿了前往逗子和鎌倉的夫人和千金們，整排坐滿了光鮮亮麗的旅客，我們混在這群人當中，不禁讓我覺得NAOMI的穿著看起來非常寒酸。

畢竟是夏天，那些夫人們和千金們也不是穿金戴銀，可是拿她們和NAOMI相比較，就馬上看得出出身於上流社會和非上流社會間那不辯自明的品格上的差異。NAOMI和在咖啡廳工作時比起來已經判若兩人了，不過還是掩蓋不住出身庶民階層的那般土裡土氣，我都這麼感覺到了，相信她自己也更有這種感覺吧。而平時讓她看起來比較洋派的那件繡著淺紫葡萄圖樣的棉衣，此時看起來更是寒酸。那群女性當中也有人只穿件簡單的浴衣，但是手指上戴著閃亮亮的鑽石，或是拿著高檔包包，每樣東西都顯示出她們是多麼地貴氣逼人。相對於此，ＮＡＯＭＩ的手裡除了那光滑的肌膚外，完全沒有任何一個足以誇示的亮點。我現在也還記得那時ＮＡＯＭＩ尷尬地想把自己那把陽傘藏在袖子後面的情景，那也是沒辦法，雖然那把陽傘是新買的，可是任誰看都知道那只是把七、八塊錢的便宜東西。

儘管我們幻想著要住三橋旅館，或是乾脆豁出去直接去住海濱飯店，但到了那些高級旅館前一看，馬上被那顯赫的大門震攝住，於是在長谷大街上來回走了兩三次，最後落腳於破爛的金波樓。

旅館裡有很多年輕學生入住，非常喧囂吵鬧，因為實在太吵了，我們每天都在海邊度過。活潑的ＮＡＯＭＩ只要看到海心情就很好，已經完全忘記在火車中受的委屈了。

「我一定要在這個夏天學會游泳。」

她挽著我的手臂這麼說著，並在淺水處到處踩踏濺起水花。我雙手抱著她的身體，讓她浮在水面上，或讓她緊抓住木樁，我再抓著她的腳教她打水方法，或是故意突然放手讓她喝些鹹海水，這些玩膩了就練習衝浪、在海邊隨坐隨躺並玩沙，傍晚就租艘小船出海——此時她總在泳衣外面包件浴巾，有時坐在船尾，有時枕著船舷仰望藍天，以嘹亮的歌聲毫無顧忌地唱著她拿手的拿波里船歌《桑塔露琪雅》：

O dolce Napoli,

O soul beato,

她用義大利文唱著的女高音，盪漾在傍晚風平浪靜的海面上，我聽著這讓人陶醉的歌聲默默地滑著小舟，「再往那裡去，再往遠一點的地方去」，她想永遠地在海浪上漂流。不知不覺間已到日落時分，天空繁星閃爍照耀著我們的船隻，周圍昏暗下來，她只包著一條白色浴巾，身材若隱若現。歡快的歌聲沒間斷，不斷重複著《桑塔露琪雅》，然後是《羅蕾萊之歌》，接下來是《流浪者之歌》、《迷孃》的一小節，她隨著緩緩前進的小舟持續唱著各種歌曲……。

這樣的經驗任誰在年輕時都有經歷過，不過我卻是從那時才開始，因為我是個電器技師，不會接觸文學或藝術那些領域，也幾乎不看小說，不過那時想到了以前看過的夏目漱石的《草枕》，沒錯，我記得那裡面好像有「威尼斯繼續沉沒，威尼斯繼續沉沒」這句，我和ＮＡＯＭＩ兩個人隨著小船搖晃著，從海面上透過暮靄形成的帷幕遠眺陸地上的燈影，不可思議地腦子裡就浮現出這個句子，不由得地想和她就這樣漂流到一個遙遠未知的世界，沉醉於激動到快落淚的心境。讓我這種庸俗的男人體會到如此心境，那三天的鎌倉之旅也就有其意義了。

不，不是只有這樣，老實說那三天裡我有一個更重大的發現，雖然我這陣子和ＮＡＯＭＩ一起住，可是我完全不知道她的身材怎麼樣，更直白地說，我沒機會看到她裸露的肉體，不過在這次旅行完全看出來了。當她第一次在由比濱的海水浴場穿上前一天特地去銀座買來的深綠色泳帽和泳衣出現在我面前時，老實說，我非常驚喜地看到她那四肢勻稱的肢體。對，我極度歡喜，怎麼說呢？因為我之前就從穿著衣服的ＮＡＯＭＩ想像她身體曲線應該是如何，結果完全符合我的想像。

「ＮＡＯＭＩ啊、ＮＡＯＭＩ啊，妳是我的瑪麗．皮克福德啊，妳的身材是多麼勻稱啊，妳那柔美的手臂啊，妳那筆直的腿像是男孩子般緊實啊。」

我不禁在心中驚呼，然後不自覺地想起電影裡常出現的馬克．森內特的那些活潑的泳裝女孩。

我想誰都不願意詳細描述自己妻子的身材吧，我也是，關於之後成我為妻子的她，炫耀這些事或是讓更多的人知道這些事，都不會讓我覺得愉快。但是如果沒有提到這件事的話，故事會敍述不下去，而且如果避著不寫的話，會失去留下紀錄的意義，所以我一定要在此如實記錄下ＮＡＯＭＩ在她十五歲的八月，站在鎌倉的海邊時，是呈現怎麼樣的身材。當時的ＮＡＯＭＩ

和我站在一起時，身高比我矮一寸——先說明一下，我不是很健壯的體格，身高五尺二寸，算是不高的——不過，她骨骼上的明顯特徵是身體很短，腳很長，所以從遠一點的地方看的話，看起來比實際上還高。還有，那短短的軀幹上呈現出明顯的S形，凹凸有緻的曲線底部隆起的是非常有女人味的渾圓臀部。那時我們都有看過由游泳名將凱勒曼主演的《神的女兒》這部美人魚的電影，所以跟她說：

「NAOMI，妳學一下凱勒曼的動作。」

她就矗立在海邊沙灘上，雙手伸向天空，做出「跳水」的動作，此時，雙腿緊靠著，兩隻腳之間沒有分毫間隙，腰部以下到腳踝形成一個細長的倒三角形，她一臉得意地問：

「怎麼樣？讓治先生，我的腳沒彎曲吧？」

她說著，一下子走、一下子停住，或是在沙灘上擺出各種伸展的姿勢，看起來她自己也很滿意自己的樣子。

NAOMI還有一個身材上的特色，就是從脖子到肩膀間的線條。肩膀……我常有機會碰觸她的肩膀。因為她總是在穿著泳衣時到我身邊說：「讓治先生，你幫我扣一下這個。」叫我幫她扣肩上的扣子。像NAOMI那種溜肩且脖子很長的人，平常人脫掉衣服後看起來會很瘦，不過她則相反，意外地有很飽滿厚實的肩膀和看起來肺活量很大的胸部。每當我幫她扣扣子時，她一深呼吸或是轉動手臂活動背部肌肉時，像是小丘陵般隆起的肩膀處就又更緊了，平常就快裂開的泳衣，就像隨時會綳開。一言以蔽之，那是充滿力量、滿溢「年輕」和「美麗」的肩膀。我暗自拿她和周邊的很多少女做比較，覺得沒有哪個人像她一樣兼具健康的肩膀和優雅的脖子。

「ＮＡＯＭＩ，妳不要亂動，妳一動扣子就很難扣好。」

我通常都這麼說著，抓住泳衣的末端，像是要把很大的東西放入袋子般，用力壓住她的肩膀。

她有那樣身材，也難怪她那麼活潑好動且喜歡運動。只要是需要活動手腳做的事，無論什麼運動她都很拿手。游泳是在鎌倉那三天開始學習，之後就每天在大森海岸努力練習，在那個夏天就學會了，之後還學會了划船、操作遊艇等各種事。玩了一整天，在太陽下山後，她就會一臉疲憊地拎著溼答答的泳衣回來，並說：「啊，累斃了。」

「啊，肚子好餓。」

她說著就癱坐在椅子上。有時我們覺得煮晚飯很麻煩，就在回家路上去西式料理店吃飯，然後兩個人就像在比賽般，猛塞食物。吃完一份牛排又吃一份牛排，喜歡吃牛排的她毫不費勁地加點了三盤。

如果要把那個夏天的所有開心回憶都寫下來的話會沒完沒了，就先寫到此，最後有一件不能不寫的是那時我開始習慣在她泡澡時，用搓澡海綿幫她搓手搓腳搓背。這是起因於有時ＮＡＯＭＩ想睡覺懶得去澡堂時，我們為了要把海水沖掉，就在廚房用水沖或是坐在澡盆裡洗澡。

「喂ＮＡＯＭＩ，妳這樣睡著的話，身體會黏黏的，妳進到這個盆子裡，我幫妳洗吧。」

我這麼說完，她就乖巧地照做讓我幫她洗澡。然後就漸漸變成了習慣，即使涼爽秋天到來，我也沒停止讓她坐在澡盆裡幫她洗澡。最後我們就在工作室的角落準備了西式浴室用具，鋪上腳踏墊，在旁邊用屏風圍起來，直到冬天都在那個空間裡洗澡。

五、

觀察力強的讀者或許從前一章的故事裡，就假想我和ＮＡＯＭＩ的關係已超過普通朋友了吧，但事實並不是那樣，確實一起生活了這麼久，我們的心中都有一種「理解對方」的感覺吧，但是一個是才十五歲的少女，而我則是如同之前說過的，是個沒有女性經驗的正直「君子」，不僅如此，我對她的貞操充滿了責任感，不大會有那種因一時衝動而跨越那層「理解對方」的範圍。當然我心裡沒有除了ＮＡＯＭＩ之外的妻子人選，即使有，現在於情於理上也不能拋棄她。這種想法逐漸在我心裡生根。此外，我認為第一次做那種事不能是以玷汙她的方式或是玩弄她的態度進行。

話說我和ＮＡＯＭＩ開始了那樣的關係是在那隔年，也就是她虛歲十六歲的那年春天的四月二十六日——為什麼我會記得這麼清楚？因為其實那時，不對，是從那之前開始，從在澡盆裡幫她洗澡時開始，我每天都會把跟ＮＡＯＭＩ相關的各種感興趣的大小事寫在日記裡。那時ＮＡＯＭＩ的身材日益成熟、更加凹凸有緻，就像剛生完小孩的父母親會記錄他們的小孩「第一次笑了」、「第一次說話了」般，我抱著記錄下小孩成長過程般的心情，將每一個我注意到的事情寫在日記上，我現在有時也還會拿出來看，大正某年九月二十一日——即ＮＡＯＭＩ十五歲的秋天——那篇裡寫著以下內容：

「晚上八點在澡盆裡沖澡，發現在海邊活動時曬黑的印子還沒退，剛好只有穿著泳衣的部分是白色的，其他地方都曬得超黑。雖然我也是這樣，不過ＮＡＯＭＩ天生皮膚就白，看起來就更明顯，即使沒穿衣服看起來也很像穿著泳衣。我說她的身體好像斑馬，她覺得很好笑而笑了出來。……」

那之後過了一個月，十月十七日的內容寫著：

「曬傷脫皮的地方慢慢好了，皮膚變得比以前更光滑了，我幫ＮＡＯＭＩ洗手臂時，她默默地看著沿著肌膚流下的肥皂泡泡，我說：『好美呢』她就說：『真的很美呢』又補了一句：『是說肥皂泡泡很美喔』……」

再來是十一月五日的內容：

「今天晚上第一次使用西式浴缸，因為還不習慣，ＮＡＯＭＩ一直滑進浴缸裡，她不停咯咯笑，我說了『妳真像個大baby』，她就叫我『爹地』……」

是的，這個「嬰兒」和「爹地」之後也會頻繁出現，ＮＡＯＭＩ只要想纏著我買什麼東西給她時，或是耍賴時，就會鬧著叫我「爹地」。

《ＮＡＯＭＩ的成長》——我把那本日記寫上這樣的標題，因此不用說也知道，那本日記是紀錄著所有和ＮＡＯＭＩ相關的事情。不久後我買了照相機，從各種光線和角度拍長得越來越像瑪麗．皮克福德的她，隨處貼在日記上。

因為說到日記，導致有點離題了，總之看了日記後知道我和她變成無法切斷關係是來到大森後第二年的四月二十六日。本來我們兩個人之間就有了不用明說也知道的「理解」，自然而然地也不是說誰誘惑誰，誰也沒明說要做什麼，很自然地就變成那樣的結果，然後她在我耳邊說：

「讓治先生，你一定不能拋棄我喔。」

「說什麼拋棄——我絕對不會那麼做的，妳放心，我想妳應該知道我的心意吧，……」

「嗯，我是知道啦……」

「那妳是從什麼時候開始知道的？」

「忘記了，是什麼時候開始的啊……」

「我說要領養妳、照顧妳的時候，妳是怎麼看我的？——妳沒有想到我會把妳培養成出色的人，然後將來或許會和妳結婚嗎？」

「這個嘛……，我是有想過你可能是這樣打算的……」

「那妳是抱著成為我的妻子也可以的心情來的吧？」

我沒等她回答，就抱緊了她繼續說——

「謝謝妳ＮＡＯＭＩ，真的很感謝妳知道我的心意……我現在要告訴妳我真正的想法。我沒想到……妳竟然會變成這麼……這麼符合我理想的女性，我真的太幸運了，我一定會一輩子疼妳的……只疼妳一個人。我絕不會像這世上有些夫妻一樣始亂終棄，我絕不會虧待妳，妳可以認為我就是為妳而生，只要是妳的願望，我一定會幫妳實現，所以妳也要更向學，成為更優秀的人……」

「好，我會努力學習然後成為你喜愛的女人，我一定會……」

ＮＡＯＭＩ的眼睛流下淚水，不知不覺間我也流下淚來。那個晚上，我們兩個人情話綿綿到天明。

過了不久後，我們利用星期六下午和星期日回故鄉，第一次跟母親介紹了ＮＡＯＭＩ。一方面是因為她看起來好像很在意我家人的想法，為了讓她放心而做，另一方面則是我想要光明正大地進行我的計畫，所以想盡快跟母親報告。

我老實和她說明我對「結婚」的想法，並表示基於如此想法，我想娶ＮＡＯＭＩ為妻子。我用老人家也能接受的理由說服她，而我母親從以前就深知我的個性，也相信我，遂說：

「既然你那麼想，那娶她為妻也無妨，只是那女孩出身於那樣的家庭，容易有些紛爭，你要注意之後不要惹上任何麻煩事。」她只是這麼告誡我。

即便要兩三年後才舉辦公開婚禮，我也想要早點登記，所以馬上到她千束町的家去交涉，而她母親和哥哥們本來就很漫不經心的感覺，因此很順利就完成交談。雖然很漫不經心，但看起來也不像是心地壞的人，完全沒提出任何一項貪心的條件。

事情發展至此，我和ＮＡＯＭＩ的親密程度也更加速，這應該不用特別說也知道。其他人都還不知道我們的關係，在別人面前我們還是保持朋友的相處，不過我們在法律上已經是不怕大家論長道短的夫妻關係了。

「喂，ＮＡＯＭＩ。」

有次我這麼跟她說。

「我和妳之後也像朋友般一起生活吧，一直這樣下去——」

「那不管到什麼時候你都要叫我『NAOMI』嗎？」

「可以啊，還是要叫妳『老婆』？」

「討厭啦，我——」

「那不然叫妳『NAOMI小姐』吧？」

「不喜歡『小姐』，還是『NAOMI』比較好。等到我要你稱呼我為『小姐』之前，都叫『NAOMI』吧。」

「那這樣我永遠都是『讓治先生』囉？」

「那是當然的啊，沒有其他叫法了啊。」

NAOMI仰躺在沙發上，手拿著玫瑰不時地親吻它把玩著。一會兒她突然叫了我一聲：

「那個⋯讓治先生？」她張開雙手，這次她放開了花，環抱住我的脖子。

「我可愛的ＮＡＯＭＩ。」我被她緊抱得無法呼吸，從袖子隙縫中吐出聲音：

「我可愛的ＮＡＯＭＩ，我不只深愛著妳，說真的我還很崇拜妳喔。妳是我的寶物，是我自己發掘後打造出來的鑽石。所以只要能讓妳變得更美，我什麼都會買給妳喔，我的月薪也可以都交給妳。」

「知道了，不用為我做那些事也沒關係，我想要的不是那些，而是學更多英語和音樂。」

「啊，學習好呀，學習好呀，不久後我會買一台鋼琴給妳，然後妳會成為一個在洋人面前也不丟臉的淑女，如果是妳的話，一定能變成那樣。」

──「在洋人面前」以及「像是洋人般」這些詞彙我常常使用，她聽了就會很開心。

「怎麼樣？這樣我的臉看起來像是洋人嗎？」

她會邊這麼說、邊在鏡子前擺出各種表情。在看電影時，她好像會特別注意女演員的動作，像是皮克福德是這麼笑的、皮娜梅尼切利是那樣使眼色的、格拉汀・法拉總是梳這樣的髮型；最後她完全忘我，把頭髮全部放下來，學那些女星做出各種不同造型，瞬間就抓到那些女星的味道和感覺，她真的非常厲害。

「妳好厲害呢，那些動作有些演員還做不出來呢，可能是因為妳長得就很像洋人吧。」

「真的嗎？哪裡像？還是整體都很像？」

「鼻子和牙齒排列很像吧。」

「啊？這個牙齒？」

她做出「一」的嘴型，照鏡子看她的齒列，她的牙齒真的是一顆一顆排得很整齊且很有光澤。

「反正妳都長得不像日本人了，穿普通的日本衣服也很無趣，不如就換成穿西式衣服吧，就算是穿日本衣服，也換個造型怎麼？」

「那要換什麼造型？」

「今後的女性會越來越活躍，就不要再穿以前那種看起來很沉悶拘束的衣服了。」

「我穿著筒袖[1]、繫著薄腰帶不好嗎？」

「沒有不好，只是希望妳能穿出新奇的感覺。穿什麼都可以，不完全是日本風、不完全是中國風、也不完全是西洋風的感覺，沒有那樣的裝扮嗎？」

「如果有的話，你可以買給我嗎？」

「嗯，可以買給妳啊。我想買各種不同形式的衣服給妳，每天換不同的衣服穿穿看。不一定要是綢緞衣服那種高級品，棉麻布料的衣服和銘仙綢也有很多選擇，再花心思設計出別出心裁的穿法吧。」

說完這些話之後，我們就常一起到處逛布料店，到各個百貨公司、布疋店找布料。那時候幾乎每個星期日都去三越和白木屋，一般的女性服飾無法滿足我和ＮＡＯＭＩ，很難找到符合我們期望的花樣。我們覺得常去的那些布疋店找不到我們要的東西，就特別花一天到橫濱，到處逛中華街和那些以外國人為主要客戶的花布店、織物店、賣襯衫和西式衣服的布料店。逛了一整天兩個人都累壞了，雙腳走到硬梆梆，但還是繼續到處尋寶。走在路上時也會緊盯著洋人的穿著打

1　袖子沒有垂下布的和服。

扮，注意所到之處的櫥窗，偶爾看到比較特別的東西時，就會驚呼：

「啊，那塊布料怎麼？」

隨後馬上進入那家店，請店家的人把那塊布從櫥窗拿出來給我們看。放在她下顎處垂下、在她身上比比看，或是用那塊布在她身上繞圈包起來看看——光是這樣互相逗弄一邊逛逛，我們兩個也玩得不亦樂乎。

近年來在一般的日本女性間很流行穿用蟬翼紗、喬其紗、棉質巴里紗做成的一件式衣服，我一直覺得第一次注意到這種材質的應該是我們吧。NAOMI很神奇地非常適合這類材質的衣服，而且還不能是剪裁得很正規的衣服，而是弄成像筒袖或睡衣的形式，做成睡袍、或是整塊布直接包住身體，某些地方用別針固定住。然後她就會穿著這些衣服在屋子裡走來走去，或是站在鏡子前面、擺出各種姿勢讓我幫她拍照。被白色、玫瑰色、淺紫色透膚紗質衣服包住的她的身材，就像一朵鮮艷欲滴的大花，「做這個動作看看、做那個動作看看」，我把她抱起、讓她倒下、讓她靠著我、讓她走台步，欣賞她好幾個小時。

這樣過了一段時間，她的衣服在一年內就多到滿出來，她的房間已經放不下，就隨意到處掛到處吊，或只是捲一捲隨便放著，雖然再多買個衣櫃就能解決問題，不過如果有錢買衣櫃的話，倒不如把那些錢省下來多買一些衣服，而且這是我們的興趣，也沒必要特別悉心保存，雖然量很多不過都是些便宜貨，反正馬上就會穿壞，就到處隨意散落，想換穿衣服的時候隨手拿起來換穿幾次都很方便，而且還可當作房間的擺飾。整間工作室就像是劇場的儲衣間，椅子上、沙發上、地板角落，甚至是梯子上、閣樓的欄杆上都是衣服，沒有任何一個空間沒放衣服。而且那些衣服很少洗，再加上她習慣直接纏繞在身體上，那些衣服大多泛黃了。

這些堆積如山的衣服大多是很特殊的剪裁，裡面大概只有一半的衣服適合穿出門。其中有一件是緞面內裡和罩衫成套的衣服，ＮＡＯＭＩ非常喜歡且常穿著它出門。雖說是緞面，不過是棉質緞面，不管是內裡還是罩衫都是單色酒紅色，連木屐的鞋帶和罩衫的綁繩都是酒紅色。其他部分如領子的襯裡、腰帶、別針、襦袢的內面和袖口、及袖口外翻的部分都統一搭配上淺淺的淡藍色，腰帶也是棉質緞面，材質較薄，寬度較窄，且整個很高地束在胸口下，因為她說領子的襯裡布想用類似緞面的材質，所以就買了緞帶來別上去。ＮＡＯＭＩ大概都是晚上穿著這套去看劇，當她穿著這套耀眼炫目材質的衣服閃亮亮地走在有樂座和帝國劇場的走廊時，無論是誰都會回頭再望一眼。

「那個女生是誰啊？」

「是女演員嗎？」

「是混血兒嗎？」

這些細語傳入我們耳裡，我和她就更得意地刻意在那裡逗留許久。

光是那套衣服就讓人覺得很驚奇，更不用說其他的奇裝異服。可惜ＮＡＯＭＩ再怎麼喜歡那些特別的衣服，也無法把那些衣服穿出去。那些衣服充其量只不過是些容器，讓她在自家屋子裡，進入各種容器裡自我欣賞罷了，就跟將一朵美麗的花朵換到不同的花瓶裡欣賞的心情一樣。對我而言，ＮＡＯＭＩ除了是我妻子外，是世間少見的娃娃、也是個裝飾品，不足以大驚小怪，因此她在家幾乎沒穿過正常的衣服。還有她不知從哪部美國片的男裝那裡得到了靈感，黑天鵝絨材質的三件式西裝恐怕是她最貴最奢侈的家居服，她會穿上那套衣服，把頭髮盤起來、戴上鴨舌帽，那姿態就像隻貓般妖豔。在夏天當然穿得清涼，但即便是冬天她也常開暖爐讓整個房間溫暖，只穿著一件寬鬆的睡袍或泳裝就玩了起來。她的拖鞋數量也很多，有刺繡中國鞋和很多款拖鞋，而且她很多時候都不穿足袋或襪子，直接光腳就穿上那些鞋子。

六、

當時的我並沒有放棄一剛開始的願望，即一邊取悅她、讓她做所有喜歡的事情，一邊盡力培養她成為一個偉大出色的女性。若仔細思考「出色」或「偉大」這些詞彙的意思，就會發現其實我自己也無法說明得很清楚，不過總之按照我單純的想法就是「無論將她帶去哪裡都不會感到丟臉，且是一個現代洋派的女性」，我腦子裡構想的大概就是這樣一個模糊的印象，能將NAOMI培養成「偉大」的人，又同時「像呵護娃娃般照顧」她嗎？——這個問題現在想起來有點蠢，不過對當時被她的愛蒙蔽眼睛的我而言，連這麼顯而易見的道理都完全看不清。

「NAOMI，妳要盡情地玩盡情地學習喔，妳變厲害之後，我會再買更多東西給妳。」

這句話已變成我的口頭禪。

「嗯，我會學習，然後變厲害的！」

我那麼說後，她一定會這麼回答我。然後每天吃完晚飯後，我會幫她複習三十分鐘的對話和閱讀，可是此時她總是照例穿著天鵝絨的衣服或是睡袍，腳尖甩著拖鞋斜躺在椅子上，即使我再怎麼勸說她要學習，結果「遊玩」和「學習」總是混在一起。

「NAOMI，妳怎麼那麼不聽話！學習時要規規矩矩坐好學習啊。」

我一這麼說，她就會縮起肩膀，像個小學生般撒嬌：

「老師，對不起。」

或是會盯著我的臉說：「河合老師，你原諒我嘛！」有時還會突然親我臉頰一下。而「河合老師」也無法對這麼可愛的學生嚴格對待，訓斥很快就變成打鬧了。

若說到NAOMI的學習狀況，音樂方面我不大清楚，不過英語方面，她從十五歲開始學習至今也兩年了，既然是跟著哈里遜太太學習，照理說應該已經很會講了，閱讀也是從零開始學，至今學到第二冊的一半以上了，會話是用《English Echo》這本教科書，語法書是用神田乃武的《Intermediate Grammar》，至少應該有中學三年級的實力，但是不管再怎麼放寬標準來看，她恐怕連二年級生的程度都還不如。我覺得不該是這樣，再怎麼想都很怪，就去拜訪了哈里遜太太。

她說：「不，沒那回事，這個孩子很聰明，她學得很好。」她是一位胖胖的、人很好的老婦人，一直都笑咪咪的。

「是的，這孩子是個聰明的孩子，可是我覺得以她的聰明程度來看，她英語真的沒有學好，她是唸得出來，但不會翻譯成日語，也不會解釋文法……」

「不，這是你不對，你的想法不一樣。」老婦人還是保持笑容，在我開口前繼續說：

「日本人大家都想著文法及翻譯，可是那是最差的做法。你學英語時，絕對不能在腦中想文法、也不能翻譯，最好的做法是如實將英語唸出來念好幾次。NAOMI的發音很漂亮，而且朗讀也唸得很好，她一定會進步的。」

老婦人的說法也有她的道理，可是我的意思並不是說要有組織地去記文法的規則，而是認為既然都學了兩年英語，看得懂讀本第三冊的話，至少應該有學到過去分詞的使用方法、被動式的構成、條件式的運用方式吧，但是叫她將日文翻成英文時，這些用法她都沒有用出來，程度幾乎連中學後段班程度的學生都不如。朗讀再怎麼厲害，也無法說已經養成英語實力。我實在不知道這兩年裡老師到底教了她什麼，而她又學到了什麼，可是老婦人不理會我無法接受的表情，還是用非常放心且落落大方的態度邊點頭邊重複說：「那個孩子非常聰明。」

接下來這是我的想像，我總覺得洋人老師對日本人的學生都比較偏坦，偏袒——如果這麼說不好聽的話，那就說是有先入為主的觀念好了。也就是說他們看到長得像西洋人、較洋派且可愛臉龐的少男少女，就會覺得那個孩子看起來比較靈巧，特別是未婚老婦人這種傾向更嚴重，哈里遜老婦人之所以會對ＮＡＯＭＩ讚不絕口也是因為如此。她已經認定「她是個聰明孩子」，再加上正如同哈里遜老婦人所說的，ＮＡＯＭＩ的發音是真的非常流暢好聽，由於她的牙齒排列很整齊，又有聲樂的素養，所以只聽她的發音會覺得真的很漂亮，以為她英語講得很好，這點我似乎望塵莫及。因此或許哈里遜老婦人是被她那聲音騙了，才會整個心都偏向她，若說到那位老婦人有多愛ＮＡＯＭＩ，只要看了她的房間擺飾就知道，她非常誇張地整個化妝台鏡子周邊擺滿了ＮＡＯＭＩ的照片。

雖然我內心對老婦人的意見和教法非常不滿，但同時又覺得西洋人偏袒ＮＡＯＭＩ、認為她是個聰明孩子，這點說中我的心，不禁湧現出像是自己被誇獎了的喜悅。不僅這樣，本來我——不，不只我，只要是日本人不管是誰大概都這樣——只要站到洋人面前，就變得非常沒志氣，無法勇敢表達出自己的想法，相對於此，老婦人用奇妙的語調說著日語，而且無所顧忌滔滔不絕地說，結果導致我也無法順利表達出我想說的話，總之，我就在心裡盤算著既然她有她的想法，我就在家裡補足ＮＡＯＭＩ不足的地方吧。

「嗯，真的是那樣呢，如同您說的，那我了解了也放心了。」

我露出曖昧陪笑的表情說著不著邊際的話後，就垂頭喪氣地回家了。

「讓治先生，哈里遜老婦人怎麼說？——」

那天晚上NAOMI這麼問，她那語氣完全是恃老婦人之寵而驕，極其輕浮。

「她說妳學得很好，洋人不懂日本學生的心理啊，只是發音發得很好，能唸得很順就叫做英語很好，這是大錯特錯啊。妳的確記憶力很好，所以很會背書，可是一叫妳翻譯，妳卻沒有任何一句懂它意思，這樣只不過像隻鸚鵡而已，學再久也不會有成果啊。」

從那時候起，我開始會對NAOMI說些訓斥的話，因為她仗著哈里遜老婦人站在她那邊，就像在說「你看吧」般，那得意地抽動鼻子的樣子讓我很不爽。不只是這樣，我首先想到的是這樣下去她有辦法變成「偉大的女性」嗎？我內心非常焦急。先不說英語的學習成果怎麼樣，那無法理解文法規則的腦袋，讓我很擔心她之後是否能有所成長。說到男生在中學時學幾何和代數的目的為何，其著眼點絕不是實用性，而是要讓頭腦運作更縝密、讓腦袋更靈光不是嗎？說到女生，以前不用那麼聰明沒關係，可是今後的女性就不能再這樣了。再加上想變成「不輸給西洋人的女性」、「出色的女性」的話，若沒有邏輯能力、分析能力，實在很讓人擔心啊。

我多少變得有點執拗，以前每天只複習三十分鐘，在那之後我每天一定會花一個小時或一個半小時以上教她日英翻譯和文法，而且在這段時間裡絕對不允許漫不經心的心態，我會嚴格訓斥，ＮＡＯＭＩ最欠缺的就是理解能力，所以我故意不仔細告訴她，而是只稍微給她個提示，然後就引導她自己想出來，例如在教被動式文法時，馬上就拿個問題叫她應用：

「來，把這句翻成英文。」

「妳只要剛才看過的內容懂了的話，這題應該答得出來喔。」我只說了這句話，就耐心地等她的答案，即使她答錯了，我也絕對不告訴她哪裡錯了，只說：

「怎麼了，妳這樣答表示這段妳根本沒理解，妳再去看一次文法。」

就這樣重複好幾次，如果她還是答不出來的話，我就會說：

「ＮＡＯＭＩ，這麼簡單的句子都講不出來要怎麼辦？妳到底幾歲了？……每次都被改同樣的地方還學不會，妳腦袋裡裝什麼？雖然哈里遜老婦人說妳很聰明，可是我一點都不這麼認為，連這個都不會的話，在學校是劣等生啊。」

我常常不自覺地大聲了起來，然後ＮＡＯＭＩ就會面露不服氣的神色，很多時候最後就嚶嚶啜泣了起來。

平常時候我們的感情真的很好，只要她笑我也會跟著笑，完全沒起過口角。這麼和睦的兩個人——到了英語時間，雙方一定變得很鬱悶、喘不過氣，沒有一天我不生氣、她不噘嘴的。上一秒雙方的心情還很好，下一秒就變得劍拔弩張，幾乎用含恨的眼神互相瞪著對方。——其實那時我已忘了要讓她變厲害這個最初的動機了，只是對她那沒出息的態度感到焦躁，由衷地厭惡她。如果對方是男生的話，我肯定要揍他一拳才能消氣，即使沒揍他，也一定會罵他「笨蛋」才能善罷甘休。有一次我甚至在她額頭上輕輕敲了一拳，可是，被那麼一敲，NAOMI莫名地鬧起彆扭，即使她知道答案也絕對不回答，只是把流下臉頰的眼淚吞下去，像個石頭完全不說話。NAOMI一旦變成那樣，就出人意料地頑固，這樣下去也不是辦法，最後就是我認輸，不了了之。

有次發生了這樣的事，「doing」和「going」這些現在分詞一定要在前面加上「將要」這個動詞——一定要加上「to be」，這個已經教她好幾次了，可是她還是無法理解，然後現在還會犯下「I going」、「He making」這種錯誤，我氣瘋了，就照例罵了好幾聲「笨蛋」，並不厭其煩地仔細說明文法，跟她講解過去式、未來式、未來完成式、過去完成式這些時態的「going」的變化，但令人傻眼的是她還是不懂，依然講出「He will going」或寫出「I had going」這樣的句子，我不禁暴怒：

「笨蛋！妳怎麼那麼笨！就已經說了絕不能說『will going』、『have going』了，妳怎麼還是不懂。不懂的話就做到懂為止，今天晚上妳學不會的話，我是不會放過妳的。」

我拿鉛筆用力敲打著筆記本，並把那本筆記本推到NAOMI的面前，她嘴巴緊閉、臉色慘白、翻了白眼，緊盯著我眉間看，然後她不知道想到什麼，突然抓住筆記本，把它撕開甩到地上，然後又再次瞪大眼睛像是要把我看穿般緊盯著我看。

「妳在做什麼！」

一瞬間我被她那像猛獸般的氣勢震懾住了，暫時無法動彈後喊了出來，又接著說：

「妳想反抗我嗎？妳覺得做學問很不重要嗎？妳說會努力念書變成偉大的女性是說假的嗎？妳為什麼把筆記本撕掉了？趕快道歉，妳不道歉我不會原諒妳！今天就給我滾出去！」

可是NAOMI還是倔強地不開口，那慘白的嘴唇浮現一抹似笑非笑的表情。

「好！不道歉也沒關係，妳現在馬上就滾出去！我叫妳滾出去！」

我覺得不這樣說無法嚇唬她，所以我不自覺地站起來隨手拿兩三件她隨便丟著的衣服，迅速捲起來包進包巾裡，從二樓的房間拿出錢包抽出兩張十元鈔票，塞給她說：

「快啊，NAOMI，這個包巾裡有妳的隨身物品，今晚妳就帶著這個回淺草去吧！我還放了二十元進去，雖然不多，但就當作妳這幾天的零用錢，之後我們再慢慢談，妳的東西我明天就寄過去——欸？NAOMI妳怎麼了？為什麼都不說話？……」

我一這麼說，她雖然倔強，不過果然還是個小孩子，面對我那非同小可的忡忡怒氣，她露出稍微畏怯的神色，一副後悔乖巧地低頭反省，整個人瑟縮成一團。

「妳真的很倔強，可是我也是一旦說出口的話就不會收回，如果妳知道錯了就道歉，如果不想道歉的話，就回娘家吧，……好了，妳要選哪個，早點決定比較好吧，要道歉嗎？還是要回淺草？」

她聽完後搖搖頭表示「不要不要」。

「那妳是不想回去嗎？」

「嗯。」她像是這麼說般地點了點頭。

「那妳要道歉嗎？」

「嗯。」她又點了點頭。

「那我原諒妳，但妳要好好地俯首道歉。」

於是ＮＡＯＭＩ不得已地雙手扶著桌子——可是還是一副不服氣的神態，懶散地稍微側著頭低頭道歉。

她那傲慢任性的脾氣，不知是天生還是我太寵她而造成，不管怎樣，那脾氣都很明顯地日益加劇，不，並不是日益加劇，或許是她十五六歲表現出這種態度時，我認為很孩子氣很可愛而忽略了，長大後她還是沒改，漸漸地超出了我的控制了吧。以前她不管怎麼耍脾氣，只要我責備一下她就會乖乖聽話，可是近來她只要稍有不順心就馬上嘟嘴生氣。即使這樣，如果她嚶嚶啜泣就還令人覺得可愛，可是有時不管我怎麼嚴厲斥責，她也不掉一滴眼淚，還會裝糊塗或翻白眼，像要把我看穿似地直瞪著我，讓人恨得牙癢癢的——如果動物電真的存在的話，ＮＡＯＭＩ的眼睛裡一定含了大量的電力，我總是這麼覺得。怎麼說呢？她那眼睛炯炯有神，充滿著某種不屬於女性的強大驚人且無可限量的深邃魅力，只要被她屏氣凝望一眼，常常會讓人不寒而慄。

七、

那時我內心裡，失望與愛慕這兩種矛盾的心情夾雜交錯僵持不下。自己做了錯誤的選擇、ＮＡＯＭＩ不是期待中那個聰明的女性——這個事實不管我再怎麼寬容看待都無法否認，我已領悟到希望她某日成為偉大的女性這個期待現今已成為一場白日夢。果然出身卑微的人無法改變其本性，千束町的女孩適合的身份就是咖啡廳的服務生，讓她接受和她身分不相稱的教育也是徒勞無功——我深切體會到這點並漸漸放棄了。可是在我放棄的同時，另一方面我又更被她的肉體強烈吸引過去。沒錯，我特別說是「肉體」，因為是指她的皮膚、牙齒、嘴唇、頭髮、瞳孔以及其他所有體態的美麗，絕對不包含精神上的任何物質。也就是說她的頭腦背叛了我的期望，可是肉體方面卻如同我的預期，不，甚至超過我的預期，美貌程度不斷地增加。當我越想著「笨女人」、「無可救藥的傢伙」時，就偏偏越被她的美貌吸引。那對我而言真的是不幸的事，我漸漸忘記「教育」她的這股純粹的心，反而被她牽著鼻子走，等我發現這樣不行時，已經到了自己無法收拾的地步了。

「世間不會所有事都如自己所願，想把NAOMI的精神和肉體兩者都變美，雖然精神方面失敗了，不過肉體方面非常成功呀，自己也沒想到她在這方面會成長得那麼美麗，看了這部分的成功就足以彌補另一方面的失敗了不是嗎？」

——我勉強這樣思考，藉此安慰自己。

「最近在練習英語的時候，讓治先生不怎麼罵我『笨蛋』了耶。」

NAOMI某天這麼說，很快就看出我的變化。她不諳做學問，不過在看我臉色這方面卻很敏銳。

「嗯，因為我覺得罵太兇的話，反而會讓妳更反感，導致不好的結果，所以就改變了一下方針。」

「哼！」

她冷笑了一下又說：

「那是當然的啊，莫名其妙一直被你罵『笨蛋、笨蛋』的話，我一定不會想聽你說話的啊。其實我大部分的題目都會做，是故意要讓你傷腦筋才裝作不會的，這你都不知道嗎？」

「真的是這樣嗎？」

我知道她只是不認輸地虛張聲勢，不過還是故意裝作很驚訝。

「當然啊，那種題目誰解不出來，你卻真的以為我不會那些題目，你才是真的笨呢，每次你生氣都讓我覺得好笑得不得了。」

「真受不了妳，我真的被妳騙了。」

「怎麼樣？還是我比較聰明吧？」

「嗯，很聰明，沒有人比妳聰明喔。」

於是她就非常得意，抱著肚子笑了出來。

各位讀者啊，我突然想到一件有趣的事，請各位不要見笑繼續聽下去。那是以前我在念中學時，歷史課有一段教安東尼和克麗奧佩脫拉七世[1]的故事，如同各位所知，那位安東尼迎擊奧古斯都的軍隊，在尼羅河上展開河戰時，跟著安東尼來的克麗奧佩脫拉七世不知道是不是發現情勢不利於我方，在中途轉瞬間讓船折返逃走了，然而安東尼看到這位無情的女王的船棄自己而去時，儘管正在危急存亡之際，他竟然不顧戰爭，自己馬上就驅船追隨那個女王而去——「各位同學」那時歷史老師這麼跟我們說：

「那位安東尼是因為追著那個女人的屁股後面跑才喪命，歷史上沒人這麼蠢，這件事已成為前無古人後無來者的笑話，英雄豪傑竟然也會愚蠢到這種程度啊……」

因為那說法實在太好笑了，學生們都看著老師笑了出來，當然我也是嘲笑的其中一個人。

但是重點就在這裡，我當時非常不解為什麼安東尼會對那麼無情的女人癡迷，不，不只安東尼，在那不久前也還有一位叫做尤利烏斯·凱撒的英雄豪傑也是因為被克麗奧佩脫拉七世勾引而做出丟臉的事，這種例子還有其他好幾個。若追溯德川時期的家族紛爭以及國家興衰存亡的足

---

1 即大家所知的埃及豔后。

跡，就會發現其背後一定有厲害的妖婦插手。說到她們的手段，大家一定會認為那都是些非常陰險巧妙的方式，一旦被吸引住任誰都會輕易受騙。但是我總覺得好像不大對，我覺得即便克麗奧佩脫拉七世是位多麼聰明的女性，其智慧應該也比不過凱薩和安東尼吧。即使不是英雄，那個女生是不是真心的、她說的話是真是假，這些事只要用心觀察就看得出來吧。儘管如此，明明知道自己現在處於存亡之際，卻還是被騙，這再怎麼說也太窩囊了吧，如果事實真的是那樣的話，那英雄或許也不是什麼厲害的人吧，我內心是這麼想的，所以對於老師說的「馬克．安東尼是『前無古人後無來者的笑話』、『歷史上沒人這麼蠢』」那些批評，我百分之百贊成。

我現在偶爾也還會想起老師那時講的話，還有跟大家一起哈哈大笑的情景。而且每次想起，就更痛切感到自己沒有笑的資格，因為我現在不只能確實理解那些羅馬時代的英雄為什麼會那麼愚蠢，安東尼那樣的人為什麼那麼容易就陷入妖婦的手法裡，也不禁對他們感到同情。

世人常說「女人欺騙男人」，可是就我的經驗而言，那絕不是剛開始就想「欺騙」，剛開始是男人自願「被欺騙」且樂在其中，一看到自己喜歡的女人就會這樣，不管她們說的話是真是假，聽在男人眼裡都是可愛的。偶爾她們假哭靠過來時，還會覺得「啊啊，妳想用這招騙我啊，不過妳真的是個有趣、可愛的人，我很清楚妳的為人，所以既然妳要這麼做，我就讓妳騙一下，妳多騙我一點吧……」，男人會這樣表現得很大方，也就是像逗小孩開心般故意上當，所以男人並不覺得自己被騙了，反而認為是自己在欺騙女人，而在心中笑了出來。

我和ＮＡＯＭＩ的相處就是證據。

「我比你聰明吧。」

ＮＡＯＭＩ這麼說想騙我騙到底，我裝糊塗，假裝自己被騙了。對我而言，比起拆穿她那一戳就破的謊言，我寧可讓她得意忘形。看著她開心的臉，我不知道有多開心。不僅如此，這樣也才有藉口滿足我的良心。怎麼說呢，因為即使ＮＡＯＭＩ不是聰明的女性，她自認為自己很聰明也不是壞事，日本女性最大的缺點就是對自己沒信心，所以她們相較於西洋女性，看起來就是比較畏縮。成為現代美女的資格，比起長相，顯露出才華洋溢的神色和態度才是最重要，即便沒到「我是最棒」的這種自信程度，單純自我感覺良好也可。只要自認為「我很聰明」、「我很漂亮」，那個女生就能變漂亮。——因為我是這樣想的，所以我不僅沒有阻止ＮＡＯＭＩ那股裝聰明的習慣，反而放任她盡情地這麼做，我常常愉快地上她的當，讓她的自信心越來越強大。

舉個例子來說，我和NAOMI那時常玩軍人將棋[2]和撲克牌。如果我認真玩的話，一定是我贏，不過我卻盡可能讓她贏，漸漸地她就認為「在比賽方面自己強很多」，有次，她以完全藐視我的態度來挑釁：

「來吧，讓治先生，我稍微讓你一下，你來挑戰我吧。」

「哼，那就來場復仇戰——再怎麼說，只要我認真戰起來是不會輸妳的，之前是因為對手是個孩子，就不自覺地疏忽大意了——」

「怎麼樣都可以啦，你贏了再來誇口啊。」

「好，來了！這次真的要贏妳！」

雖然我這麼說，不過我又下得更爛，果然還是輸了。

「怎麼樣？讓治先生，你輸給一個孩子不覺得很不甘心嗎？——不行喔，不管你怎麼說都沒辦法贏我的。怎麼樣呢，三十一歲的大男人輸給十八歲的孩子，看來是讓治先生不懂玩法呢。」

然後她就會說：「果然頭腦聰明比年紀大重要啊」或是「自己笨，再怎麼逞強也無濟於事啊」，最終她得寸進尺地「哼」，又像以往一樣驕傲地用鼻子冷笑了一聲。

可是更可怕的是接下來的發展。剛開始我只是想讓ＮＡＯＭＩ開心才那麼做，至少我是那麼打算，但是習慣這麼做後，她真的變得非常有自信，之後不管我多認真拿出本事應戰，也沒辦法贏她了。

人和人的競爭並非只靠理智決定，其中還有「氣勢」這因素，換句話說就是「動物電」。更不用說是賭局了，ＮＡＯＭＩ跟我對戰時，一剛開始會先沉住氣，之後就一股作氣進攻過來，如此一來我這方被打得潰不成軍，而錯過反攻的機會。

「只這樣玩太沒意思了，我們來賭一些錢吧。」

到最後，ＮＡＯＭＩ已經食髓知味，變得不賭錢就不比賽，於是越賭我輸得越多。而她從原本身無分文，卻說「我們賭十錢、二十錢」地擅自決定賭金，存了許多私房錢。

「啊，只要有三十塊錢就能買那件西式衣服了，……這次就打撲克牌賺起來吧。」

2　又稱行軍將棋，是日本的軍棋類遊戲，是法國陸軍棋的演變，但並非以奪得對方軍旗為勝，而是以佔領司令部為勝，棋子有每方二十三枚型、三十一枚型。

她這麼說著又來挑戰了。偶爾她也會輸，但那時她又知道別的手法，如果她真的很想要某樣東西，不管用什麼方法都非贏不可。

NAOMI總是會使出「絕招」，那就是在比賽時，她大多會穿上寬鬆的睡袍，且故意沒穿好若隱若現的，然後只要情勢不對，就會亂坐、掀開前領、或是伸出腳，如果那樣還不行的話，就靠近我的膝蓋，撫摸我的臉頰，或是抓著我的嘴角臉頰前後晃動，嘗試做各種事來誘惑我，而我實際上也對這些「絕招」沒輒，然後一旦她使出最終手段——這真的不能寫出來——我就腦袋裡一片空白，眼前一陣模糊，完全無心在比賽上了。

「NAOMI，妳這樣太狡猾了，做這些事……」

「才不算狡猾呢，這也算是一個招術啊。」

我的心神瞬間飄向遠方，眼前所有東西都變得一片模糊，只隱約看到發出那聲音的NAOMI那帶著魅惑神情的臉，只看得到那張浮現出奇妙微笑的臉……

「妳好狡猾，太狡猾了，撲克牌怎麼有這招……」

「哼，怎麼會沒有，男女交戰可以使用很多手法，我在其他地方就看到過。我小時候在家裡看到我姊姊跟男人玩花牌時，我在旁邊看著就發現有很多手法，撲克牌也和花牌一樣，不是嗎？……」

我是這麼想的，安東尼被克麗奧佩脫拉七世征服也是因為如此，也是像這樣，抵抗力漸漸被剝奪，進而被收服了。讓自己愛的女人有信心是件好事，可是結果卻變成讓自己失去了信心，如此一來就很難打敗女人的優越感，而導致意料不到的災禍產生。

八、

這是剛好發生在NAOMI十八歲的秋天，秋老虎發威的九月上旬的某個傍晚的事。我那天工作很清閒，所以提早一個小時下班，回到了位於大森的家。沒想到在進入大門走進庭院裡時，看到了一個不認識的少年正在和NAOMI說話。

少年的年紀看來和NAOMI差不多，頂多也不超過十九歲，是個臉色紅潤、眉毛濃密、長得還不錯但滿臉青春痘的男生。他穿著一件白底藍花紋上衣，戴著一頂年輕人喜歡的綁著顯眼緞帶的草帽，說話時一邊用手杖敲著自己的鞋尖處。NAOMI躲在花圃陰影處蹲在男生腳邊，所以看不清楚她的表情，只能從盛開的百日草、天藍繡球、美人蕉的花當中隱約看到些許她的側臉和頭髮。

男孩一發現我，馬上就拿下帽子跟我點了個頭。

「那下次見。」

他朝NAOMI的方向瞥了一眼，說了這句話後就匆忙往大門方向走過來。

「那，再見。」

NAOMI也跟著站起來，男孩背對著她說了句「再見」，從我面前通過時，手抓著帽子邊緣稍微把臉遮住走了出去。

「那個男的是誰啊？」與其說我是嫉妒，不如說是因為覺得「剛才那場面很不可思議」，感到好奇才問的。

「那個人？他是我的朋友，叫做濱田，……」

「你們什麼時候變成朋友的？」

「有段日子了——那個人也在伊皿子那學聲樂，你不要看他滿臉青春痘很醜，一唱起歌來那歌聲真的很美，是位優秀的男中音喔，之前的音樂會他還跟我一起表演四重唱呢。」她連不用說也沒關係的臉上缺點都說了，我突然感到一股疑惑，便認真地看著她的眼睛，不過她的態度很沉著，和平常沒什麼兩樣。

「他常來玩嗎？」

「沒有，今天第一次，他說因為到這附近來，所以繞過來一下——他說下次要辦一個社交舞社團，來叫我一定要加入。」

我確實多少有點不愉快，不過問著問著就覺得那位少年似乎真的只是來說那件事。首先，他和NAOMI在我可能會回家的時刻在庭院裡講話，就足以解開我的疑惑。

「那妳有說要去跳舞嗎？」

「我只說我會考慮考慮而已……」

她突然發出用諂媚聲音撒嬌地說：

「那個…不能去嗎？說好吧！你讓我去跳舞吧！讓治先生也加入社團，我們一起學不就好了嗎？」

「我也可以加入社團嗎？」

「嗯，誰都可以加入啊，是由伊皿子那裡的杉崎老師認識的某位俄羅斯人教的喔，聽說她是從西伯利亞逃出來，身上沒錢很困擾，老師為了幫助她才成立社團。所以學生多一點比較好，——好不好嘛，我們參加嘛！」

「妳是沒問題啊，我不知道記不記得住。」

「沒問題啦，馬上就能記住了。」

「可是我沒有音樂的素養啊。」

「音樂那種東西，聽著聽著自然就會懂了啊，……好不好？讓治先生一定也要來參加，我一個人的話沒辦法跳啊。決定了，我們就偶爾兩個人一起去跳舞，每天都在家裡玩耍也很無聊。」

——我也隱約感覺到ＮＡＯＭＩ那時對當時的生活感到無聊，仔細想想我們在大森築巢已快四年了，而在這之間，我們除了暑假之外都關在這「童話故事般的家」，完全沒和外界接觸。每天看到的就只是對方的臉，所以再怎麼玩各式各樣的「遊戲」，結果勢必會感到無聊。再加上ＮＡＯＭＩ是個很容易膩的人，不管什麼遊戲，她一剛開始都會非常熱衷，但絕對無法持續很久，儘管如此，如果什麼都不做的話，她又無法安靜一個小時。所以當她不想玩撲克牌、不想玩軍人將棋、也不想學電影明星的動作時，就只能去整理那些有段時間沒好好看顧的花圃裡的花，勤快地翻土、播種、澆水，不過那也只不過是短暫時間的消遣而已。

「啊，好無聊喔，有沒有什麼有趣的事啊？」

她說著拿出看到一半反摺在沙發上的小說，伸了個大懶腰，我看到這個景象，也在內心想著有沒有辦法翻轉這單調的兩人生活。學跳舞的話題剛好就在那時出現，讓我覺得去學跳舞好像也不壞，ＮＡＯＭＩ也已不是三年前的ＮＡＯＭＩ了，和那時去鎌倉時的她已完全不同，或許盛裝打扮讓她出席社交界，在眾多女性面前，也不會相形遜色——我這麼想像著，且自己對那想像感到無比驕傲。

之前也說過，我從念書時期開始就沒什麼特別要好的朋友，一直以來我的生活中都盡量避免那些非必要的交際應酬，不過絕不是討厭進軍社交界，是因為我覺得鄉下人不擅長拍馬屁，和人的對應也比較自我不造作，因此就先把自己封閉起來。不過相反地，因為有這層關係，又更羨慕那光鮮亮麗的上流社會，原本想娶ＮＡＯＭＩ為妻也是因為想將她打造成美麗夫人，每天帶她到處散步接受別人讚賞的目光，「您太太真是位優秀洋派夫人呢。」一想在社交場合裡聽到這樣的誇讚，因為早有這龐大的野心，所以總不能一天到晚把她關在那「小鳥籠」裡。

據ＮＡＯＭＩ所說的，那位俄羅斯舞蹈老師名叫亞歷珊卓・休蘭姆斯卡雅，是位伯爵夫人，她那位伯爵丈夫參與了革命被通緝而下落不明，原本也有兩個小孩，可是現在也不知道他們在哪裡，最後自己一個人逃難到日本。生活非常困苦的她現在終於開始當起舞蹈老師，因此

ＮＡＯＭＩ的音樂老師杉崎春枝女史[1]為了幫助那位夫人而組了一個社團，總幹事就是那個叫做濱田的慶應義塾的學生。

用來當作練習場地的是位於三田聖坂的一家叫做吉村的西洋樂器行的二樓，夫人每週去那裡兩次，星期一和星期五會員可以在下午的四點到七點間選個自己方便的時間，一次請老師教一個小時，學費是一個人每個月二十元。規定是每個月初先付學費，我和ＮＡＯＭＩ兩個人一起去的話，就是每個月要花四十圓，我心想不管對方是否是洋人，這金額真的是太荒謬了。ＮＡＯＭＩ的解釋是，說到跳舞，日本的舞蹈也一樣都是奢侈品，所以收那樣費用也是情有可原，而且即使不那麼認真練習，厲害的人一個月、不厲害的人三個月就學得起來，所以雖然說很貴，不過也不會貴到哪裡去。

「首先，不幫助那個叫做休蘭姆斯卡雅的人，她就太可憐了，她以前是伯爵夫人，結果現在淪落到這般境地真的很可憐啊。我聽濱田說她舞真的跳得非常好，不只是社交舞，只要提出需求，她也可以教要上台表演的舞。說到跳舞，那些演藝人員跳的舞太粗俗了不好，跟老師那樣的

1　對學者、藝術家、政治家等有社會地位與名聲的女性的尊稱。

人學是最好的啊。」

ＮＡＯＭＩ一直幫還沒見面過的夫人說話，一副就是要去上舞蹈課的樣子。

就這樣，我和ＮＡＯＭＩ入會了。每週一和週五ＮＡＯＭＩ上完音樂課、我下班後，就馬上在六點前趕到那家位於聖坂的樂器行。第一次是下午五點時，ＮＡＯＭＩ在田町車站等我再帶我去，那間樂器行位於坡道上，是間門口很窄的店，一進到店裡就會看到鋼琴、風琴、留聲機等各種樂器陳列在這家小小的店裡。二樓好像已經開始上舞蹈課了，聽得到吵雜的腳步聲和留聲機放出來的音樂，樓梯口有五、六個看起來像是慶應大學的學生，他們一直盯著我和ＮＡＯＭＩ看，讓我覺得不怎麼舒服，此時，有人用一種叫熟人的聲音大聲叫著：

「ＮＡＯＭＩ小姐。」

原來是學生之一，他抱著一個好像叫做平背曼陀鈴——扁扁的、有點像日本月琴的樂器，他撥著弦在調音，發出鈴鈴的聲音。

「你好。」

ＮＡＯＭＩ也不是用女生的語氣，而是用學生般的語氣回。

「怎麼了？小政，你不去學跳舞嗎？」

「唉呀，我呀。」

那個被叫做小政的男生默默笑著將曼陀鈴放到架子上，邊說：「我才不去學那東西呢，首先，妳想想學費一個月二十塊也太貴了吧。」

「因為才剛開始學，也沒辦法啊。」

「什麼啊，反正不久後大家都會了，到時候再找他們學就好了，跳舞只要做到那個程度就夠了，怎麼樣？這做法很聰明吧？」

「你好狡猾喔！這樣太會耍小聰明了，啊，對了『阿濱』在二樓嗎？」

「嗯，他在，妳上去看看。」

這間樂器行好像成為這附近學生的「基地」，看來ＮＡＯＭＩ滿常來的，感覺店員和其他人都跟她很熟。

「ＮＡＯＭＩ，剛剛樓下的學生們都是做什麼的？」

我在她帶我上樓時問她。

「他們是慶應的曼陀鈴社的人，雖然講話粗魯，不過都不是壞人喔。」

「大家都是妳的朋友嗎？」

「稱不上是朋友，只是有時來這裡買東西時會遇到，就這樣認識了。」

「來學跳舞的大多是那樣的人嗎？」

「不知道呢——應該不是吧，應該是年紀比學生大的人比較多吧？——現在去看不就知道了。」

上了二樓，走廊旁就有一間教室，馬上看到有五、六個人邊「one、two、three」數著拍子邊踩踏著腳步。那間教室是把兩間日式房間打通、鋪著木板，可以直接穿鞋進去。那個叫做濱田的男生不時到處走動、並在地板上灑上細粉，可能是為了讓地板光滑一點吧。那時還是日照時間很長的夏季時分，亮恍恍的夕陽從拉開窗簾的西側窗戶照進來，而背對著那抹微紅亮光、身穿白色上衣、藍色羽緞裙子，站在兩個房間打通處的那位夫人不用說就是休蘭姆斯卡雅夫人了。從她有兩個小孩來推測她實際年齡應該也有三十五、六歲？不過外表看起來頂多就三十歲左右而已，她帶著散發出貴族威嚴的高傲容貌——那威嚴或許是蒼白的臉上透出微細血管而出現，看著她那凜然的表情、瀟灑的服裝以及胸前和手指上閃亮寶石，再怎麼樣也無法想像她是個生活困頓的人。

夫人一手拿著教鞭，嚴肅地皺著眉頭盯著練習中的所有人的腳，「one、two、three」——俄羅斯人的英語裡，會把「three」發音成「tree」——她就這麼靜靜地、以命令的態度反覆做這些指導，所有學生照著她的指令排成幾列，踩著不穩的腳步走來走去，就像女士官長在訓練軍隊般。讓我想起某天在淺草的金龍館看到的《女軍出征》這部電影，學生裡面的三個人穿著不像學生衣服的西裝，其他兩個才剛從女校畢業，應該是某戶人家的大小姐吧，打扮樸素、穿著袴和男生一起努力練習，真的是很認真的大小姐，完全沒有令人不舒服的感覺。只要有一個人跳錯，夫人就會突然喊出：「No！」地嚴厲斥責，並到旁邊跳給他看，如果沒把動作記好一直跳錯的話，她就會喊：「No good！」邊甩鞭子敲打地板，或是打那個人的腳，無論對方是男是女。

「她真的很熱心教學，就是要這樣教才對。」

「真的，休蘭姆斯卡雅老師非常認真，日本的老師再怎麼樣都沒辦法做到那樣。西方人即使是女性，該做的還是會做，讓人覺得很爽快。而且上課時間不管是一個小時還是兩個小時，她都沒有休息、一直上課。這麼熱的天氣，想說要不要給她冰淇淋，她說上課時什麼都不要，堅持不吃呢。」

「嗯，她這麼認真教居然都不會累。」

「西洋人的身體比較強壯，和我們不一樣啦——不過想想她也很可憐，本來是伯爵夫人，不愁吃不愁穿，卻因為革命變成這樣——。」

兩個婦人坐在隔壁休息室的沙發上，看著教室景象邊有感而發地聊了這些事，其中一位大概二十五、六歲，嘴唇大而薄、圓臉金魚眼，頭髮沒有分邊，從髮際線梳高到頭頂，就像刺蝟的屁股般，丸子處插了一支非常大的白玳瑁髮簪，繫著埃及圖案的塩瀨[2]的腰帶、別著翡翠的腰帶夾。對休蘭姆斯卡雅夫人的遭遇寄予同情，頻頻誇讚她的就是這位婦人。而附和她話語的另一位婦人因為流汗導致厚厚的粉底脫妝，變成一塊一塊白白的、隨處看得到細紋，從她那不怎麼好的肌膚狀況看來，推估是近四十歲。不知道是天生的還是燙的，綁起來的紅色頭髮蓬鬆捲曲，她身材高高瘦瘦，打扮雖浮誇，不過看起來一副護理師的長相。

有些人圍著這兩個婦人有禮貌地排著隊等跳舞，當中也有人已經累積了一輪的練習，各自勾著手臂在教室角落來回跳舞。不知道幹事濱田擔任的角色是夫人的代理人，還是他自己裝腔作勢，他會充當那些人的舞伴陪她們跳舞，還會換留聲機裡的唱片，總之他自己忙得團團轉。我原本很好奇除了女生之外，那些想來學跳舞的男生都是些什麼樣的社會人士，接著發現了一件很不可思議的事，就是穿著華美服裝的只有濱田，其他大概都穿著那些月薪不高的人才穿的土裡土氣的三件式藏青色西裝，看起來很俗氣。說到年紀，看起來都比我年輕，只有一個像是三十幾歲的紳士。那位男士穿著晨禮服，戴著金框邊厚厚的眼鏡，留著不合時宜的異常長的八字鬍。他看起來好像學得最慢，好幾次都被夫人臭罵「No good」，被用鞭子狠狠鞭打。每當他被罵或被打，就露出尷尬的微笑，又重新開始「one、two、three」。

那樣的男人都老大不小了，到底為什麼會想學跳舞？不，這麼想的我不也是和他一樣是學員嗎？除此之外，平常不會出入這種讓人害羞場所的我，只要想到在婦人面前被那個西洋人臭罵的瞬間，就全身冒冷汗。雖然說我是陪NAOMI來，但只要一看到老師罵人，就非常害怕輪到自己跳。

2　一種用生絲織成的絲綢，採平織法，用細絲密密地織出縱線，用粗絲織出橫線。

「嗨，歡迎您來。」
濱田跳了兩三輪後，拿著手帕擦拭那流了滿頭大汗的青春痘額頭，往這裡走過來。
「啊，之前打擾了。」
他今天有點得意洋洋地來跟我打招呼，並看著NAOMI說：
「謝謝你在這麼熱的天氣裡過來——不好意思，如果妳有帶扇子來的話，可以借我嗎？再怎麼說，助理也不是那麼好當。」
NAOMI從腰間拿出扇子遞給他說：
「阿濱跳得很好啊，很有當助理的資格呢，你什麼時候開始練習的呢？」
「我嗎？我已經學了半年了喔，不過妳學習力很強，馬上就學得起來的。在跳舞時，是由男生主導，女生只要給男生帶著跳就可以了。」
「請問，在這裡的男生們大多都是些怎麼樣的人？」我問。
「啊，這個啊，」濱田突然認真回答起來：

「這些人大概都是東洋石油株式會社的員工比較多，杉崎老師的親戚是公司的董事，他幫忙介紹學員過來。」

東洋石油的員工和社交舞！——儘管我覺得這是很奇妙的組合，還是又詢問了：

「那那一位呢？坐在那裡那位留著鬍子的紳士也是那家公司的員工嗎？」

「不，他不是，那位是醫生。」

「醫生？」

「是的，他是那間公司裡負責衛生顧問的醫生，他說跳舞是個對身體很好的運動，他是為了健康來跳舞。」

「是嗎？阿濱先生。」NAOMI插嘴問。

「真的那麼有運動效果嗎？」

「是啊，跳舞是連在冬天跳也會流很多汗，會讓襯衫完全濕透，是個很好的運動，再加上休蘭姆斯卡雅老師對練習要求那麼高。」

「那位夫人懂日文嗎？」

我之所以那麼問是因為我從剛才就一直很在意這件事。

「不，她幾乎不會日文，大多都是用英語教學。」

「英語啊……在口說方面，我不是很在行啊……」

「您在說什麼呀，大家都一樣啊，休蘭姆斯卡雅老師也是說著很破的英語，甚至比我們還糟糕，所以完全沒必要擔心，再說練習跳舞完全不需要語言，只要聽懂『one、two、three』，接下來看她的動作就會做了。」

「嗨，NAOMI小姐，妳什麼時候來的？」此時跟她說話的是那位插著白玳瑁髮簪、有著金魚眼的婦人。

「啊，老師——來！她就是杉崎老師喔。」

NAOMI說著抓起我的手，往那位婦人坐著的沙發走去。

「那個…老師，跟您介紹一下，這是河合讓治。」

「啊，這樣啊——」

杉崎女史看到ＮＡＯＭＩ那害羞的臉色，不用多問就知道這代表什麼意思，只是站起來點個頭說：

「——初次見面，敝姓杉崎，歡迎您來——ＮＡＯＭＩ小姐，妳把那張椅子拉過來。」

然後又再次轉向我：

「您就先坐著吧，雖說快輪到你們了，不過一直站著等也很累。」

「……」

我不太記得那時是怎麼打招呼的，大概只是動嘴含糊帶過吧，面對這種以「敝姓……」為開頭過來搭話的婦人們，我真的不知道該怎麼應對。不僅如此，這位女史會怎麼解讀我和ＮＡＯＭＩ的關係，ＮＡＯＭＩ跟她透漏多少，最後還是糊里糊塗忘了介紹，這讓我更加不知所措。

「我來介紹你們認識。」

女史不顧我扭扭捏捏的態度，指著剛才那位燙頭髮的婦人說：

「那位是橫濱的詹姆士・布朗先生的夫人——這位是在大井町的電器公司上班的河合讓治先生——」

原來如此，這位女性是外國人的夫人，聽她這麼一說，我也覺得比起護理師，她看起來更像洋人妻子的樣子，這麼想著的我更是一個勁地拘謹鞠躬。

「冒昧請問一下，您是first time練習跳舞嗎？」

那位燙頭髮的婦人馬上抓著我問，她這麼發話，但是因為她很裝模作樣地發「first time」的音，而且唸很快，我張皇失措地問：

「什麼？」

「嗯，是第一次吧。」杉崎女史馬上從旁幫忙回答。

「嗯，是這樣啊，不過該怎麼說呢？genleman比lady mor mor difficult，開始練習之後也……該怎麼說呢……」

她說的那個「mor mor」我又聽不懂了，仔細聽才發現是「more more」的意思，她也把「gentleman」發成「genleman」，把「litre」發成「lirer」，她就是這樣在講話時加入一些英語，而且她講的日語的重音也很奇怪，每聽三句話我就要問一次「什麼？」她就這樣喋喋不休毫無止境地講下去。

接下來她又再次聊到休蘭姆斯卡雅老師的話題，然後是跳舞、外語、音樂的話題……貝多芬的奏鳴曲、第三交響樂如何如何，某家公司的唱片比另一家公司的唱片好或不好，因為我已經沒力氣回話了，所以從後來她跟女史的對話口吻聽來，這位布朗夫人可能是杉崎女史的鋼琴學生。而我這時又無法機靈地看準時機説「我先失陪一下」後離開現場，所以就只能被夾在這些長舌婦們之中嘆著氣，不想聽也被迫繼續聽下去。

終於，鬍子醫生和石油公司那組的練習結束了，女史帶我和ＮＡＯＭＩ往休蘭姆斯卡雅老師面前走去，然後用極為流暢的英語為我們介紹，她先介紹ＮＡＯＭＩ，再介紹我——這可能是順從西方「女士優先」的做法。此時，女史好像稱ＮＡＯＭＩ為「河合小姐」，我內心期待等著想看ＮＡＯＭＩ是用什麼態度和西方人打交道，可是平常非常自戀的她站到夫人面前也略顯狼狽，夫人説了一兩句話，帶著威嚴的眼神微笑伸出手，ＮＡＯＭＩ就紅著臉什麼都説不出來，只是默默地和夫人握了手。換到我又更嚴重了，老實説，我無法仰視她那蒼白得像雕刻作品的輪廓，就只是低著頭，默默地回握夫人那戴滿無數閃亮亮細顆粒鑽石的手。

九、

儘管我個人是個粗俗的人，不過就興趣而言我喜歡西洋的事物，凡事都模仿西方作風，這想必讀者都已經瞭解了。如果我有足夠的錢能夠隨意盡情揮霍的話，或許我會去歐美生活，娶歐美女性為妻也說不定。不過因為環境不允許，所以只能在日本人當中選一個長得像西方人的ＮＡＯＭＩ為妻，還有一點就是即使我有錢了，也不覺得自己有男子氣概，再怎說身高只有五尺二寸、膚色黑、牙齒排列也不整齊，如果娶個身材姣好的西方女性為妻的話，就太不知好歹了。果然對日本人而言還是雙方都是日本人比較好，像ＮＡＯＭＩ那樣的女性最符合我的期望。想了想這些，我對現狀就已經很滿足。

然而儘管這麼說，能接近白種人女性對我而言是件開心的事——不，比起開心，更覺得光榮。說實在的，我對自己不善於交際又沒有語言天分已經很失望，覺得那些機會一輩子都不會到來，而處於放棄狀態。平常只是偶爾看看外國的歌劇，或是熟悉電影女演員的臉，像夢境般仰慕著她們的美麗就足夠。沒想到練習跳舞為我製造了接近西方女性的機會——更令人欣喜的是對方還是伯爵夫人。哈里遜老婦人不算的話，和西方女性握到手的那股「光榮」，是打從出生以來我第一次感受到。在休蘭姆斯卡雅夫人對我伸出那隻「白皙的手」時，我心頭顫了一下，一瞬間猶豫了我是否可以回握。

ＮＡＯＭＩ的手也是柔軟有光澤，且手指細細長長的，當然並不是不優雅，但夫人那「白皙的手」不像ＮＡＯＭＩ的那麼細長，其掌心也比較厚稍有肉，手指雖然柔嫩修長，不過並不是薄弱的感覺，而是既「粗」又「美」的手——給我這樣的感覺。戴在那上面的像眼珠般閃耀的大戒指，若是戴在日本人手上看來只會令人討厭，但她戴起來卻反而讓手指看起來更纖細、更高雅，增添了奢華品味。而和ＮＡＯＭＩ最不同的地方是其膚色異常白皙，白皙膚色下透著淡紫色的微血管讓人聯想到大理石的斑紋，淡淡透出看起來很淒美。過去我都會把玩著ＮＡＯＭＩ的手誇讚：

「妳的手真的很美，就像西方人的手那樣白皙。」

但現在這樣一看，很可惜地果然還是不一樣，雖然一樣都白皙，可是ＮＡＯＭＩ的白並不清透。不，剛看過夫人的手後，甚至覺得ＮＡＯＭＩ的手看起來很黑。另外還有一件事吸引了我的注意，那就是指甲。夫人的十根手指全部都像同種貝殼聚集起來般，每個指甲的甲床都很整齊，閃著櫻花色調，不只這樣，連指尖都修成尖尖的三角形，這大概是西方的流行吧。

我之前也說過NAOMI站在我旁邊比我矮一寸左右，雖然夫人在西方人當中看起來比較嬌小，但即使如此她還是比我高，再加上她穿著有跟的高跟鞋，和她一起跳舞時，我的頭差點碰到她露出的胸部。

「Walk with me!」

夫人開始邊這麼說邊把她的手臂繞到我背部、教我怎麼踩步伐時，我是多努力不讓自己這全黑的臉碰到她的肌膚，那光滑乾淨的皮膚對我而言是可遠觀不可褻玩焉。我連跟她握手都覺得過意不去，隔著那柔軟的薄衣服被她環繞在胸前時，我覺得自己做了完全不該做的事，一直擔心自己吐出的氣息會不會很臭、這又黏又油膩的手會不會讓她不舒服，擔心著這些事情，偶爾她的頭髮落下一根，都讓我不由得打了個冷顫。

不只這樣，夫人的身體散發出一股甜甜的香氣。

「那個女人有很重的狐臭，超臭的！」

我事後聽到那些曼陀鈴社團的學生們說了夫人的壞話，聽說西方人很多人有狐臭，夫人或許也是，而她為了消除那臭味，一直擦著香水吧。不過我不僅不討厭那香水和狐臭混和而成的酸酸甜甜的淡淡香味，還覺得那是種難以形容的蠱惑，這讓我想像出我未曾見過的那海對岸的那些國家，以及未知世界的美妙異國花園。

「啊啊，這是從夫人那白皙身體散發出來的香氣啊！」

我就這樣恍惚並貪婪地嗅聞著那香氣。

像我這種不靈巧的男子，最不適合跳舞這類花俏的氛圍。雖然是為了陪ＮＡＯＭＩ，不過為什麼能不厭煩地持續去教室上一個月、兩個月的舞蹈課呢——我要誠實地說，原因確實是因為老師是休蘭姆斯卡雅夫人。每個星期一和星期五的午後，被夫人抱在胸前跳舞，那短短的一個小時不知何時開始變成我最期待的時光。只要夫人在我面前出現，我就完全忘記ＮＡＯＭＩ的存在。那一個小時就像是喝了濃郁的烈酒，讓我酒不醉人人自醉。

「沒想到讓治先生這麼認真呢，我本來以為你馬上就會不想學了——」

「為什麼？」

「因為你之前不是說什麼『我不會跳舞』啊。」

所以每當ＮＡＯＭＩ提到這個話題，我都覺得很對不起她。

「我本來以為我跳不起來，不過一試發現還滿有趣的。也不是要特地學醫生的口吻說話，不過真的很能運動到身體。」

「所以我就說啊，凡事不要只是用想的，要去做做看啊。」

ＮＡＯＭＩ完全不知道我的秘密，只是笑著這麼說。

之後我們已經練習到一個程度，所以在那年的冬天開始出入銀座的Eldorado咖啡廳。那時東京還沒有那麼多家舞廳，除了帝國飯店和花月園之外，其他的咖啡廳都是才剛起步的感覺。再說出入飯店和花月園的主要都是外國人，對服裝和禮節都很講究，所以對新手而言Eldorado比較適合，我們才會從那裡開始嘗試。那是ＮＡＯＭＩ不知道從哪裡哪聽來的店，並說「無論如何都想要去看看」。其實我那時還沒膽量在大庭廣眾下跳舞，不過ＮＡＯＭＩ盯著我說：

「這樣不行喔，讓治先生！」

又說：「不能那麼膽小啊，跳舞這玩意兒，只是一個勁地練習是沒辦法跳得好的，要不害羞地在別人面前跳才會越跳越好喔。」

「可能確實是那樣吧，不過我臉皮沒那麼厚……」

「那算了，我一個人去好了……我會找阿濱和小政他們去跳舞。」

「小政是之前看到的那個曼陀鈴社團的男生嗎？」

「嗯，對啊，那個人雖然連一次課都沒上過，不過卻會出入各場所，不管對方是誰都跟她跳，現在已經跳得很好了呢。他跳得比你好多了，所以說臉皮不夠厚的話很吃虧喔……好不好，一起來嘛，我會陪你跳的……你就行行好吧，一起來嘛！……你是好孩子、你是好孩子，讓治先生真的是個好孩子呀！」

最後還是要我一起去，接下來就變成開始討論「要穿什麼去」，一討論就討論了很久。

「讓治先生你看一下，哪一件好？」

從要去咖啡廳跳舞的四、五天前開始，她就瘋狂地找衣服，把所有衣服都翻出來，每一件都穿起來看看。

「啊，那一件不錯啊。」

最後我覺得很痲煩，就隨便應應。

「是嗎？這件不會很奇怪嗎？」

她在鏡子前轉圈圈：

「還是覺得好奇怪，我不喜歡穿這一件。」

說完馬上就把那一件脫掉，丟在地上像踩紙屑般、踩完踢到一旁，然後又拿出另外一件。但是那件也不行、這件也不喜歡，然後她就說：

「那個，讓治先生，幫我買件新的嘛！」

「要去跳舞的話，一定要穿件特別出色的衣服，這些衣服看起來都不起眼，好啦！買嘛！反正接下來會常常去跳舞，不能沒有衣服啊。」

那時，我的月薪已經無法負荷她的奢侈了。我原本對用錢很計較，單身時每個月抽出一筆零用錢，用剩下的即使只有幾塊錢也一定存起來。和ＮＡＯＭＩ一起租那間大房子時，手頭還非常寬裕，之後雖然我沉溺於對ＮＡＯＭＩ的愛，可是對於公司的工作絕對不怠惰，依然是勤勞努力的模範員工，也逐漸獲得高層的信任，月薪提高之外還有每半年一次的獎金，平均月薪有四百塊，因此要是普普通通地過生活的話，兩個人是綽綽有餘，但現在卻怎麼都不夠。說到細項的話，首先每個月的生活費，再怎麼保守估計都要兩百五十塊以上，有時要到三百塊。那之中房租佔三十五塊——原本是二十塊但在四年內漲了十五塊，然後扣掉瓦斯費、水電費、燃料費、衣服送洗費等諸多雜費後，剩下兩百塊到兩百三、四十塊左右，若說到這些錢用在哪裡，大部分都是花在飲食上。

這也難怪，ＮＡＯＭＩ在還是小孩時只吃一道牛排就滿足，不知不覺間她的嘴越來越刁，每日三餐都喊著「好想吃個什麼」、「想吃螃蟹」等不符合她年紀的珍饈，而且都是些自己買材料來做會很麻煩的料理，所以大多都要去附近的餐廳吃。

「啊，好想吃些好吃的東西啊。」

只要一閒下來，ＮＡＯＭＩ的口頭禪一定是這句。以前都是去西式料理店，最近就不一樣了，她每三次就會有一次說出「想吃看看某家店的美食」、「想吃看看那間店的生魚片」等狂妄的話語。

因為中午我在公司，所以ＮＡＯＭＩ是自己吃飯，不過那反而讓她更奢侈。傍晚我從公司回家後，常會看到廚房角落有外送的餐盒或是西式料理店的容器。

「ＮＡＯＭＩ，妳又叫了什麼餐吧？像妳這樣一直吃外面也太花錢了吧，一個女生做這種事，妳不覺得太浪費了嗎？」

即使這麼說，她也毫不在乎地說：

「就是因為一個人才叫外賣啊，不然準備菜也很麻煩。」

然後就鬧脾氣地半躺在沙發上。

就是她這副德性讓人受不了，而且如果只有配菜也就算了，有時她連白飯都懶得煮，連飯都叫外賣。到了月底就會收到從雞肉店、牛肉店、日本料理店、西式料理店、壽司店、鰻魚店、甜點店、水果店等各店家寄來的請款單，那金額真的是高到讓人吃驚。

僅次於飲食費用的就是衣服的送洗費用，這是因為ＮＡＯＭＩ連一雙襪子都絕不自己洗，髒衣物全部都送洗，有時責備了她幾句，她就會回：

「我又不是女傭。」

然後又說：「一洗衣服手指就會變粗，就不能彈琴了，讓治先生你之前怎麼形容我的呢？你不是說我是你的寶物嗎？那這雙手變粗該怎麼辦呢？」

一剛開始ＮＡＯＭＩ還會做家事、也會做菜，但是只做了一年還半年而已。然而換洗衣物送洗就算了，更令人傷腦筋的是家裡一天比一天還要雜亂而骯髒。她衣服脱下後就隨便丟，東西吃完也就丟著不收，用過的碗盤、裝著沒喝完的湯碗或杯子、髒汙的內衣和湯文字[1]無論何時總是隨處丟。地板就不用說了，連椅子和桌子也都積滿了灰塵，而那特地買的印度印花布窗簾早就像遙遠的回憶般髒兮兮，之前那像明亮「鳥籠」般的彷彿童話故事裡的家已完全變了樣，一進到屋子裡就會聞到這間屋子特有的刺鼻臭味。對此我也真的受不了了，曾說：「算了算了，我來打掃就好，妳去庭院等。」而開始打掃清灰塵。但是越打掃垃圾越多，由於實在太過髒亂，即使想打掃也無從打掃起。

這樣下去也不是辦法，雇用了兩三次女傭來，可是每個人都對此束手無策而放棄，沒有人撐過五天。首先，因為之前沒這樣的打算，所以即使女傭來也沒有房間給她睡，而且她在的話我們就不能毫無顧忌地調情親熱，連開個玩笑都覺得很彆扭。而ＮＡＯＭＩ是只要人手一多就會更放肆地偷懶，完全不把倒下的東西放直，只是一個勁地指使女傭做事。而且還會指使女傭「妳去

1　是日本的傳統女性內衣，為覆蓋下身的長布。在1932年發生白木屋百貨店火災事件之後，逐漸停止使用。

那間店買些東西來」，反而比以前更方便，結果更浪費了。結論就是女傭這個存在就經濟層面而言非常不划算，且影響到我們的「遊戲」生活。那些女傭覺得待得不安心，我們也覺得不想有別人在。

因此，我們每個月的生活費就是要花掉那麼多錢，本來想從剩下的一百塊到一百五十塊每個月擠出十塊或二十塊存起來，但ＮＡＯＭＩ實在太會花錢了，連那些錢也存不到。她每個月一定要做一件衣服，即使只是買棉麻布料的衣服還是銘仙綢，也都一定會買襯裡和外衣兩件式的，而且她不自己縫製、就必須花錢請人做衣服，所以五、六十塊馬上就消失了。花這麼多錢做出來的衣服，如果她不滿意就會收到衣櫥深處完全不穿；如果她滿意的話，就會穿到膝蓋處磨破才甘心，所以她的衣櫥裡塞滿了破破爛爛的舊衣服。接下來說說鞋子的浪費行徑。草鞋、低齒木屐、高齒木屐、日和木屐[2]、兩刳[3]、出遠門用的木屐、平時穿的木屐——這些鞋一雙動輒七、八塊或還要再貴個兩三塊，十天就要買一雙，算下來真的不便宜。

「這樣一直買木屐的話錢不夠花啊，改穿鞋子怎麼樣？」

儘管我這樣建議她也不聽，她以前明明喜歡打扮成女學生模樣，就是穿著袴然後穿著鞋子，但現在連去上課都只穿著便服就裝作優雅的女人般出門了。

「我再怎麼樣也是江戶出身呢，衣著怎麼樣都沒關係，唯獨鞋子沒好好選的話無法滿意。」

她會把我視為鄉下人般這麼說。

零用錢也是，音樂會、電車錢、教科書、雜誌、小說等等，不到三天她就會拿走三塊或五塊的零用錢。其他還有英語課和音樂課的學費要二十五塊，這是每個月都固定要付，就這樣，我那四百塊的收入要支付以上所述的費用真的不容易。別說要存錢了，還必須動用到之前的存款，我單身時期預存的那些資金也一點一點地消失無蹤。金錢這種東西花起來很容易，這三四年間一下子就把我的存款使用殆盡，現在一毛錢也沒有了。

不幸的是像我這樣的男人，不擅長欠款，不準時付款的話就會過意不去，所以每到月底就非常痛苦，即使我斥責她：「這樣花下去，撐不過月底。」

「撐不過就請對方多等幾天啊。」她也總是這麼說。

2　一種低齒木屐，主要是晴天時穿的。

3　木板底下的齒不是插在木板上，而是木板和齒合為一體製作而成，較堅固且高級。

「——我們都在同一個地方住了三、四年了，晚點付款應該還能通融吧，只要跟房東說半年一期付，他一定會多寬限我們一點時間。讓治先生就是太膽小了，而且不懂得變通，這樣不行喔。」她就是這個樣子，自己想買的東西都是付現，每個月該付的就延到發獎金時再付。明明是她這麼提議，但卻又討厭去做賒帳的談話，所以每個月底就丟下「我不喜歡說那些事，那不是男生的責任嗎？」這句話，人就不知溜到哪裡去了。

我可說是為了NAOMI奉上自己全部的收入了。讓她變得更漂亮，捨不得讓她有任何拘束感或是讓她覺得我很小氣，讓她自由成長——這本來就是我的本意，所以雖說我不斷抱怨她一些令人傷腦筋的行徑，但還是允許了她的奢侈行為。如此一來就必須在其他方面節省，幸好我本身就沒花什麼交際費，不過偶爾還是必須和公司的人聚餐，此時我就盡量避免參加，即使因此欠下人情也不在意。此外，我自己的零用錢、治裝費、便當錢等都盡量節約，每天要搭的省線電車也是，NAOMI都買二等艙的定期票，我就委屈一點只買三等艙。煮飯很麻煩，叫外賣又太花錢，所以我就自己煮飯並準備一些小菜，可是一這麼做NAOMI又不高興了。

「你一個大男人幹嘛要在廚房做事啊，太丟臉了。」她說。

「讓治先生你啊，不要一整年都穿同一件衣服，穿件稍微像樣的衣服怎麼樣？我自己打扮得這麼漂亮可是你卻那樣，我不喜歡，這樣我就不想跟你一起走在路上了。」

如果不能跟她一起在路上走就失去了樂趣，所以變成我不得不去弄一件所謂「像樣的」衣服。和她出門時也必須搭二等艙的電車，也就是說，為了不傷她的虛榮心，不能只讓她一個人過得奢侈。

因為這些事導致現金周轉不靈，又適逢要付四十塊錢給休蘭姆斯卡雅夫人，而且還要買跳舞的衣服給ＮＡＯＭＩ的話，就陷入困境了。但是ＮＡＯＭＩ才不管這些，即使剛好到了月底，只要我口袋裡有些現金，她還是會要我把錢交出來。

「妳想想，現在拿出這筆錢的話，月底一定會出問題啊。」

「那個問題一定能解決的啊。」

「『能解決』？要怎麼解決？怎麼樣都無法解決啊。」

「那我們是為了什麼學跳舞的啊？——算了，如果這樣的話，那我明天開始就都不要出門好了。」

她說著就用那雙充滿淚水的大眼睛怨恨地瞪著我，賭氣不說話了。

「NAOMI，妳在生氣嗎？……喂，NAOMI，喂喂，……轉過來看我嘛。」

那個晚上，我鑽進被窩後，搖晃著背對我裝睡的她說：

「乖，NAOMI，妳轉過來這邊嘛，……」

然後我溫柔地伸出手，像翻魚骨般把她扳過身來，那無反抗的柔軟身體伴隨半張著的眼睛，面向我這個方向。

「怎麼了？還在生氣嗎？」

「………」

「欸，喂，……不要生氣了啦，我會想辦法的，……」

「………」

「喂，張開眼睛啊，把眼睛……」

我邊說邊把她那帶著顫抖眼睫毛的上眼瞼翻起來，發現那睜得圓圓的眼球就像貝類的肉般結實。別說在睡覺了，根本就是直盯盯地看著我的臉。

「我用那筆錢買給妳啦，這樣可以了吧……」

「可是你不是說這樣你會很傷腦筋？」

「我傷腦筋也沒關係，我會想辦法的。」

「那要怎麼辦？」

「我跟我家裡的人說，請他們寄些錢過來。」

「他們會寄來嗎？」

「嗯嗯，會啊，因為我至今沒給他們添過任何一次麻煩，我們兩個人住一間大房子會很花錢，這點我母親應該也知道吧……」

「這樣啊？可是這樣不就對你母親太不好意思了？」

雖然ＮＡＯＭＩ一副很在意的口吻，不過實際上她心裡想著「明明就可以跟你家裡的人求救」這點我也看得出來，我這麼說正中她的下懷。

「妳在說什麼啊，我又沒做什麼壞事，只是我的原則是不想跟我家裡的人借錢而已。」

「那麼，為什麼改變了你的原則呢？」

「因為我剛才看到妳在哭，覺得妳看起來很可憐啊。」

「是喔？」

她說著，胸部像是浪潮來襲般起伏，害羞地笑了起來，然後說：

「我真的有哭嗎？」

「妳不是淚滿盈眶地說『那我就都不要出門好了』，不管過多久，妳都像是個磨人精，是個大baby……」

「我的爹地！我最可愛的爹地！」

NAOMI冷不防地環繞住我的頸項，那嘴唇就像是繁忙的郵局人員在蓋章般，在我的額頭、鼻子、眼瞼上和耳朵後方蓋下她的唇印，蓋滿我整張臉所有部位沒一寸放過，感覺彷彿無數片沾了露水的山茶花花瓣沉重地飄落下來般舒適，甚至覺得自己的脖子深深埋在那花瓣香氣當中，像是夢境一般。

「怎麼了？NAOMI，妳好像發了瘋似的。」

「是啊，我發瘋了，……因為今晚讓治先生可愛到讓我發瘋了，……還是你覺得我很煩？」

「我怎麼會覺得妳很煩，這樣我也很高興喔，我也高興到要發瘋了，為了妳，我犧牲多少都沒關係，……欸，妳怎麼了？又哭了？」

「謝謝你，爹地，我很感謝你這個爹地啊，所以眼淚自然就溜下來了，……欸，你懂嗎？不能哭嗎？如果不能哭的話，你幫我把淚水擦掉。」

NAOMI從懷裡拿出紙，但並不是自己擦，而是把紙交到我手中，睜大眼睛凝視著我。在將淚水擦掉之前，淚水又滿溢出來積在睫毛邊緣，啊啊，那是雙多水潤美麗的眼睛啊，我想著不知道能不能把那些美麗的淚珠結晶並保存起來，邊開始先擦她的臉頰、眼窩周圍，小心翼翼地不碰觸到那不斷滿出來的淚珠。每當拉扯到皮膚，淚珠就會被塑造成各種形狀，一下子變成凸透鏡一下子變成凹透鏡，最後化作更小的水滴撲簌簌地滴落下來，在好不容易擦乾的臉頰上流瀉過一束束淚光。於是我再度擦拭臉頰，並輕拭還稍微有點濕潤的眼角上方，然後用這張紙按壓著還持續隱約嗚咽的她的鼻孔說：

「來，擤一下鼻涕。」

她發出「蹭」的一聲，讓我幫她擤了好幾次鼻涕。

隔天，NAOMI拿著我給她的兩百塊錢，一個人去三越，而我則是利用公司午休時間，第一次寫了跟母親要錢的信。

「……無奈最近物價高漲，和兩三年前比起來真的是漲到天壤之別，儘管我已經非常避免奢侈的生活，但還是被每個月的基本開銷追著跑，都市生活真的是很不容易啊……」

我記得我那時是這麼寫的，一想到我居然大膽到能這麼大言不慚地對母親撒謊，就覺得自己很可怕。不過我母親不但相信了我，且連帶地對孩子很珍惜的妻子NAOMI也展現出慈愛之心，從兩三天後收到的回信就能知道。信中寫著「也給NAOMI買件衣服」，還在信封裡多放了一百塊給我。

十、

Eldorado的舞會是在那天的星期六晚上，說是晚上七點半開始，所以我五點左右下班回家時，NAOMI已經洗完澡開始化妝了。

「啊，讓治先生，衣服做好了喔。」

她從鏡子裡看到我後說，並伸出一隻手指向後方，她所指的沙發上放著拜託三越幫忙趕工製作出來的衣服和腰帶，她已經把這些從袋子裡拿出來散亂擺在沙發上，和服袖口比翼[1]滾著金紗線，帶著黑色的紅色底上點點散落著黃花綠葉的圖案，腰帶搖曳著兩三條銀色線波紋，有些地方點綴式地有屋形船般的舊式船隻載浮載沉著。

1　讓和服看起來像是兩層構造的一塊布。

「怎麼樣？我挑布很有眼光吧？」

NAOMI說著，邊雙手沾滿白色粉末使之稍微融化，在剛洗完澡的微濕皮膚上，用手掌從左右兩側肩膀輕拍到頸項。

可是老實說，像她那種肩膀圓厚、臀大胸大的女性身體，不大適合那水般的柔軟布料，她穿著棉麻布料的衣服和銘仙綢時，看起來就像是混血兒，散發出異國情調的美，但很不可思議的是只要穿上這種正經的衣服，反而讓她看起來很俗氣。衣服的花紋越花俏，她看起來就越像在橫濱那邊的八大行業裡工作的低俗女人。我因為看到她自己很得意，也沒特別反駁，不過想到要跟穿著如此顯眼的女人一起搭電車、一起去跳舞會場，就覺得不寒而慄。

NAOMI換完裝後說：

「來吧，讓治先生，你穿上深藍色的西裝吧。」

並拿出我的衣服，撥掉灰塵用熨斗燙好。

「比起深藍色，我覺得穿茶色的比較好。」

「你在說什麼笨話！讓治先生！」

她又照往常一樣斥責並斜瞪著眼說：

「夜晚的宴會一定要穿深藍色的西裝或是燕尾服啊，而且說到顏色，也不要太柔和，穿飽和一點的色調比較好，這些是社交禮節，接下來你要好好學習。」

「唔，是這樣啊……」

「是啊，你明明那麼追求西化，卻不懂這些怎麼可以。雖然這件深藍色西裝已經很髒了，不過衣服只要不皺、版型保持好就行了。來吧，我已經幫你燙好了，今天晚上你就穿著這件去吧，然後近期也要買件燕尾服，不買我就不跟你跳舞了。」

然後，領帶要選深藍色或純黑色的領結，鞋子的話應該要穿漆皮的鞋，如果沒有的話穿普通的黑短靴也可以，紅色皮被認為不正式，襪子也是，本來應該要穿絲質的，沒有的話就選純黑色的——不知道NAOMI去哪裡聽來這些規矩，她邊解說邊換穿衣服，除了自己的之外，對我的穿著也不時指指點點地碎念，花了好長一段時間、費了好大一番功夫才好不容易出門了。

到會場已經超過七點半，舞會已經開始了。我們聽著吵鬧的爵士樂團的音樂往樓梯上走，把餐廳椅子都清空的舞廳入口上張貼著「Special Dance — Admission：Ladies Free, Gentlemen ¥3.00」這樣的字條，有一個男孩站在門口收取會費。當然，畢竟這只是一家咖啡廳，所以說是舞廳也不是多麼豪華的地方，放眼望去有在跳舞的大概就是十組人左右，但光這樣的人數就足以讓空間鬧哄哄的。房間的某一側排著一排桌子和一排椅子，看來是可以讓買了票進場的人去那裡佔個位子，有時可以在那裡休息，觀看其他人跳舞吧。那裡聚集著一群群不認識的男男女女在那裡聊天，當NAOMI走進來時，他們便竊竊私語起來，露出在這種場合才看得到的一種詭異且半含敵意、半含輕蔑的狐疑眼神，打量起穿著花俏的她。

「喂，你看，那邊來了個那樣的女人。」

「她身旁的那個男人是何等人物？」

我好像聽到他們這麼說，明顯感受到他們的視線不只落在NAOMI身上，也落在她後面微渺存在的我身上。我耳邊傳來陣陣的交響樂聲響，眼前跳舞著的群眾——那群跳得比我好太多的群眾圍成一個大圈，且不斷繞著那個圈圈走。當下，我想到自己只是一個五尺二寸的矮小男子、一個膚色像土人般黑且牙齒排列不整齊的男子，穿著二年前買的非常不挺的深藍色西裝，就覺得臉頰發燙、全身顫抖，忍不住心想「我再也不要來這種地方了」。

「一直站在這裡也不是辦法，……我們找個地方……我們去桌子那裡好了。」

NAOMI果然也有點膽怯吧，在我的耳邊小聲說著。

「可是要怎麼做呢？我們可以穿越這些跳舞的人群嗎？」

「沒關係啦，應該吧……」

「可是妳看，撞到了就不好了啊。」

「只要不要撞到人就好了啊，……你看，那個人不也是穿越過他們嗎，所以沒問題啦，我們走過去看看啦。」

我跟在NAOMI後頭穿越過跳舞的人群，我的腳本來就在發抖了，再加上地板很滑，所以費了九牛二虎之力才到達對面的桌子，而且有一瞬間還差點滑倒。

「喂！」

我記得那時NAOMI皺起眉頭瞪了過來。

「啊，那裡好像有空位，我們去那張桌子吧。」

NAOMI臉皮還是比我厚一點，在眾所矚目之下還是迅速穿越人群，抵達那張桌子。可是她明明那麼期待要去跳舞，卻沒馬上說要去跳，不知怎地她這幾分鐘也沒閒著，從手提袋裡拿出鏡子偷偷地補妝，而且還悄聲告訴我：

「領帶歪向左邊了喔。」邊往舞池中央看。

「NAOMI，濱田君來了吧？」

「要叫我NAOMI小姐。」

她說著又皺起眉頭說：

「阿濱也有來，小政也有來。」

「哪裡，在哪裡？」

「看，在那裡……」

然後她慌張地降低聲音小聲斥責我說：「用手指指人家很沒禮貌。」

「你看，那裡有個和穿著粉紅色洋裝的小姐一起跳舞的人吧，那就是小政。」

「嗨。」

正說著，小政就跳著經過我們面前，他在那個女伴的身後微笑著。那個女生穿著粉紅色的洋裝，是個身高高、露出長長肉感雙臂的豐滿女生，那一頭及肩黑髮的髮量與其說豐盈，不如說是多到令人煩躁。她把頭髮捲得鬈鬈的，並用蝴蝶結髮帶箍起來，至於她的臉型，就是到處都看得到的純日式浮世繪上出現的瓜子臉輪廓，嵌著細長的鼻子，而且雙頰紅潤、眼睛大大、嘴唇厚厚的。我自認還滿注意女生的長相，但這麼不可思議、不協調的臉，我還是第一次看到。我猜這個女人應該也覺得自己長得太像日本人而感到不幸，所以盡可能苦心打扮成像洋人，再仔細一看，凡是她露在外面的肌膚都塗滿了白色的粉，眼睛周圍也像塗油漆般塗滿綠色發光的眼影，而那泛紅的雙頰也肯定是塗上了腮紅，再加上那髮帶，雖然這樣講對她很不好意思，但看起來就像個鬼怪。

「喂，NAOMI，……」

我一不小心這麼叫出來，然後馬上改口叫「NAOMI小姐」後又問：

「那個女人那樣也可說是個大小姐嗎？」

「嗯，對喔，雖然看起來就像個賣春女……」

「妳認識那個女生嗎？」

「雖然不認識，不過常常聽小政提起她。你看，她頭上綁著蝴蝶結髮帶吧，那是因為她的眉毛長在額頭的非常上方，她想要用髮帶蓋住眉毛，然後在下方再另外畫出眉毛，你仔細看，那眉毛是假的喔。」

「可是她的五官長得並不差，卻在臉上胡亂塗上紅紅藍藍的粉妝，看起來很奇怪。」

「也就是說她是個笨蛋啊。」

NAOMI漸漸恢復信心，恢復了平常自戀的語氣大膽地說了：

「而且說到五官，也不是那麼好吧，讓治先生覺得她那樣是美女嗎？」

「雖說稱不上美女，不過鼻子也挺，身材也不錯，如果打扮正常一點的話是還可以看啦。」

「唉呀討厭！什麼叫還可以看！那樣的臉到處都看得到啊，而且再加上她想表現出洋人的樣子，做了很多加工。那是沒關係啦，可是結果看起來一點也不像洋人，只是在自我安慰，簡直就像隻猴子。」

「話說回來，和濱田君跳舞的那個女生好像在哪裡見過。」

「當然有看過啊，她是帝國劇場的春野綺羅子喔。」

「喔，濱田君認識綺羅子喔？」

「嗯，認識啊，他的舞跳得很好，所以和很多女演員都是朋友喔。」

濱田穿著咖啡色西裝，巧克力色的鞋子裡套著襪子，他踩著靈巧的步伐，在一群人當中非常醒目，而且他還非常詭異地，還是說有這種跳法只是我不知道而已，他竟然和女方的臉緊貼在一起，綺羅子有著細長象牙白的手指，身材嬌小到感覺抱緊一點腰就會斷掉。她看起來比在舞台上看到的還美，她穿著呼應「綺羅」這個名字的華麗衣裳，上面繫著該說是綢緞還是素花緞的黑底並繡上金色系和深綠色系瀑布的腰帶。因為女方身高較矮，所以濱田只能斜低著頭，耳鬢貼著綺羅子的耳邊，就像在嗅聞髮香般。而綺羅子也是，緊貼著男方的臉頰，貼到眼尾都擠快出皺紋了，兩張臉四個眼睛眨呀眨的，跳舞時身體會時近時遠，不過他們的頭都沒分開過。

「讓治先生，你知道那種跳法嗎？」

「雖然不懂，不過總覺得看起來很不正經。」

「真的，實際上很低俗呢。」

ＮＡＯＭＩ呸呸地用唾棄般的口吻說：

「那個叫做『翅仔舞』，正式場合裡不會跳。聽說在美國那樣跳的話，會被趕出舞池，阿濱也真是，裝模作樣的。」

「女方也真是的。」

「那是當然的，反正女演員就是那樣，這裡真不該讓女演員進來的，一旦讓她們進來，真正的淑女就不來了。」

「男生也是，雖然妳那麼囉嗦說要注意這注意那的，可是穿深藍色西裝的人很少啊，濱田君也穿成那樣，……」

這是我一剛開始就發現的事，表現得好像很懂的ＮＡＯＭＩ，不知從哪裡聽來一些所謂的禮儀資訊，逼我穿上深藍色西裝，可是當我到現場一看，穿這類服裝的人只有兩三個左右，而且更是沒有任何人穿燕尾服，其他人大概穿著設計還不錯的其他顏色的西裝。

「是啦，可是阿濱那樣是不對的，穿深藍色的才是正式穿法。」

「雖然妳這麼說……，妳看，那個洋人不就穿著針織服來嗎？所以說穿什麼都可以吧。」

「才沒有那回事呢，每個人都會打扮正式地出席喔，洋人會打扮成那樣來完全是因為日本人沒注意禮儀。而且再怎麼說，阿濱已經跳了好多場，舞跳得好的人可以特別通融，可是像讓治先生這樣的菜鳥如果連外表都沒打理好就太丟臉了。」

舞池裡的樂曲暫時停止，周圍響起熱烈掌聲，交響樂停止演奏，大家都還想再跳，就不斷吹口哨、跺腳、喊安可，於是音樂又再度奏起，剛才停下來的腳步現在又動了起來。演奏了一會兒又停了，大家又喊安可……就這樣反覆了兩三次，終於再怎麼拍手催促，交響樂也不再演奏。於是剛才跳舞的男士們跟在女士後方，像是護送她們般一同魚貫地走向休息區。濱田和小政將綺羅子和穿粉紅色洋裝的女性送到各自的桌旁，讓她們坐在椅子上，在女士面前恭敬地鞠了個躬後，兩個人終於一起往我們這裡走來。

「嗨，你們好啊，你們來得好晚喔。」

這麼說的是濱田。

「怎麼？你們不跳嗎？」

小政不改其粗魯的說話方式，站在NAOMI後方，視線不斷上下打量她絢麗的服裝說：

「如果沒有伴的話，等一下和我跳吧？」

「我才不要，小政你跳得很爛！」

「妳在說什麼傻話，雖然我沒有付學費，不過我也跳得有模有樣，真不可思議。」

他撐大像丸子般的鼻孔，嘴裂成「ㄟ」的形狀嘻嘻哈哈笑了起來。

「因為我很有天份啊。」

「哼，別驕傲！你和那個穿粉紅色洋裝的人跳舞的樣子真的很難看。」

讓我驚訝的是NAOMI面對這個男生時，講話就突然變得很粗魯。

「啊，那傢伙不行。」

小政縮起脖子搔了搔頭，往位於遠方桌子的那個粉紅色女生方向瞥了一眼說道：

「我也有自覺自己是個臉皮厚的人，但還比不上那個女人，她居然敢穿著那件洋裝來這裡。」

「那不知道是什麼打扮，簡直就像隻猴子。」

「哈哈，猴子嗎？真敢說，不過真的就是猴子啊。」

「說得真好啊，不過那不是你自己帶來的嗎？——小政啊，我說真的，你一定要跟她說她那樣很丟臉，儘管她想讓人看起來像洋人，可是那長相再怎麼裝也裝不出來啊，她那張臉長得就是日本人樣啊，而且還是純種的日本人。」

「總之就是無謂的努力啊。」

「哈哈，真的是那樣，總之就是猴子的無謂努力，有洋人相的人即使穿著和服，看起來也像洋人。」

「也就是像妳這樣的。」

NAOMI「哼」了一聲，抬起頭得意地笑著說：

「是啊，我看起來還比較像是混血兒。」

「熊谷君。」

濱田好像在意著我，扭扭捏捏地叫了小政的姓氏。

「説起來你是第一次看到河合先生吧？」

「啊，有看過幾次——」

被叫了「熊谷」的小政還是越過NAOMI的背部，緊靠著椅背，用令人不快的眼神緊盯著我。

「我是熊谷政太郎——我先來自我介紹，請多多——」

「本名是熊谷政太郎，小名是小政——」

NAOMI由下往上看熊谷的臉，説：

「喂，小政，你再順便多介紹一下自己啊。」

「不，不行，説太多會露餡——詳細情形您就聽NAOMI小姐説吧。」

「唉呀，討厭，我怎麼會知道什麼詳細情形。」

「啊哈哈哈。」

雖然被夾在這群人當中聊天覺得很不愉快，不過因為ＮＡＯＭＩ很開心地喧鬧，我也就被迫笑著說：

「如何？濱田君和熊谷君你們要不要來這邊坐？」

「讓治先生，我口渴了，你去買個什麼喝的吧，阿濱，你要喝什麼？檸檬汽水？」

「啊，我不用，……」

「小政，你呢？」

「反正有人請，那就麻煩來杯威士忌蘇打。」

「啥，真受不了你，我超討厭喝酒的人，嘴巴超臭的！」

「臭也沒關係，因為他說臭也捨不得離開。」

「那隻猴子嗎？」

「啊，不行啦，不能那樣說她啦。」

「啊哈哈哈。」

NAOMI肆無忌憚地笑得前俯後仰，說：

「那讓治先生，請叫服務生過來——威士忌蘇打一杯，然後檸檬汽水三杯，……啊，等一下等一下！不要點檸檬汽水，改成水果雞尾酒吧。」

「水果雞尾酒？」

我很驚訝NAOMI怎麼會知道那種我聽都沒聽過的飲料。

「雞尾酒不是酒類嗎？」

「唉呀，讓治先生你不知道嗎？——啊，阿濱和小政你們聽聽看，這個人就是這般粗俗啊。」

NAOMI說到「這個人」時，還用食指輕敲了我的肩膀，繼續說：

「所以說真的，就算來跳舞，和這個人一起出現看起來也只是愚蠢得不得了而已，因為他糊裡糊塗的，剛才還差點就滑倒了喔。」

「因為地板很滑啊。」

濱田像是為我辯解般後又繼續說：

「一剛開始大家都很蠢啊，習慣後才會逐漸純熟……」

「那我看起來怎麼樣？我也還是不純熟嗎？」

「不，妳比較特別，ＮＡＯＭＩ膽子比較大，……嗯，是個社交天才呢。」

「阿濱也是啊，你也可說是個天才。」

「欸？我嗎？」

「是啊，你什麼時候和春野綺羅子變成朋友的？喂，小政，你不這麼覺得嗎？」

「嗯嗯。」

熊谷嘟起下唇，抬起下巴點了點頭。

「濱田，你對綺羅子使出美色嗎？」

「你別開玩笑了，我怎麼可能做那種事？」

「不過阿濱漲紅了臉辯解還滿可愛的，看來多少有些認真——嗯，阿濱，要不要去把綺羅子叫來這裡？就這樣！把她叫來吧！介紹給我認識啊。」

「妳這麼說只是又要損我吧？我說不過妳的毒舌。」

「不要擔心，我不會損你啦，你不覺得熱鬧一點比較好嗎？」

「那麼，我去也把猴子一起叫來好了。」

「嗯，好啊，那樣比較好。」

NAOMI說著又轉看向熊谷說：

「小政也去把猴子叫來啊，大家一起聊啊。」

「嗯，好吧，可是跳舞時間又要開始了呢，我先和妳跳一支舞之後再說吧。」

「雖然我不想和小政你一起跳，不過沒辦法，我就和你跳一支舞吧。」

「別那麼說嘛，妳明明也是剛學的還說呢。」

「那麼讓治先生，我就先去跳一支舞，你先看著，等一下我要和你跳喔。」

我想我那時的表情應該是很悲傷很奇特吧，NAOMI瞬間站起來，挽住熊谷的手臂，走進再次動起來的隊伍中。

「啊，現在是第七首的狐步啊——」

濱田看起來也像是不知道要和我聊什麼，遂從口袋裡拿出節目表，悄悄地移動了臀部。

「欸，我先離開了，我跟綺羅子約好這支舞要和她跳的——」

「沒關係，請自便——」

那三個人消失後，我一個人面前擺著服務生端來的威士忌蘇打和所謂的「水果雞尾酒」這四杯飲料，茫然地望著舞池的狀況，不過本來我就沒想要跳舞，主要目的是來看看在這種場合，NAOMI有多顯眼、是怎麼跳舞的，所以現在的狀況對我來講反而輕鬆。我就抱著解脫的心情用熱切的眼神追隨著在人群中若隱若現的NAOMI的身影。

「嗯，跳得還真不錯！……這樣的話看來也不丟臉，……讓她去學這些事，還好這孩子果然很靈巧。……」

她立起穿在可愛舞鞋裡的套著白足袋的腳，翩翩起舞，華麗的長袖子飄逸飛揚，每踏出一步，和服的前面那一片袖子就像蝴蝶般上下飛舞，像是藝妓拿著撥子[2]時的手勢，搭在熊谷肩上的那些白皙手指，緊緊密實包著軀體的布料，看起來就像一朵高雅的花，在群體中特別醒目的頸項、側臉、正面、後頸髮際——這樣看來，就領會到原來和服也是有其魅力。不只這樣，不知道是不是因為有那位穿著粉紅色洋裝等奇裝異服的女性們的存在，我暗自擔心的她那花俏打扮，也變得沒那麼粗俗下流。

「啊啊，好熱好熱！讓治先生，怎麼樣？有看到我跳舞嗎？」

她跳完舞後就回到桌子這邊，火速把水果雞尾酒的杯子移到她自己面前。

「嗯，我有看喔，怎麼說呢？看起來很不像第一次跳呢。」

「對吧！那下次出現單步舞時你和我跳，好不好嘛？……單步舞很簡單的。」

「那兩個人呢？濱田君和熊谷君？」

「嗯，他們待會就來喔，他們去帶綺羅子和猴子過來——水果雞尾酒還要再多叫兩杯。」

「說來怎麼回事呢？剛才粉紅色那個人是和洋人跳舞吧。」

「嗯，是啊，那看起來不是很可笑嗎？」

NAOMI說著就看著杯子底部大口大口喝酒，滋潤了乾渴的喉嚨後說：

「那個洋人既不是朋友也不是認識的人喔，他突然來到猴子的面前，邀她跳舞，也就是說他看不起那個女生啊，沒人介紹就來邀舞，他一定是誤會她是在賣的。」

「那麼，拒絕就好了啊。」

「所以說很可笑啊，那隻猴子也是因為對方是洋人，所以無法拒絕才和他跳的吧！真的是有夠蠢，丟臉死了！」

2　彈三味線時用的撥片。

「不過妳也不能這麼肆無忌憚地說別人壞話啊，我在旁邊聽著都心驚膽戰的。」

「沒關係啦，我也是有在想的——再說對那樣的女生說這些話只是剛好而已，不這麼說的話反而會給我們帶來困擾，小政也這麼覺得啊，他也說她那樣很讓人傷腦筋，會再跟她說。」

「嗯⋯⋯，由男生來說是可以啦，可是⋯⋯」

「喂！阿濱帶綺羅子來了，看到淑女要馬上站起來喔——」

「各位，我來幫大家介紹一下——」

濱田用像是士兵「立正」站好的姿勢站在我們兩個人面前說道。

「這位是春野綺羅子小姐——」

此時，我自然會以NAOMI的美貌為標準想著「這個女生比NAOMI好還是差呢」，此時態度端莊高雅、嘴角露出悠然自信微笑、從濱田後面往前站出一步的綺羅子，看起來比NAOMI大個一兩歲吧，不過或許和個子小有關，她生動活潑、天真浪漫這點和NAOMI很像，而她的服裝又比NAOMI華麗多了。

「初次見面，……」

她彬彬有禮地跟我們打招呼，她低垂著那看來機靈且小而圓的有神眼睛，胸腔稍微往內縮地打招呼時的儀態，讓人覺得真不愧是女演員，完全不像ＮＡＯＭＩ那麼粗魯。

ＮＡＯＭＩ的行為已經超過了率性而為的境界，已經太過粗魯，說話語氣也句句帶刺，完全沒有女性該有的優雅，稍不留神就變得很粗俗，也就是說她就像頭野獸，和她比起來，綺羅子無論是說話、眼神、舉手投足再再顯示出高雅的氣質，宛如一個經過仔細精雕細琢的珍貴物品。例如她靠在桌邊手握雞尾酒的杯子時，看得到她的手掌到手腕處極細，彷彿連那沉重垂下的袖子重量都無法承受般纖細，肌膚的細嫩度和豔麗光澤則和ＮＡＯＭＩ不相上下。我好幾次都在輪流觀賞放在桌上的四個手掌，不過兩人臉龐的特色就大不相同了。如果將ＮＡＯＭＩ比喻成瑪麗．皮克福德那種豪爽女孩的話，另一位就是義大利或法國那種，在穩重中又隱約綻放出妖媚閑靜的美人。即使同樣是兩朵花，ＮＡＯＭＩ像野花，綺羅子像是在室內綻放的花朵。長在那緊緻圓臉上的小鼻子，真是肉薄清澈的鼻子啊！就像是做工精巧的大師打造出來的人偶還是什麼藝術品，連嬰兒的鼻子都沒那麼纖細。最後發現的是，ＮＡＯＭＩ平常就很自豪的牙齒排列，綺羅子的牙齒彷彿珍珠一樣，排列在像是將紅色瓜果切開般的可愛口腔裡。

當感到我方較遜色時，我相信ＮＡＯＭＩ也感到自己不如人家，她把位子讓給綺羅子坐後，收起剛才那傲慢的態度，別說開玩笑了，反而突然靜默下來，整個氣氛變得很僵。不過，不服輸的她既然自己說了「去把綺羅子叫來」，還是恢復了以往的調皮態度。

「阿濱，你不要不說話啊，開個口啊——嗯，那個，綺羅子小姐妳呢？什麼時候開始和阿濱變成朋友的？」

就這樣稍稍起了個頭。

「我嗎？」

綺羅子睜大了清亮雙眼繼續說：

「不久前開始的。」

「我嗎」ＮＡＯＭＩ也被對方這句「我嗎」的語氣吸引住，繼續說：

「今天看到妳跳舞，妳跳得真好，應該學很久了吧？」

「沒有，我是有學了一陣子，不過我完全跳得不好，因為我學東西沒那麼快……」

「唉呀，沒那回事啦，阿濱，你怎麼覺得？」

「當然是跳得很好啊，綺羅子小姐是在女演員培訓中心接受正式指導加以練習的啊。」

「唉呀，你怎麼這麼說。」

綺羅子說著羞紅了臉低下頭。

「不過妳真的跳得很好呢，放眼望去，男的跳得最好的是阿濱，女的跳得最好的就屬綺羅子小姐了……」

「是啊。」

「現在在說什麼？跳舞評論會嗎？男的裡面跳得最好的再怎麼說也是我啊——」

熊谷一邊說著，帶了粉紅色小姐插了進來。

根據熊谷的介紹，這位粉紅色小姐是住在青山的某位實業家的千金，叫做井上菊子，已經二十五、六歲超過適婚年齡了——接下來是之後聽到的，她兩、三年前曾嫁到某戶人家，但因為太喜歡跳舞，最近離婚了——故意穿著露出肩膀到手臂的禮服，多半是想要凸顯自己那豐盈美麗的肉體美，不過近距離看到的樣子，別說是豐盈了，該說是堆滿油脂的大嬸體態。雖說比起瘦弱身軀，像這樣帶點肉的人比較適合穿西式衣服，但是再怎麼說最格格不入的就是那張臉，就像是在洋人的身體上套上一個日本人的頭，是融不入西式衣服的五官——如果只有這樣也就算了，可是她又努力地花心思在很多地方刻意改造，把她原本該有的美感都浪費掉了。再仔細一看，就看得出她原本的真眉毛藏在髮帶下，在她眼睛上的那兩道眉毛明顯是畫出來的，其他還有把眼睛邊緣畫得藍藍綠綠的，腮紅、痣、唇線、鼻樑線等，幾乎整張臉都超不自然。

「小政，你討厭猴子嗎？」

ＮＡＯＭＩ突然說了這句話。

「猴子？——」

熊谷說，又忍住將飲料噴出來的衝動說：

「為什麼？不要問那麼奇怪的事啦。」

「我家養了兩隻猴子，所以如果小政喜歡的話，我想讓出一隻給你，怎麼樣？小政你喜歡猴子吧？」

「啊呀，你有養猴子喔？」

菊子一副認真的表情詢問，因為她這麼問，所以ＮＡＯＭＩ像是終於逮到機會般閃著調皮的眼神問：

「是啊，有養喔，菊子小姐喜歡猴子嗎？」

「我啊，只要是動物都喜歡喔，也喜歡狗和貓──」

「那也喜歡猴子嗎？」

「是啊，猴子也喜歡。」

那對話實在太好笑了，熊谷轉向旁邊抱著肚子笑，濱田用手帕遮住嘴巴偷笑，而綺羅子也好像有抓到大家的點而跟著笑了，但是，菊子這個人意外地是個好人，完全沒發現自己被嘲笑了。

「哼，那個女人真是個笨蛋，腦袋血液循環不良吧？」

第八首單步舞一開始，熊谷和菊子一往舞池走去時，ＮＡＯＭＩ在綺羅子面前肆無忌憚地批評起來了。

「那個，綺羅子小姐，妳不這麼認為嗎？」

「啊，妳是說什麼啊？……」

「嗯，她看起來就很像猴子吧，所以我故意在她面前說『猴子猴子』的。」

「嗯……」

「大家都笑成那樣了她卻沒發現，也真的是太蠢了。」

綺羅子用半受不了半輕蔑的眼神偷偷瞧著NAOMI的臉，自始至終只是說「嗯……」。

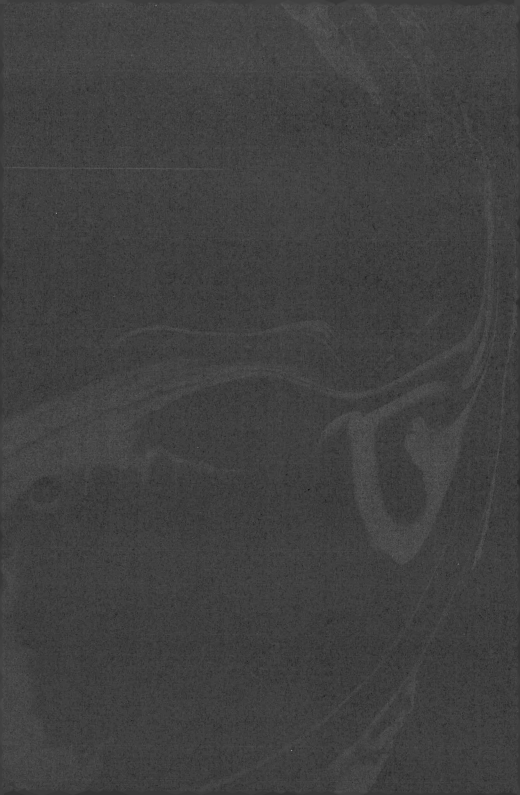

十一、

「來吧讓治先生，是單步舞喔，我跟你跳，來吧。」

經她這麼一說，我終於有幸跟她一起跳舞。

對我而言雖然這樣很丟臉，不過這也是讓我把平常的練習成果在實地場地發揮的機會，而且對方還是可愛的ＮＡＯＭＩ，這絕對不是件不開心的事，縱然我跳得之爛，足以成為別人的笑柄，不過正因為這樣，我那爛技巧會讓ＮＡＯＭＩ更加醒目，所以我反而希望變成那樣。而且我也有莫名的虛榮心，這麼說吧，我希望能讓別人講出「他就是那個女人的丈夫」，換句話說就是我想要自傲地跟大家說：「這個女人是我的，怎麼樣？你們看看我的寶物吧。」一想到這裡，我感到有點不好意思的同時，也有股暢快感，有種我至今為了她付出的犧牲和辛勞得到了回報的心情。

從剛才她的態度看來，她今天晚上應該不想和我跳舞吧，在我舞技還沒精進之前，她應該不想和我跳吧。不想和我跳就不要跳，我也沒想硬要她和我跳，在我已經這樣放棄時，她說的「我跟你跳吧」這句話讓我欣喜若狂。

我暗自興奮，拉著NAOMI的手踏出單步舞第一步，到這邊的情景我還記得，接下來就完全沉浸在裡面了。因為太沉浸其中，我漸漸聽不到音樂等聲音，腳步亂踏、眼神飄忽、心跳越來越快，這和在吉村樂器行二樓聽著唱盤放出來的音樂跳舞時的狀況完全不一樣，一旦往這片人海滑行出去，就完全是進退兩難。

「讓治先生，你怎麼在發抖啊，振作一點啊！」

到此，NAOMI在我耳邊斥責。

「喂，喂，你怎麼又絆了一下！因為你轉得太快了！再跳穩一點！我就說再跳穩一點啊！」

經她這麼一說，我又更緊張了，再加上地板為了今天晚上的舞會又特別打蠟，若抱著在教室跳舞的感覺跳的話，一不留神就會滑跤。

「就是那樣！就說不能聳肩啊！肩膀落下！放下！」

NAOMI這麼說著，將我拚命握住她的手甩著，時不時冷酷地用力按住我的肩膀。

「喂，你把我的手握那麼緊是怎樣！好像整個巴在我身上一樣，這樣我整個被綁住很難移動啊！……嘖嘖，你的肩膀又聳起了！」

這樣下來我好像只是為了被她罵而跳舞，最後連她那震耳欲聾的叫罵聲都傳不進我的耳朵裡了。

「讓治先生，我不跳了。」

不久NAOMI就生氣了，大家都還沉浸在安可的氛圍中，她就漸漸離我遠去走回休息處了。

「啊啊，太讓我驚訝了，還不能跟讓治先生上場跳啊，你要再多練習一點啊。」

濱田和綺羅子走過來了，熊谷來了，菊子也來了，桌子旁邊再度熱鬧了起來，我完全陷入幻滅的悲哀裡，只是默默地成為NAOMI嘲弄的對象。

「啊哈哈哈，就像妳說過的啊，膽怯的人更要多練習跳，嗯，妳就陪他跳吧。」

我被熊谷這番話燃起了怒火，什麼叫做「陪他跳」，你把我當成什麼了？你這毛頭小子！

「唉呀，他沒有ＮＡＯＭＩ說的跳得那麼差啦，比他跳得差的人多得是呢。」

濱田說。

「綺羅子怎麼樣？下一首狐步舞妳要不要和河合先生跳？」

「嗯，請務必……」

綺羅子果然一副女演員姿態嬌媚地點頭，可是，我慌張地搖了搖手倉皇又不知所措地說：

「不行啦，那怎麼可以」

「沒有什麼不行的啦，你就是這樣太客氣了才不行的，妳說是不是，綺羅子小姐？」

「嗯，……請和我跳，真的。」

「不，不行，真的不行，等我跳得好一點後再請您跟我跳。」

「她都說請跟我跳了，你就讓她跟你跳啊。」

ＮＡＯＭＩ一副這件事對我而言是極度有面子的樣子強勢推薦：

「讓治先生不能只是想跟我跳啊——來吧，狐步舞已經開始了，你去跳吧，跳舞要和不同的人跳才能有收穫。」

「Will you dance with me?」

此時聽到這句，沒禮貌地蹭到ＮＡＯＭＩ旁邊來的是剛才和菊子跳舞的那位身材苗條、像女人般在臉上塗了白色粉末的年輕外國人，他弓起背在ＮＡＯＭＩ面前彎下腰，邊笑著邊像是說些社交辭令般快速流暢地講了些話，然後我只聽得懂他用厚顏無恥的語調說的那句「please, please」，ＮＡＯＭＩ露出困擾的表情，尷尬地脹紅了臉，可是又不能生氣，只能陪笑，想拒絕卻又無法拒絕，以她的英文程度無法瞬間講出任何一句最委婉的拒絕。那個外國人看到ＮＡＯＭＩ在笑，以為她接受了，就說「來吧」並作勢催促她，強迫她給些回應。

「Yes, ………」

她說著心不甘情不願地站起來時，那臉頰又更加紅到快燒起來了。

「啊哈哈哈，看她平常那麼囂張，碰到了洋人果然還是無法拒絕啊。」

熊谷說著哈哈大笑了起來。

「洋人太厚臉皮很傷腦筋啊，剛才我也變得沒氣勢啊。」

這麼說的是菊子。

「那麼，可以請您跟我跳嗎？」

因為綺羅子在等我回答，我陷入一個想推也推不掉的窘境。

說起來，雖然不是僅限今天，嚴格來說在我眼裡，除了NAOMI以外，沒有任何一個人稱得上是女人，當然我看到美女還是會覺得她們很漂亮，可是越覺得她們漂亮只是越讓我想遠遠欣賞她們，不會想近距離接觸。休蘭姆斯卡雅夫人是例外，不過即使是她，我那時體驗到的心醉神迷的心情應該也跟一般而言的情慾不同，說到「情慾」未免是種太虛無飄渺、難以捉摸的夢境了，再加上對方是完全和自己無關的外人，只是個舞蹈老師。和是日本人的帝國劇團女演員，且又穿著閃亮亮衣裳的綺羅子比起來，和老師跳舞沒什麼壓力。

然而出乎意料地，和綺羅子跳舞就發現其實很輕鬆，她整個身體就像棉花般輕飄飄的，雙手之柔軟彷彿新綠嫩芽般的觸感，而且她全心配合我的呼吸，即使和我這種菜鳥跳也像是聽話的馬，和我的呼吸同步，如此一來，我從這輕盈感當中感受到難以言喻的快感，我的心突然飄飄然了起來，腳下自然地就踩出輕快的舞步，彷彿搭上旋轉木馬般可以滑行迴旋到任何地方。

「好暢快！真不可思議，好有趣啊！」

我不知不覺有了這個想法。

「哇，您跳得真好，完全不覺得跳得很卡。」

……喀喇喀喇！我像個水車正在轉動時，綺羅子的聲音在我耳邊掠過，……是一股溫柔的微弱的綺羅子特有的甜美聲音。……

「沒、沒那回事，是因為您很厲害。」

「不，真的，……」

幾秒鐘後她又說：

「今天的樂團演奏得真棒呢！」

「是啊。」

「都要跳舞了，如果音樂演奏得不好，總讓人覺得沒什麼勁。」

留神一看才發現綺羅子的嘴唇剛好在我太陽穴下，看來這是這個女人的習慣，如同剛才她和濱田跳時一樣，用旁邊的鬢髮摩擦著我的臉頰，柔軟髮絲觸感柔順，……而且不時發出的呢喃細語，……對長期於悍馬般的ＮＡＯＭＩ的馬蹄下生活的我而言，那是無法想像的極致的「女人味」。該怎麼說，這很像是有雙溫暖的手溫柔撫觸那被荊棘刺傷的傷痕……

「我很想斷然拒絕他，可是因為洋人沒有朋友，我如果不同情他，他就太可憐了。」

不久後ＮＡＯＭＩ一回到桌旁，就稍微沮喪地辯解。

第十六首的華爾滋結束後已經將近十一點半，在那之後還有幾首追加的歌，ＮＡＯＭＩ說如果太晚了就要叫車回去，我總算說服她往新橋走去以搭上最後一班電車。熊谷和濱田也和他們的女伴一起穿越銀座通送我們一程，大家的耳邊都還迴盪著剛才樂團演奏的曲子，只要某個人一哼出曲調，所有男女都馬上跟上節拍唱了起來，不懂歌曲的我對他們能快速學習、快速記憶，以及年輕有活力的歌聲，唯有感到嫉妒。

「啦、啦、啦啦啦」

ＮＡＯＭＩ用高一度的音調隨著拍子往前走。

「阿濱，你喜歡哪一首？我最喜歡caravan」

「哇，caravan！」

菊子突然高聲叫出。

「那個超棒的！」

「不過我呢——」

這次換綺羅子接話：

「我覺得Whispering也不錯，那很好跳——」

「蝴蝶夫人也不錯呀，我最喜歡那個了。」

接著濱田馬上吹口哨吹起「蝴蝶夫人」的音調。

我們在剪票口和他們道別，站在吹著冬天晚風的月台上等電車時，我和NAOMI幾乎沒交談，我內心充滿著不知道是不是歡樂之後的寂寞，再說NAOMI一定沒有這種感覺，不過她說：

「今天晚上很有趣，最近再找時間去吧。」

我只是一臉掃興地「嗯」了一聲。

什麼啊？跳舞就是這回事嗎？欺騙母親、夫妻吵架、盡情地又哭又笑的結果，參與的舞會就只是這麼愚蠢的事情嗎？那群人只不過都是些充滿虛榮心又諂媚且自戀並裝腔作勢的人而已——

再說到我為什麼要去參加舞會？只是想要向他們炫耀ＮＡＯＭＩ嗎——如果是這樣的話，那我自己也是充滿虛榮心吧。話說回來，那個讓我超驕傲的寶物又怎樣呢？

「怎麼樣呢？你、你帶著這個女人走在路上，確實有如你預期的讓世間的人驚艷嗎？」

我不覺自嘲地捫心自問——

「你、你、『盲人不怕蛇』就是在說你，對你而言這個女人確實是全世界第一的寶物，但是當你把這個寶物推出華麗舞台時又怎麼樣？你說那只是個虛榮心和自戀的集團！你雖然把話說得很好聽，可是那個集團的首腦就是這個女人不是嗎？她自以為高高在上，胡亂批評其他人，在旁人看來，最惹人厭的就是她那令人覺得『妳到底是哪根蔥？』的態度。被洋人誤認為是賣淫的，而且簡單的英語一個字也說不出來，張皇失措地和對方跳舞的不只是菊子小姐吧，再加上這個女人的說話方式那麼粗魯又是怎麼回事，假設她真的有把自己當作淑女，那種說話方式幾乎讓人聽不下去不是嗎？菊子小姐和綺羅子還比她有修養多了不是嗎？」

——這種不愉快，該說是悔恨還是失望，這種無法形容的懊惱心情，那天晚上到家前都在我心中揮之不去。

在電車裡也是，我特別坐在她對面，想再次仔細觀察起眼前這個叫做NAOMI的人。我到底是覺得這個女人的哪個地方好而迷戀她到這個地步呢？是那高挺的鼻子嗎？還是那雙迷人雙眼？這樣仔細一個地方一個地方檢視下來，很不可思議地發現長久以來非常吸引我的那張臉，在今晚看來是多麼地無趣無聊啊。於是乎，我記憶深處隱約浮現自己第一次見到這個女人時的情景——在那家鑽石咖啡廳時期的NAOMI的樣貌。和現在比起來，那時的她比現在好太多了，那時的她天真、單純、內向、憂鬱，和現在這個大喇喇又傲慢的女人有點像又不太像，我是迷戀那時的NAOMI。那樣的印象持續到今日，但仔細想想，不知不覺間這個女人已經變成俗不可耐的傢伙了。排除那「我是個靈巧的女人」的自誇，那種看似凌駕於流行之上的打扮又如何呢？像是在說「全天下最美的人就是我」、「沒有哪個女人像我這麼高格調又像洋人吧」的那種傲慢的神色又該怎麼說？那個連English的「E」都發不出來、被動語態和主動語態都分不清楚的人，別人都不知道但我知道是誰這麼糟糕……

我悄悄地在腦子裡這麼罵著。她身子稍微往後仰臉朝上，所以從我的位子看來，清楚看到她那最自豪像洋人的獅子鼻裡的黑黑的鼻孔。而那洞穴的左右有著厚厚的鼻翼，想想，我朝夕都跟這鼻孔相處，每天晚上抱著這個女人時，常從這個角度看進這洞穴裡，不久前也才幫這個鼻子擤鼻涕、愛撫著鼻翼周圍，有時也讓自己的鼻子和這個鼻子像楔子般結合，也就是說這個鼻子——這個嵌在女人臉正中央的小肉塊，就像我身體的一部分，絕不是其他人的東西。可是，一旦抱著這個感覺去看的話，就更加厭惡而且覺得骯髒。就像是肚子餓的時候忘我地大口吃著難吃的謎狀物，肚子漸漸飽了後，突然察覺剛才塞進去的東西是多麼難吃，一察覺就整個噁心想吐——嗯，這麼想起來，就像是這樣的心境，想到今天晚上也要如同往常和這個鼻子一起依偎睡覺，就突然覺得「這餐已經吃飽了」般，整個胃脹失去興致。

「這果然是母親給的懲罰，想欺騙母親來享樂，果然下場不好。」

我這麼想著。

但是各位讀者，如果你們認為如此一來我已經完全對NAOMI感到厭煩的話就錯了。不，我自己至今也沒這麼覺得，所以雖然有一小段時間那麼想，不過一回到大森家裡，兩個人獨處時，在電車裡那種「太撐」的心境又不知道飛到哪裡了，再度覺得NAOMI的所有部位，無論是眼睛還是鼻子、手、腳，都又開始誘惑著我，而且每個部位對我而言都是品嚐不膩的珍饈。

我在那之後，一直都還是會和NAOMI去跳舞，但每次都很討厭她那些缺點，所以在回家路上都會湧現出厭煩的情緒。但是這股情緒都不會持久，對她的愛憎之念在一個晚上當中轉換好幾次，就像貓的眼睛一樣。

十二、

大森那原本冷清的家，後來有人頻繁出入了，出入的人是濱田、熊谷和他們的朋友等主要在舞會上認識的男人們。

他們大概都是傍晚到，也就是我從公司回家的時候，然後大家放著留聲機隨著音樂起舞，不僅是因為NAOMI很好客，再加上這裡沒有需要顧慮的僕人和老人家，這個工作室再適合跳舞不過。他們一來就忘了時間，一剛開始還會客氣地在晚飯前就回家了。

「喂喂！為什麼要回去！留下來吃飯啊。」

NAOMI勉強把他們留下來，後來就變成只要他們有來，就一定是叫「大森亭」這家西式料理店的外送，請他們吃晚飯已變成常態。

一個潮濕梅雨季節的晚上，濱田和熊谷來家裡玩，聊天聊到超過十一點，外面狂風暴雨，大雨敲打著窗戶，那兩個人雖然嘴裡喊著「回家吧、回家吧」，可是都沒有站起來的意思。

「啊，這天氣太糟了，這樣你們也沒辦法回去，今晚就住這裡吧。」

ＮＡＯＭＩ突然這麼說。

「好不好，這樣不錯吧，就住下來吧——小政你不用說一定會住下來吧？」

「嗯，我是都可以，……如果濱田要回去，我就回去。」

「阿濱也沒問題吧，是不是，阿濱。」

ＮＡＯＭＩ說著瞧了瞧我的臉色，說道：

「沒關係啦，阿濱，你完全不需要客氣，如果是冬天的話還要擔心棉被不夠，不過現在的話，四個人還應付得過去，而且明天是星期日，讓治先生也在家，要睡多晚都沒關係。」

「怎麼樣？要不要借住下來？因為這場雨真的很大。」

我也無可奈何地加入勸說行列。

「好不好嘛，就這麼辦吧，然後明天又可以一起玩了，對對、就這樣，傍晚也可以去花月園。」

結果那兩個人就借住下來了。

「那蚊帳怎麼辦？」我問。

「蚊帳只有一頂，那就大家睡在一起吧，這樣比較有趣。」

這種事對ＮＡＯＭＩ來說好像很稀奇，她就像是去校外旅行般興奮地這麼說著。

這我倒很意外，本來是想把蚊帳給他們兩個客人用，我和ＮＡＯＭＩ點蚊香，在工作室的沙發上睡一晚，完全沒想到四個人擠在同一個房間裡睡。可是ＮＡＯＭＩ想那樣做，我也不能對他們兩個人露出不悅的神色……於是就如同往常一樣，在我還在猶豫不決時她已經迅速做了決定，並說：

「快點，我要鋪棉被了，你們三個人來幫忙吧。」

她率先發號施令，並爬上屋頂上那間四塊半榻榻米的房間。

儘管棉被鋪好了，可是蚊帳實在太小了，四個人排成一列睡的話會塞不進去，於是只好三個人並排，一個人要橫著睡。

「那這麼做就好了啊，你們三個男生並排睡吧，我就在這裡自己睡。」

NAOMI這麼說。

「啊，事情變得很有趣呢。」

掛起蚊帳，熊谷透過蚊帳望著裡面說。

「這再怎麼看也只不過是個小豬的窩，大家進去會很擠呢。」

「擠一擠有什麼不好，別要求那麼多了。」

「哼！儘管這樣會給別人家添麻煩嗎？」

「當然，反正今天晚上也別想好好睡啊。」

「我會睡喔，會睡到呼嚕呼嚕發出鼾聲喔。」

熊谷踩著地板嘎滋作響，穿著外出服就噗通一聲鑽進棉被裡了。

「不能說完要睡了就自己先睡了啊——阿濱，你不能讓小政睡著啊，在他快睡著的時候，你要把他搖醒喔——」

「啊啊，好悶熱，這樣根本完全睡不著啊——」

在掀開正中間那條棉被屈起膝蓋的熊谷右邊，濱田穿著一件長褲和一件內衣，瘦瘦的身體正躺著，肚子是整個凹進去的。他像是在靜靜聽著窗外的雨聲，一手放在額頭上，一手搖著團扇的聲音，讓人覺得更煩躁了。

「而且這樣算什麼，有女生在我好像無法安穩地睡。」

「我是男生，不是女生，阿濱你也說過沒把我當女生吧。」

蚊帳外頭昏暗處，隱約看得到在換睡衣的ＮＡＯＭＩ雪白的背。

「嗯，我是說過啦……」

「……那如果我睡在你旁邊，你還是會感受到我是女生嗎？」

「嗯，啊，是啊。」

「那小政你呢？」

「我不在意，因為我沒把妳當女生看。」

「不是女生的話，那是什麼？」

「我想想，嗯，妳是海豹。」

「啊哈哈哈，海豹和猴子哪個比較好？」

「哪個我都不想要啊。」

之後熊谷故意發出快睡著的聲音，我在熊谷左側翻身靜靜聽著三個人胡亂聊天，邊暗自在意著NAOMI一進來這裡，頭會靠著濱田還是我的方向，因為她的枕頭放在很曖昧的位置，沒特別靠哪一方，感覺她是在剛才鋪棉被時，故意那樣放的，晚點要怎麼擺都可以。NAOMI換上粉紅色的束身睡袍，進來這裡後就站著問：

「要關燈嗎？」

「嗯，關掉吧……」

傳來熊谷的聲音。

「那我關了喔……」

「啊，好痛！」

熊谷才剛說完，ＮＡＯＭＩ突然跳上那胸膛，把男生的身體當作踏台，踩上去從蚊帳裡啪嚓一聲把燈關掉。

房間雖然暗了，不過外面的電線桿上的路燈亮光映照在窗戶上，因此房間裡透進微微亮光，大家都還看得到對方的臉和衣服。ＮＡＯＭＩ的腳跨過熊谷的脖子，飛撲到自己的棉被那瞬間，睡袍衣角隨著風勢搔著我的鼻子。

「小政，要不要抽一根菸？」

ＮＡＯＭＩ一副沒想要馬上睡的樣子，像男人般張開雙腿坐在枕頭上，從上往下看熊谷，邊說：

「喂！看我這裡啦！」

「可惡，妳再怎麼樣都不打算讓我睡吧？」

「呵呵呵，喂！看我這裡啦！你不看我的話我就去襲擊你喔。」

「啊，好痛！好，住手、住手啦！我是活的，妳輕一點啦，被踩被踢，再怎麼強壯也會受傷啊。」

「嘿嘿嘿。」

我望著蚊帳頂，所以沒看得很清楚，不過感覺NAOMI好像用腳尖不斷頂著那個男生的頭。

「沒辦法了。」

不久熊谷翻了個身說。

「小政，你醒了喔？」

這次是濱田的聲音。

「嗯，醒了喔，因為一直受到迫害啊。」

「阿濱，你也看向我啊，不然我就去襲擊你喔。」

濱田接著翻了個身，轉成趴著的狀態。

同時聽到熊谷在袖子裡找火柴發出唰唰的聲音，然後他刷了一下火柴，火光啵地在我眼瞼處閃了一下。

「讓治先生，你也轉向我這裡如何？你一個人在做什麼？」

「唔、嗯、……」

「怎麼了？你想睡嗎？」

「唔、嗯、……有點開始打起盹來了……」

「唔哼哼，你還真會說，你一定是在裝睡吧？喂，是不是？你不會擔心嗎？」

因為被她說中，所以雖然我還是閉著眼睛，不過應該整個臉都脹紅了。

「我沒問題啦，只是這樣鬧一下而已，所以你可以放心睡覺喔，……還是如果你真的擔心的話，就看一下這邊怎麼樣？不用硬忍耐著——」

「還是他想要被襲擊？」

這麼說的是熊谷，他點了菸，「呼」地抽起菸來。

「我才不要！去襲擊這個人也沒什麼好玩的，每天都在做啊。」

「好好，知道你們很恩愛。」

濱田這麼說，不過我覺得他不是由衷地這麼說，只是對我說的一種場面話。

「你說是不是，讓治先生──不過如果你想被襲擊的話，我可以動手喔。」

「不要，已經夠了。」

「已經夠了的話，那就看向我啊，你這樣一個人被排除在外不是很怪嗎？」

我翻了個身，把下顎放在枕頭上，此時ＮＡＯＭＩ膝蓋著地立起，兩腳張開來呈八字形，其中一隻腳朝向濱田的鼻子，另一隻腳朝向我的鼻尖，說到熊谷在做什麼，他把頭伸進那八字形中間，悠悠地抽著菸。

「嗯？讓治先生，這個景象怎麼樣？」

「嗯……」

「『嗯』是什麼意思啊？」

「真讓人傻眼，這看來就像是海豹。」

「是啊，是海豹，現在海豹正在冰上休息，前面躺著三隻海豹和這隻都是雄的海豹呢。」

像是烏雲密佈般從頭上垂蓋下來的黃綠色蚊帳……在黑暗當中也看得見那頭黑色長髮當中露出的白皙的臉，凌亂的睡袍露出酥胸、手臂、微鼓的小腿肚……這個姿勢是她平常誘惑我時的姿勢之一，只要我看到這個姿勢，就像頭誘餌擺在眼前的猛獸，我在黑暗中也感受到ＮＡＯＭＩ露出平常那誘惑的表情，微笑裡帶著壞心的眼神直往我這裡看。

「說讓人傻眼是騙人的吧，明明說只要我穿上睡袍就會忍不住，今天晚上大家都在，你就忍耐點吧，對吧，讓治先生，被我說中了吧。」

「別說什麼傻話。」

「唔嘿嘿，既然你那麼逞強，那我就讓你投降吧？」

「喂喂！你們別那麼不安分，這樣的對話明天晚上你們再自己說吧。」

「贊成！」
濱田也接在熊谷的話後附和。
「今晚希望妳能對我們公平對待啊。」
「所以我不是已經公平對待了嗎？為了不讓大家爭吵，我把這隻腳伸向阿濱的方向，這隻腳伸向讓治先生的方向——」
「那我呢？」
「小政你最占到便宜了，你離我最近，才可以這樣把頭伸進來不是嗎？」
「那這真是我天大的光榮啊。」
「對啊，特別優待你的。」
「話說回來，妳該不會真的打算一整晚都保持那個姿勢吧，那睡覺時到底是怎樣呢？」
「我也不知道，要怎麼做呢？把頭放在靠近某一方吧，是要朝向阿濱呢？還是讓治先生的方向呢？」

「把頭朝向哪一方並不是什麼問題吧。」

「不，沒那回事，小政在正中間當然沒問題，可是對我而言是個問題啊。」

「是嗎？阿濱，那把頭朝向阿濱的方向好了？」

「所以我說這才是問題啊，把頭朝向我這方也擔心，但如果因這樣就把頭偏向河合先生的的方向，也果然還是會擔心……」

「而且這個女人睡相很差！」

熊谷又插嘴說，接著又說：

「一不小心，她把腳朝向哪一個人，那個人說不定半夜就會被踢飛也不知道。」

「怎麼樣？河合先生，她真的睡相很差嗎？」

「是啊，很差，而且還有各種不同睡相差的姿勢。」

「喂，濱田。」

「什麼？」

「還有聽說她會在昏睡時舔對方的腳底呢。」

熊谷說著哈哈笑了起來。

「舔腳沒什麼問題啊，讓治先生常做啊，他常說我的腳比臉可愛呢。」

「那也算是某種戀物癖吧。」

「就是那樣啊，讓治先生你說對不對？其實你比較喜歡我的腳吧？」

之後NAOMI說「一定要公平對待」，就一下子把腳朝向我的方向，一下子朝向濱田的方向，每五分鐘換一次位置，她就這樣在棉被的上方不停地左右邊換來換去。

「來吧，這次換是把腳放在阿濱這裡了！」

她這麼說就躺著將身體旋轉了半圈，在旋轉時雙腳跆起踢到蚊帳頂部，並把枕頭從那一端丟到這一端，那隻海豹非常活躍。不只這樣，棉被有一半超出蚊帳，使得蚊帳邊角啪啪地飄起來，飛進了幾隻蚊子，「這隻真討厭，死蚊子。」熊谷氣得站起來開始打起蚊子，不知道是誰踩著蚊帳，把掛繩剪斷扯下來，在落下來的蚊帳裡，NAOMI更是手腳亂揮胡鬧一番，把掛繩修好再度掛上又花了很多時間，經過這場喧鬧好不容易安靜下來已是東方泛出魚肚白的黎明時分了。

雨聲、風聲、睡在隔壁的熊谷的打呼聲……就在我聽著這些聲音好不容易要進入睡眠狀態時，就會倏地醒來，在這個兩個人睡都嫌小的房間裡，附著在NAOMI身上和衣服上的香甜味和汗味發酵般壟罩著整個房間，在這個情況下，今晚又多了兩個大男人，更覺熱氣逼人。關在個密閉空間裡，總覺得好像可能發生地震般讓人喘不過氣來地悶熱，有時熊谷翻個身，我們那出了手汗的手或膝蓋就會互相碰觸到，黏黏的。再看看NAOMI，雖然她的枕頭是放在我這頭，不過她一隻腳放在枕頭上，一隻腳立起膝蓋，並把這隻腳伸進我棉被裡，頭則轉向濱田那側，雙手張開成大字型，平常那個野丫頭現在也累到睡得很熟。

「NAOMI……」

我聽著大家安穩的睡眠呼吸聲，嘴裡呢喃著，並撫摸著在我棉被裡她的那隻腳。啊，這隻腳，這隻香甜沉睡著的白皙腳丫子，確實是我的所有物。從她還是小孩時，我就每天晚上把這雙腳放入熱水裡洗，而且說到這皮膚的柔嫩度——從十五歲開始，她的身體就不停地長高，但這雙腳卻似乎沒有再長大，依然那麼小巧可愛，對，這拇趾也和那時的一樣，小趾的形狀、腳跟的圓弧形狀、稍微隆起的腳背等等都和那時的形狀一樣……我情不自禁地吻了那腳背。

天亮後，我再度陷入昏迷狀態，不久被一陣突然的笑聲驚醒，一看發現ＮＡＯＭＩ正戳著我的鼻孔。

「怎麼了？讓治先生，醒了嗎？」

「嗯，已經幾點了？」

「已經十點半了喔，可是起來也沒事做，就睡到午砲[1]鳴響吧。」

雨停了，星期日的天空晴空萬里，但房間裡依然壟罩著熱氣。

1　明治初期開始到昭和初期，每到正午會射砲通知。

十三、

當時，我這番散漫的行徑，應該沒有被公司的人發現才是。在家裡的我跟在公司的我生活方式截然不同，當然在執行勤務時，腦中還是充滿著NAOMI。

不過這不會影響到工作，更不用說會被其他人發現了，因此我認為在同事眼中看來我應該還是個君子無誤。

可是有一天——那是某個梅雨還沒結束的時節裡的陰鬱夜晚，同事之一的技師波川將被派到海外任職，在築地的精養軒開了歡送會。我也是照例打算義務性出席就好，吃過飯、送上甜點，波川致詞完畢後，大家就陸陸續續從食堂往吸菸室移動，喝著餐後的利口酒邊七嘴八舌地閒聊時，我想差不多可以離開了而站起身時，突然聽到：

「喂，河合君，你給我坐下。」

賊笑著叫住我的是個叫做S的男生，S帶點醉意，和T、K、H等人佔領著一張沙發，他試圖強行把我拖進沙發裡。

「唉呀，你不用那麼急著閃人啊，你等一下是不是要去哪裡啊？明明下著雨——」

S這麼說道，並抬頭看著不知所措僵站在那裡的我，又再度賊笑了起來。

「不，並不是那樣的……」

「那你是要直接回家了？」

這麼說的是H。

「嗯，不好意思，請讓我先失陪，因為我家在大森，這種天氣天雨路滑，我不早點回去的話會叫不到車。」

「啊哈哈哈，你說的真好聽。」

這次換T開口了。

「喂，河合君，你越來越有種了啊。」

「什麼？………」

「種」是什麼意思？我無法判斷T講的意思，稍顯狼狽地反問。

「我們真的太驚訝了，一直以為你是正人君子啊……」

這次換K側著頭語重心長且心領神會地說：

「河合君竟然會跳舞，再怎麼說真的是時代在進步啊。」

「喂，河合君。」

S小心翼翼地湊近我耳邊說：

「你帶去的那個超漂亮的人是誰？也介紹給我們認識啊。」

「不是說是帝國劇場的女演員嗎？……欸，不是嗎？也有傳言說她是電影的女演員，也有聽說她是混血兒，你給我說清楚那個女人的真面目，不說就不讓你走。」

S沒發覺我明顯露出不愉快的臉色而且結巴，他探出身子鍥而不捨地追問。

「喂，我說啊，那個女人不是跳舞的場合就不能叫她出來嗎？」

我差一點就要罵出「你這笨蛋」，我以為公司裡還沒有人發現，孰料他們不僅已嗅聞到此等狀況，聽了有酒色之徒之稱的S的口吻發現他們不相信我們是夫妻，以為NAOMI是那種可以隨叫隨到的聲色場所的女人。

「笨蛋，面對別人的妻子怎麼好意思說『可以叫來嗎』！你真的很沒禮貌！」

面對這難堪的侮辱，我當然很想如此變臉大罵，不，確實有一瞬間我的臉色變得鐵青。

「喂，河合河合，你告訴我們吧，求求你！」

他們吃定了我是好好先生，始終臉皮極厚地央求，H邊說著邊往K的方向看，又說：

「你說是不是，K，你說你是從哪裡聽來的啊？」

「我是從慶應的學生那裡聽來的。」

「哼，什麼？」

「是我的親戚，他對跳舞很狂熱，常常出入舞廳，而知道了那位美女。」

「喂，她叫什麼名字？」

T從旁邊探頭插進來問。

「名字是……欸那個……是個很特別的名字喔，……NAOMI，……好像是叫NAOMI這個名字吧。」

「NAOMI？那果然是個混血兒吧。」

S說著嘲弄般地窺探著我的臉色說：

「如果是混血兒的話，那就不是女演員了吧。」

「好像是個很有手腕的人，那個女人遊走在慶應的學生們之間。」

我本來是堆著一股詭異近乎痙攣的冷笑，嘴角微微顫抖地聽著，聽到K講到此處，原本的冷笑倏地僵掉，雙頰無法動、眼珠子往眼窩裡凹進去。

「嗯嗯，那個人真的很令人期待呢！」

S超級喜孜孜地說。

「既然是你親戚的學生，那是不是也跟那個女的有一腿？」

「欸，這我是不知道啦，不過朋友裡好像有兩三個人有呢。」

「別再說了，別再說了，河合會擔心吶——你看你看，他那表情。」

T一說，大家都抬頭往我這裡看還笑了出來。

「什麼啊，讓他擔心一下有什麼關係，誰叫他要背著我們獨佔那個美女，那心態才不可取吧。」

「啊哈哈哈，怎麼樣河合君？正人君子有時認真擔心一些事也不錯吧？」

「啊哈哈哈。」

事到如今我已經生氣不起來了，他們的閒言閒語已經進不到我耳朵裡，只是偶爾雙耳邊會響起他們突然發出的震耳笑聲，我剎那間升起的困惑是，要怎麼樣才能化解那個場合，是要哭還是要笑？——可是，如果一不小心講出什麼不得體的話，又會更加被他們嘲諷。

總之我心不在焉地飛奔出吸菸室，直到站在泥濘的街道上淋到冰冷的雨時，才終於定下神來。總覺得身後會有追兵過來，就不斷往銀座方向逃去。

走出尾張町十字路口左邊的那個路口後，我往新橋方向走去，……應該是說我的腳和頭腦是分離的，我雙腳只是無意識地往那個方向移動而已。眼中映出照射在被雨淋濕的路面上的街燈的閃爍光芒，儘管天氣如此惡劣，路上還是充滿了人車。啊，藝妓撐著傘走過、年輕姑娘穿著法蘭絨衣走過、電車行駛著、汽車奔馳著……

……NAOMI是個很有手腕的人，遊走在慶應學生們之間？……有這回事嗎？有，確實有可能。看她最近那樣子，不懷疑才奇怪呢。老實說我內心也是有疑慮，只不過覺得圍繞著她的男生實在太多了，反而讓人放心。NAOMI是個孩子，而且很活潑，就如同她自己說的「我是男生喔」，因此她只是喜歡有很多男生聚集在她身邊，然後天真地、熱鬧地、盡情嬉鬧而已，假設她別有居心，在這麼多人的面前應該隱藏不住，該不會她……一想到這個「該不會」就很不妙。

雖說該不會……但那應該不是事實吧？NAOMI是變得驕傲沒錯，不過她是個品德高尚的女生，這件事我非常清楚。她雖然表面上說些貶低我的話，不過對於從十五歲開始就收養她的我，她是感到恩惠並感謝的。她常常在床上邊流淚邊說絕不會背叛這股恩情，我不會懷疑這句話。那個K說的話——看起來像是社會上那些壞人嘲弄我的話吧？如果是這樣就算了，……那個K的親戚的學生到底是誰？就那個學生所知的就已經有兩、三個人了？兩、三個人？……濱田？熊谷？……要說誰最讓人起疑的話那兩個人最讓人起疑。可是如果是那樣的話，為什麼他們兩個沒有吵架呢？他們兩個都一起來，而不是分開來，也都感情很好地和NAOMI一起玩，那又是怎麼回事？是為了欺瞞我而使用的手段嗎？是因為NAOMI靈巧地操弄著，所以他們兩個互不知情嗎？不，最根本的問題是NAOMI有這麼墮落嗎？如果她和他們兩個都有關係的話，那在那個大家一起睡的晚上，她有辦法自然地和大家一起那麼不害臊地喧鬧嗎？如果是這樣的話，那她的行為舉止不就比蕩婦還惡劣嗎？

不知不覺間我已經穿過新橋，褲子上沾滿泥濘直直走到芝口大路上，往金杉橋的方向走去。雨下個不停，覆蓋住整個天空，也將我的身體前後左右都包圍住，從雨傘間落下的雨滴弄濕了雨衣的肩膀處。啊啊，那個大家一起睡覺的晚上也是個雨天，在那家鑽石咖啡廳的桌子旁第一次跟NAOMI表白的那個晚上，雖然是春天不過也下著這般大雨。我想著這些往事，然後今天晚上，我這樣全身濕透走在這裡時，又有誰來到大森的家呢？又會演變成要大家一起睡嗎？——我心中突然湧現出這個疑惑，腦中清晰地浮現一個光景，是NAOMI在中間，濱田和熊谷坐得不三不四，他們在淫蕩的工作室高聲談笑的光景。

「對了，現在不是在這裡磨蹭的時候了。」

一想到這，我就趕緊往田町站奔跑，一分鐘、兩分鐘、三分鐘……等到第三分鐘才好不容易有電車進來，我從來不曾有過如此漫長的三分鐘。

NAOMI、NAOMI！我為什麼今天把她擱在家裡自己來參加聚會呢？NAOMI不在身邊不行啊，那是最糟的事啊——我覺得只要看到NAOMI的臉，這種焦躁心情就能獲得救贖，我祈禱只要聽到她開朗的聲音，看到她那無邪的眼睛，就能消除我的疑慮了。

但是，即使如此，如果她又說出想要和大家一起睡，我應該要說什麼呢？今後我要用什麼態度面對她、靠近她的濱田和熊谷、以及其他那些不三不四的人？我應該要明明知道會讓她不高興，也要貿然嚴密監督她的一舉一動嗎？如果這麼做她能誠心接受也就算了，如果她反抗怎麼辦？不，她不會這樣，只要我說：「今天晚上我受到公司同事的侮辱，所以為了不讓妳被世人誤解，行為稍微收斂一下會比較好。」先不說什麼，單為了她自己的名譽，她也應該會聽我的話吧？如果她不顧其名譽也不怕被誤解的話，就可見是她有問題，K說的是事實，如果……啊，如果是那樣的話……。

我努力讓自己保持冷靜，盡量把心定下來，假想最糟的情況。如果她顯然在欺騙我的話，我能夠原諒她嗎？——老實說，我已經到了沒有她，就一天都活不下去的地步了，她之所以會墮落，無庸置疑我也該負一半的責任，只要她乾脆地跟我道歉痛改前非的話，我不會再責備她，而且我也沒有資格責備她，可是我擔心的是那麼好強的她，特別是對我更會表現出強硬態度的她，假使舉出那些證據，她會那麼容易就對我低頭嗎？即便暫時俯首認罪，會不會實際上沒有心要改，完全將我看扁、而重複犯錯兩三次？結果我們就互相賭氣對抗最終導致分手？——這是我最害怕的事，說直白一點，比起她的貞操本身，那才是讓我頭痛的源頭，即使糾舉她或監督她，首先必須先做好自己的心理建設，就是當她說出「那我走好了」，我也能灑脫地說「妳要走就走」，如果做好這樣的心理建設就好了，可是……

不過關於這點，我知道ＮＡＯＭＩ也有同樣的弱點。怎麼說呢？因為她和我在一起時能盡情過著奢華的生活，可是一旦被我逐出這裡，她除了回到那狹小骯髒的千束町娘家之外，也沒別的地方可去吧。如果變成那樣的話，就真的除非去當賣春婦，不然不會有人把她捧在手掌心上。從以前就被我嬌生慣養出來的她的虛榮心，現在沒人忍受得了吧。或許有人會說濱田或熊谷也許會接受她吧，可是他們都還只是學生，絕對無法提供我給予的榮華富貴，這點她也應該知道，這麼想的話，我讓她習慣奢侈反而變成是件好事。

對了，之前不是發生過這麼件事嗎？在我們練習英語的時段裡，ＮＡＯＭＩ把筆記本撕掉時，我氣得說出：「妳滾出去。」她那時不就投降了嗎？我不知道如果那時我把她趕出去的話，我會多傷腦筋，不過她會比我更傷腦筋，有我才有現在的她，從我身邊離開後，她又要再度回到社會底層，再度居於人下。她一定也很害怕變成那樣，這種恐懼現在和那時應該沒有改變。再說她現在已經十九歲了，年紀增長，多少也比較懂事，應該更能感受到這點才是。如此看來，如果她真的將「我走」這句話脱口而出，應該不會真的執行吧，講出這種破綻百出的威嚇話語，她自己應該知道能否嚇得了我吧……

在車子到達大森車站前，我總算恢復些勇氣，我和ＮＡＯＭＩ的命運是無論發生什麼事，我們都不會分開，這點我非常確定不會錯。

走到家門前時，我那不祥的想像已完全抛到九霄雲外，工作室裡一片黑暗，一個客人也沒有，整個鴉雀無聲，只有閣樓上的四疊半那個房間亮著燈。

「啊，她一個人看家啊——」

我摸了摸胸口鬆了一口氣，不禁湧現「太好了，我真的很幸福」的心情。

我拿出鑰匙打開上鎖著的玄關大門，進入家裡，馬上打開工作室的電燈。一看，房間還是一樣雜亂，不過果然沒有客人來過的痕跡。

「ＮＡＯＭＩ，我回來了……到家了喔……」

這麼說也沒人回應，於是我爬上梯子，發現ＮＡＯＭＩ一個人在四疊半榻榻米的房間裡就著地板熟睡著，這對她而言並不是什麼特別的事，只要她一覺得無聊，無論晝夜，任何時間她都會蜷縮在棉被裡，看著小說進入香甜的夢鄉。看到那張天真的睡臉，我終於放心了。

「這個女人在欺騙我嗎？會有這種事嗎？……這個現在在我眼前發出均勻鼾聲的女人？……」

我靜靜地坐在枕頭上，不把她吵醒，屏息在她身旁看著她的睡姿。以前，狐狸會幻化成美麗的女人來欺騙男人，可是在睡覺的時候會現出原形，假面具會被剝掉——我想起小時候聽的這類的故事，睡相不好的ＮＡＯＭＩ貼身睡衣落下，她兩腳夾著衣角，一隻手放在袒露的酥胸上，手指宛若是蜿蜒的柔枝落在胸上，而另一隻手輕柔地延伸落到剛好是我現在坐著的膝蓋處，頭轉向伸出去的手那側，斜靠著好像快從枕頭上掉下來，鼻頭前的地上躺著一本翻開的書，那本是她評論為「當今文壇上最傑出的作家」的有島武郎寫的《該隱的後代》這本小說，我的眼神在那本裝訂粗糙的書的純白色草紙和她雪白的酥胸之間遊走。

ＮＡＯＭＩ的肌膚色澤有時看起來比較黃有時看起來比較白，熟睡時和剛起床時總是非常亮，就像是在睡覺時，將體內的脂肪全部排出般後變漂亮一般。通常「夜晚」和「暗黑」是一體的，不過當我想到「夜晚」時，常不禁會聯想到ＮＡＯＭＩ肌膚的「白」，那和白天那種到處都明亮的「白」不一樣，是種包在骯髒污穢、充滿汙垢的棉被當中的、也就是包裹在襤褸裡的「白」，更加吸引我。再説到這樣仔細觀賞，發現光線照到她胸部形成的影子，彷彿湛藍海水的底部般，鮮明浮現出來。醒著時那麼開朗多變的臉，現在居然帶點憂鬱、眉根深鎖，好像被迫吃了很苦的藥，或是像被掐住脖子般的表情。不過我非常喜歡她這種睡覺的表情，「妳睡覺時就好像變了一個人似的，好像正在做可怕的夢一樣。」——我常這樣跟她説。「這樣説的話，她壽終正寢的臉是最美的了」，我也常這麼想，即使這個女人是狐狸，或是其真面目是多妖豔的女鬼，我都會欣然被她迷惑。

我大概這樣靜靜地坐了三十分鐘左右，從燈罩影子往明亮處伸出的她的手，手背朝下、手掌往上翻，手指輕握著就像是綻放的花瓣，手腕上清楚看到脈搏穩定跳動著。

「你什麼時候回來的？……」

才剛察覺到她原來「嘶、嘶」的均勻呼吸聲有點紊亂起來，她就張開了眼睛，帶著殘留的憂鬱表情問……。

「現在，……剛才。」

「為什麼不把我叫醒？」

「我有叫，不過妳沒醒，所以就沒再吵妳了。」

「你坐在那裡都在做什麼？——看我的睡相嗎？」

「啊，嗯。」

「哈，奇怪的人！」

她說著，像小孩般天真無邪地笑了，伸長了手放在我膝蓋上。

「我今天晚上好孤獨寂寞喔，想說不知道會不會有人來，結果都沒人來，……對了，爹地，你還不睡嗎？」

「要睡也可以啦……」

「那就來睡吧！……因為我不小心睡著，到處都被蚊子咬了，你看，這裡就是！這裡有點癢！……」

我就照她說的幫她抓了抓手臂和背。

「啊，謝謝，好癢好癢，癢得受不了——不好意思，可以幫我拿一下那裡的睡衣嗎？可以幫我穿上嗎？」

我把睡袍拿來，扶起呈大字型躺著的她的身體，然後我幫她寬衣解帶換衣服時，NAOMI故意全身放軟，像屍體般軟綿綿地任我擺布。

「把蚊帳掛起來，爹地也趕快睡吧——」

十四、

關於那個夜晚裡兩個人的枕邊細語，就沒必要再詳述了。ＮＡＯＭＩ一聽到我述說我在精養軒聽到的事，就破口罵出「啊，他們好沒禮貌！都是一群沒見過世面的蠢蛋！」並嫣然一笑，總之就是整個社會還沒理解到社交舞的意義，只要看到男女生手牽手跳舞，就開始猜測他們倆個人總有一天會發展出不潔關係，馬上就散布些有的沒的傳言。對新時代的流行趨勢抱持反感態度的報紙又隨便寫些毀謗中傷的報導，讓一般人認為跳舞就是齷齪的，所以我們要抱著會被人閒言閒語的心理準備——

「而且我呢，從來沒有跟讓治先生以外的男生單獨相處過喔——你說是不是？」

去跳舞時也和我一起去，在家裡玩時我也一起。偶爾我不在家時，也沒任何客人來訪。即使有人來，只要跟他說：「今天只有我一個人在。」他們大多就會離開。她的朋友圈當中沒有那種不正經的男生——ＮＡＯＭＩ是這麼說的，之後又繼續說：

「儘管我再怎麼任性，還是分辨得出什麼可以做、什麼不可做，當然我如果想要欺騙你也是做得到的，不過我絕對不會做那種事，我真的很光明正大，沒任何事隱瞞你喔。」

「那我當然也知道，我只是說我聽到這些事覺得心裡很不舒服而已。」

「心裡不舒服那要怎麼辦呢？你覺得不要去跳舞了嗎？」

「可以繼續跳，只是要注意盡量不要做些讓別人起誤會的事。」

「我現在也很小心在交友啊。」

「所以我沒有誤會啊。」

「只要你沒有誤會，不管其他人怎麼說，我都不怕，反正我就是說話很粗魯，都被別人討厭——」

之後她就一直說只要我相信她、我愛她就夠了。因為她不像女生，所以自然有很多男性朋友。男生很乾脆，她也喜歡和他們一起玩，完全沒有不良居心，她帶著哀傷且稍微撒嬌的口吻反覆述說，最後又照例說出「我從未忘記你從我十五歲就開始養育我的恩情」、「我把你當成爹地兼丈夫」這些陳年台詞，潸然淚下，然後又讓我幫她拭淚，又不斷帶淚吻著我。

但是在這段不算短的談話中，她不知道是故意的還是只是剛好而已，很不可思議地都沒提到濱田和熊谷的名字，我想刻意說出這兩個人的名字後觀察她臉上的表情變化，但終究沒說出口。當然對於她說的話，我也不是百分之百相信，只是如果要懷疑，什麼事都可以懷疑，我覺得沒必要硬去追究已過去的事，只要接下來加強監督就好了……不，我本來是打算採取強硬的態度質問她，但卻漸漸被她軟化變得不了了之，然後又聽到她那交雜在眼淚和接吻間的哭泣聲和撒嬌話語，雖然有點懷疑那是不是在騙我，不過最終還是相信她講的都是真的。

在那件事之後，我暗中觀察ＮＡＯＭＩ的表現，發現她一點一點不露痕跡地慢慢改變以前的態度，雖然也還是會去跳舞，不過不像以前去得那麼頻繁。即使去了，也不會跳很多舞，跳得差不多了就退場，其他客人也不會一直來糾纏她，我從公司下班回家時，會看到她一個人乖乖地看家，看小說或織毛衣，又或是靜靜地聽著唱片，有時也在花圃照顧花草。

「妳今天也是一個人看家嗎？」

「對啊，一個人喔，都沒人來找我玩。」

「那妳不寂寞嗎？」

「一剛開始就知道是自己一個人就不會感到寂寞了，我沒關係喔。」

她說完又繼續說：

「我雖然喜歡熱鬧，不過也不討厭孤獨感喔，小時候都沒有朋友，總是一個人玩呢。」

「啊，說起來有那麼一回事呢，妳在鑽石咖啡工作時也不怎麼和同事說話，有點陰鬱呢。」

「嗯，是啊，我雖然看起來很活潑，可是真正的我其實個性很陰鬱呢，——陰鬱不好嗎？」

「文靜是很好，但陰鬱就傷腦筋了。」

「不過這比之前的胡鬧還好吧？」

「不知道好多少呢。」

「我變成個乖孩子了吧？」

然後她突然向我飛撲過來，雙手抱住我的脖子，激烈地吻到我頭眼昏花。

「對喔，有陣子沒去跳舞了，今天晚上去，如何？」

即使我提出這個建議，她也只是沉著臉含糊其詞地說：

「都可以啦——如果你想去的話」

有時也會說：

「我們去看電影吧，今天不想跳舞。」

如此，四、五年前那單純開心的生活又回到我們之間了，我和ＮＡＯＭＩ兩個人感情很好地幾乎每個晚上都去淺草，看個電影、回程在某間小店吃個晚餐，邊聊著「那時發生了那些事」、「有那些事呢」，互相聊著以前那些令人懷念的事情，沉浸於回憶中。「妳那時候還很小，就坐在帝國館的橫木上，抓著我的肩膀看劇呢。」我這麼說，她說：「你第一次來咖啡店時，綳著一張臉都不說話，只是在遠處盯著我看，讓我很不舒服。」

「話說回來，爹地，你最近都沒有幫我洗澡呢，那個時候每天都幫我洗不是嗎？」

「啊，對對，還有那件事呢。」

「什麼叫還有那件事啊，你已經不幫我洗了嗎？因為我長這麼大了，所以你討厭幫我洗了嗎？」

「怎麼可能會討厭啊，現在也想幫妳洗啊，老實說我是忍住這個想法啊。」

「是嗎？那幫我洗嘛，我會變回小寶寶。」

有了這樣的對話後，剛好又來到夏日時節，我就再度把被丟在雜物堆一角的澡盆搬到工作室，幫她洗澡，「大baby」——以前我是這麼叫她的，那之後已經過了四年，把現在的NAOMI那修長的身體橫放在澡盆裡一看，發現她已長得亭亭玉立，完全是「大人樣」了。放下來就像是積雨雲般散開的濃密頭髮，有些關節上圓潤的肉球擠出了關節窩，而且肩膀又更厚實了，胸部和臀部則更加有彈性，波濤洶湧，優雅的腳又更加修長了。

「讓治先生，我是不是長很高了？」

「是啊，妳長高了，現在已經和我差不多高了。」

「現在我已經比你高了喔，而且前不久量體重時，我有五十幾公斤了呢。」

「太讓人驚訝了，我也才不到六十公斤呢。」

「那你比我重呢？明明那麼矮。」

「當然會比妳重啊，身高再怎麼不高，男生的骨架總是比較堅固啊。」

「那現在你也還有勇氣當馬讓我騎嗎？——我剛來時不是常常這樣玩耍嗎？就是我跨過你的背，用手帕當韁繩，邊吆喝邊讓你在整個房間跑啊——」

「嗯，那時妳還很輕，大概只有四十五公斤左右吧。」

「現在騎上去的話，你會垮掉吧。」

「怎麼可能會垮，如果妳不相信的話，就騎騎看啊。」

兩個人玩笑開著開著就像以前一樣又玩起騎馬的遊戲了。

「來吧，你當馬吧。」

她一這麼說我就手腳著地，她那五十幾公斤的重量壓到我背上，讓我咬著手帕後說：

「什麼！這隻馬怎麼這麼小隻啊！你要更撐著點啊！好、好、跑、跑！」

她邊叫嚣邊調皮地用腳踢我的肚子，不斷拉著手帕，我為了不被她壓垮，用盡全力撐住，流著汗繞著整間屋子跑，然後她就一直玩到我真的趴在地上站不起來為止。

「讓治先生，今年夏天我們去很久沒去的鎌倉好不好？」

到了八月，她這麼說。

「我從那之後就沒再去過了，想再去看看呢。」

「這樣啊，對耶，從那之後就沒再去了呢。」

「對啊，所以今年我們去鎌倉嘛，那裡不是我們兩個人的回憶之地嗎？」

ＮＡＯＭＩ的這番話不知讓我多欣喜，就如同她說的，我們的蜜月旅行——嗯，說來算是蜜月旅行吧，就是去鎌倉。對我們而言，沒有哪個地方比鎌倉更具紀念性質了。那之後每年我們都會找個地方避暑，可是完全把鎌倉忘了，ＮＡＯＭＩ說出的那段話真的是太棒了。

「走吧，一定要去！」

我二話不說地答應了。

一旦說定，我就跟公司請了十天的假，把大森家的大門鎖上，兩個人在月初往鎌倉出發。租了位於長谷大道往天皇別墅方向延伸的道路上、一間叫做「植惣」的園藝店的偏房。

我本來打算這次不要住什麼金波樓那種破旅館，要住個比較氣派的旅館，可是沒想到要訂房時，ＮＡＯＭＩ說：「剛好從杉崎女史那裡聽到一個好消息。」就介紹了這間園藝店的偏房，根據ＮＡＯＭＩ所說的，因為住旅館要花很多錢，也要顧慮隔壁住了什麼人，能租房子是最好的，剛好女史的某位親戚是東洋石油的董事，他租了個房子可是都沒去住，他們說我們可以借住那個房子，我們就住那裡也不錯。那位董事付了六、七、八這三個月共五百塊的租金，只住到七月底就住膩了鎌倉，說如果有人要到鎌倉，可以借給他住，有杉崎女史居中斡旋，他就說也不用租金了，……情況大概是這樣。

「好不好？這麼划算的事情很難遇到，我們就住那裡吧，這樣也不用花錢，而且可以住到這個月底。」

ＮＡＯＭＩ這麼說。

「可是妳想想看，我還要上班，不能玩那麼久。」

「不過如果是鎌倉的話，可以每天坐火車通勤不是嗎？好不好？要不要這麼做？」

「可是，不先去看看，也不知道妳喜不喜歡那裡……」

「嗯，那我明天先去看看好了，然後如果我喜歡的話，就決定去那裡度假喔，可以嗎？」

「也可以那麼做啦，只是都不用錢的話有點過意不去，這點還需要談一下……」

「這我知道，因為你很忙，所以如果我喜歡那裡的話，我就去杉崎老師家，請她收我們一些錢，嗯，大概付個一百塊或一百五十塊好了。……」

就這樣，ＮＡＯＭＩ一個人火速進行，她和對方談好租金一百塊，付了錢才回來。

我本來還擔心那個地方不知道怎麼樣，不過到了一看發現比我預想的還好，雖說是出租的房子，不過那是一棟和主屋完全獨立出來的平房，除了有兩間各是八塊榻榻米和四塊半榻榻米的房間外，還有玄關和浴室和廚房，有獨立的大門，從庭院直走出去就會走到大馬路上，不用和園藝店那家子人打照面，這樣是真的可以讓我們兩個人在這裡單獨自由生活，我坐在久違的純日式新榻榻米上，並盤腿坐在長火鉢前，舒適伸展。

「哇，這太棒了，很讓人放鬆。」

「這個房子不錯吧？和大森的比起來，哪個好？」

「這裡舒服多了，這裡的話，住多久都不會厭煩。」

「你看吧，所以我說要來住這裡啊。」

ＮＡＯＭＩ得意地說。

某天——大概是來到這裡三天左右吧，過中午後我們去海邊，游了一個小時泳後，兩個人在沙灘上歇息時，

「ＮＡＯＭＩ小姐！」

冷不防地我們的頭上出現了一個人叫喚著。

一看，竟然是熊谷，他看起來好像剛從海上上岸，溼透的泳衣緊貼的胸膛，海水流過長滿毛的小腿趴搭趴搭滴落在地上。

「啊，小政，你什麼時候來的？」

「今天來的喔——我剛才就在想那個人一定是妳，過來一看果然是妳。」

然後熊谷朝海面上揮了揮手，喊道：

「喂！」

海面上也傳來一聲不知道是誰的回應：

「喂！」

「是誰？在那裡游泳的是誰啊？」

「濱田啊——濱田和關和中村，我們今天是四個人來的。」

「哇，這樣很熱鬧呢，你們住在哪間旅館？」

「哼，我們才沒那麼多錢呢，只是因為實在太熱了，就來玩一下，今天就要回去了。」

NAOMI和熊谷聊著聊著，濱田也上岸了。

「大家好久不見了！有好一陣子沒見面了呢——怎麼了？河合先生，最近你都不來跳舞呢。」

「也不是這樣，因為NAOMI說跳膩了。」

「這樣啊，真是豈有此理——你們什麼時候來到這裡的？」

「就兩、三天前來的，我們現在租了長谷的某家園藝店的偏房住。」

「那真的是個好地方呢，經由杉崎老師的介紹，我們可在那住一個月。」

「好時尚喔。」

熊谷說道。

「那你們會在這裡待一陣子囉？」

濱田問，又接著說：

「不過鎌倉也有舞廳喔，實際上今天晚上在海濱飯店也有，我在想如果有伴的話就去呢。」

「我才不要去呢。」

NAOMI冷淡地拒絕了。

「這麼熱的天氣裡不該跳舞，等過陣子涼爽點後我再去。」

「說的也是，夏天不適合跳舞。」

濱田說著態度突然扭捏了起來，說：

「喂，小政，怎麼樣？要不要再去游一趟？」

「不要，我已經累斃了，要回去了，接下來去稍微休息一下後，回到東京就已經天黑了啊。」

「接下來要去？要去什麼地方？」

ＮＡＯＭＩ問濱田。

「有什麼有趣的事嗎？」

「也沒什麼啦，就關的叔叔在扇谷有棟別墅，他說今天既然大家都到他家了，要請大家吃飯。可是因為太拘束了，我在想是不是不要吃飯了就直接逃走。」

「是喔？那麼拘束嗎？」

「非常拘束啊，一到那裡就會有三個女傭出來跪地行禮迎接我們，很掃興呢，那樣即使端出好吃的食物，也吞不下去啊——濱田，好不好？我們就回去吧，回到東京再吃點什麼吧。」

熊谷這麼說著，卻也沒有起身的意思，把腳伸長穩坐在沙灘上，掬起沙子往膝蓋上拍打。

「不然這樣好了，你們要不要跟我們一起吃晚飯？好不容易大家聚在這裡——」

因為ＮＡＯＭＩ和濱田、熊谷都沉默不語，總覺得好像我不這麼說會很尷尬。

十五、

那個晚上，我們久違地聚在一起熱熱鬧鬧地吃了頓晚餐。濱田和熊谷，還有關和中村也加入，在偏房的八塊榻榻米大的房間裡主客共六個人圍著圓桌，吃喝聊天聊到十點左右。本來也不想讓這群人來我們這間屋子打擾，不過這樣偶然遇見了，看著他們那種朝氣、爽朗、年輕人特有的猖狂，我並不討厭。而ＮＡＯＭＩ的態度也是一副不得罪人的親切，並不輕挑，招待客人的言行舉止都很恰當。

「今天晚上實在太開心了，偶爾和那群人聚聚也不錯呢。」

我和ＮＡＯＭＩ把他們送到車站搭最後一班火車，手牽手走在夏季的夜晚道路上時，我說這麼。那是個星空美麗、從海面上吹來涼風的夜晚。

「是嗎？有那麼開心嗎？」

ＮＡＯＭＩ說話的語調好像也為我的好心情感到開心，想了一下後又說：

「那群人，進一步相處後會發現他們也不是壞人呢。」

「嗯，真的不是壞人呢。」

「可是，他們會不會之後又找時間來打擾我們？關先生的叔叔在這裡有別墅，所以他剛才不是說以後會不時帶他們來？」

「嗯，不過怎麼說呢，他們應該不會殺到我們這裡來吧……」

「偶爾來是可以，太常來就很讓人傷腦筋了，如果下次他們來了，不用那麼認真招待他們，不用請他們吃飯，時間到了就可以請他們離開了。」

「可是，總不能趕他們走吧……」

「沒什麼不行吧，我會馬上跟他們說『你們打擾到我們了，請回去』——這麼說不行嗎？」

「唔，這樣又會被熊谷說閒話。」

「他要說就給他說，我們好不容易才來鎌倉度假，他們來打擾是他們不好——」

兩個人走到松樹林深處，NAOMI說著又突然停下腳步叫我：

「讓治先生。」

我聽懂那是聲充滿撒嬌、微微想訴說什麼的聲音，我默默地雙手環抱著她的身體，大口大口地像吞噬潮水般，激烈吸吮著她的雙唇……

那晚之後，一轉眼間我十天的休假就結束了，我們依然沉浸在幸福當中，而且就如同當初所計畫，我每天從鎌倉通車上班，當初說「不時會來」的關等人，只在那一個星期後再來一次，之後就沒再現身了。

然後，到了那個月的月底，我工作上必須緊急調查一件事，所以會比較晚回家。我通常都七點前會回到家，和NAOMI一起吃晚餐，不過那幾天我在公司待到九點，回到家已經超過十一點了——那個工作預計需要連續花五、六天，而在第四天發生了這樣的事。

那天晚上本來預定要做到九點，不過因為工作提早結束，我八點左右出公司，如同往常從大井町搭省線電車到橫濱，然後轉乘火車，在鎌倉下車，那時還不到十點。我每天晚上——雖這麼說不過也才三、四天而已——那幾天大多很晚回家，所以那天我比平常更急於早點回到住宿處跟NAOMI見面並慢慢吃晚餐，比平常還心急，遂在車站叫了車載我到住宿處的那條路。

正值盛夏，我在公司工作了一整天，之後又搭火車搖搖晃晃到鎌倉，那海岸夜晚的空氣無可言喻地輕柔，吹在身上倍感清爽。雖然不是只有那個晚上那麼覺得，不過那天傍晚時下了一場雷陣雨，所以從沾滿水珠的樹葉青草和沾了露水的松樹枝椏上冒出的水蒸氣，也悄悄帶來了冷冽的清香。即使是夜晚也看得到處處有水窪閃著亮光，沙子路上已乾到塵埃飛不起來的程度，奔跑的車夫像是踩踏在天鵝絨上，噠噠噠的腳步聲極輕地落在地面上，沿路傳來留聲機的聲音，像是從某間有矮樹籬笆的別墅深處傳出來的。偶爾看到一、兩個人穿著白底的浴衣在路上徘徊，完全就是來避暑勝地散心的模樣。

在大門口下車，我從庭院往偏房的緣廊走去，我期待著NAOMI會聽到我的腳步聲而馬上打開緣廊的拉門出來迎接我，但是拉門明明透出亮晃晃的燈光，卻沒看到她的身影，非常寂靜無聲。

「NAOMI……」

我叫了兩、三次，都沒人回應，踩上緣廊打開拉門，房間裡都沒人。裡面如同往常，泳衣、毛巾、浴衣隨意丟在牆壁旁、紙拉門旁、壁龕上，茶具、菸灰缸、坐墊隨意亂丟了整個房間，房間是亂糟糟的，可是沒半個人影，寂靜無聲——我以戀人特殊的直覺感受到那絕不是暫時不在家的寂靜感。

「到底去了哪裡？……可能從兩、三個小時前就出去了……」

即使這樣，我還是去廁所瞧了一下，也去浴室看一下，還為了以防看漏，又出了後門，打開洗手台旁的電燈尋找，結果映入眼簾的是正宗日本酒的一升瓶、還有西式料理的殘骸，像是某些人大吃大喝後留下來的殘骸。對了，此刻瞬間想起剛才那菸灰缸裡也有堆積如山的菸蒂，一定是那群人來玩了……

「老闆娘，NAOMI好像不在家，她是不是去那裡了？」

我到主屋去問「植惣」的女主人。

「啊，你說小姐啊——」

女主人都稱NAOMI「小姐」，即使我們是夫妻，但她希望別人認為我們只是同居或是只是訂婚而已，所以如果不這麼稱呼她，她會不高興。

「小姐她，嗯，傍晚有回來一下，吃了晚飯後又和大家出門了。」

「大家是誰？」

「嗯……」

女主人開了個頭後含糊其辭地說：

「就是熊谷家的公子和一些人，大家一起……」

雖然我對於這間屋子的老闆娘為什麼知道熊谷的名字，而且會稱他「熊谷家的公子」感到很疑惑，不過現在沒空問這些事。

「傍晚回來一下，是指說白天也和大家一起嗎？」

「中午過後，她一個人去游泳，然後就和熊谷家的公子一起回來……」

「只和熊谷君一個人嗎？」

「嗯，對……」

其實我那時還沒那麼慌張，可是老闆娘一副很難啟齒的樣子，也露出為難的臉色，讓我越來越不安。雖然我不想讓她看出我的心思，可是我的語氣不由得地急了起來：

「什麼？竟然不是大家一起！」

「嗯，那時是只有他們兩個人，聽說今天在飯店有白天的舞會，所以他們兩個一起去了……」

「然後呢？」

「然後到了傍晚，很多人一起回來。」

「晚餐是大家一起在家裡吃嗎？」

「是的，非常熱鬧地……」

老闆娘說著邊觀察著我的神色，苦笑了出來。

「吃完晚飯後又出門，那時大約幾點？」

「不太清楚，大概是八點左右吧……」

「所以已經過了兩個小時了吧。」

我不自覺地又脫口而出。

「這麼說，有可能是待在飯店嗎？老闆娘您有沒有聽說什麼？」

「這我不大清楚，好像聽說是別墅還是什麼的……」

對對，這麼說起來，我想起關的叔叔的別墅就是在扇谷。

「啊，去了別墅啊，那我這就去接她回來，您知道別墅在哪裡嗎？」

「嗯，就在不遠處，長谷的海岸那裡……」

「咦？是長谷嗎？我之前聽說好像是在扇谷，……，欸，該怎麼說呢，我說的是今天晚上或許也有來的其中一個人，是NAOMI朋友，叫做關的男生的叔叔的別墅，……」

一聽到我這麼說，老闆娘的神色馬上大變，一臉驚慌。

「不是那間別墅嗎？……」

「啊，……欸，那個，……」

「長谷海岸那間到底是誰的別墅？」

「那個——是熊谷先生的親戚的，……」

「熊谷君的？……」

我突然臉色鐵青。

先從車站往左轉切進長谷路，沿著海濱飯店前的道路直直走，那條路自然會接到海岸，那裡突出的一角就是大久保先生的別墅，他是熊谷先生的親戚——老闆娘是這麼說的，不過那對我而言完全是第一次聽到的資訊，NAOMI或熊谷至今絲毫未曾提過這件事。

「NAOMI很常去那個別墅嗎？」

「欸，我不知道是不是很常去……」

她雖然這麼說，不過她那一副手足無措的樣子沒有逃過我的法眼。

「不用說也知道，今天晚上不是第一次吧？」

我無法控制自己，呼吸窘迫、聲音顫抖，不知道是不是看到我怒氣沖沖的樣子，老闆娘也臉色發白。

「嗯，我不會給妳造成麻煩，請妳不吝嗇地告訴我，昨天晚上怎麼樣？昨天晚上她也外出嗎？」

「是的，……看來昨天好像也外出，……」

「那前天晚上呢？」

「唔……」

「果然是外出了吧？」

「嗯。」

「再前一天的晚上呢？」

「唔，前天晚上也……」

「從我很晚回家開始，每天晚上都這樣嗎？」

「欸，……我不是記得很清楚，……」

「那、大概都幾點回來呢？」

「大約是……快十一點……」

那麼從一剛開始就是他們兩個人聯合起來耍我了！所以NAOMI才會說要來鎌倉！──我腦袋裡像暴風雨般旋轉，我在心底快速回憶起之前NAOMI的每句話和一舉一動，任何小細節都沒放過。一瞬間，圍繞住我的詭計網絡清楚顯現出來了，單純如我的人絕對想像不出來，謊言層層疊疊堆疊起來，而且還處處設計得沒有破綻，且不知道到底動員多少人加入這個陰謀，非常地複雜。我突然從平坦安全的地面跌落入深不可見底的洞穴裡，而我從那洞穴底欣羨地往上看著NAOMI、熊谷、濱田、關等無數人影熙來攘往地通過。

「老闆娘，我等一下要外出一趟，如果在我出去的這段時間內，NAOMI回來的話，請您不要跟她說我來找過您，因為我有一個計劃。」

我說完就衝出門了。

我走到海濱飯店的前面，按照老闆娘告訴我的路，盡量走在昏暗的樹蔭底下。兩側矗立著一棟棟壯觀的別墅，萬籟俱寂的夜裡、人煙稀少的路上，正符合我需求地不明亮。我藉著某家別墅大門燈光拿出手錶看一下，剛好是過十點。NAOMI在那個位於大久保的別墅裡和熊谷單獨相處嗎？還是和之前那群人喧鬧呢？總之我想去突擊現場，如果可能的話，我想趁他們不注意時，偷偷地去取些證據，再試著聽聽他們怎麼裝傻找藉口，再以迅雷不急掩耳的速度拆穿他們，於是我加快了腳步。

我馬上就找到了我的目標別墅，我暫時在大門前走來走去，偷偷窺視裡頭。氣派的石門裡頭種滿茂盛的樹叢，在樹叢間有條直通玄關的礫石路。那寫著「大久保別墅」的門牌文字已有年代感，把廣闊庭園包圍起來的矮牆長滿青苔，從這些跡象看來，這棟房子與其說是別墅，不如說是棟老宅。一想到熊谷有個親戚在這裡有如此壯觀的宅邸，就越想越覺得不可思議。

我盡量不發出聲音地踩在石礫道路上，悄悄地走到大門前，因為樹木實在太茂密了，所以在石礫路上看不大清楚主屋裡面的情況，不過靠近一看，很不對勁地，無論是大門的玄關還是其他門的玄關，二樓還是樓下，所望之處可稱為房間的空間都寂靜無聲，大門緊鎖，全都黑壓壓的。

「好奇怪喔，還是說熊谷的房間在後面？」

我這樣想著，又躡手躡腳地沿著主屋繞到後方，果然發現二樓的一個房間以及那底下的後門燈亮著。

我一看馬上就知道二樓那間是熊谷的房間，怎麼說呢？因為不只看到它緣廊上有支之前看過的平背曼陀鈴靠在扶手上，那個日式房間裡還有頂我之前看過的紳士草帽掛在柱子上。可是，明明有光線從拉門透出來，卻沒聽到任何聲音，可見現在那個房間裡沒有人。

——話說回來，側面的拉門看起來也像是才剛有人進出的樣子，明顯打開著。接著，我的注意力沿著後門往地面投射出的微量光線看去，發現隔四、五公尺處有個應該是後門的地方，沒有門扇，只有兩根老舊的柱子，柱子和柱子間，可以看到由比濱海面上有條由海波浪在黑暗當中形成的白線，且飄來一股強烈的海水味。

「他們一定是從這裡出去的沒錯。」

然後就在我要從後門往海岸走去的瞬間，聽到近處傳來一個聲音，不用懷疑那就是NAOMI的聲音。剛才都沒聽到她的聲音，大概是因為風太大的關係吧——

「喂！鞋子裡進沙了，走不動啊，誰來幫我把沙子弄出來啊？……小政，你來幫我脱鞋子啊！」

「我才不要，我又不是妳的奴隸。」

「你那麼説，我就不對你好了喔……那，阿濱人比較好……謝謝、謝啦，果然還是阿濱人好，我最喜歡阿濱了。」

「可惡！我好心幫妳，竟然被妳取笑。」

「啊，啊哈哈哈！阿濱別這樣，不要那樣騷我腳底！」

「我不是在騷妳癢啦，因為沾了太多沙了，我只是把沙子撥掉而已。」

「順便舔一下，就會變成爹地喔。」

這麼說的是關，接著傳出四、五個男人的笑聲。

我站的地方剛好是從沙丘往這裡緩緩下坡的低處，那裏有蘆葦蓋起的茶屋，聲音就是從那間茶屋傳出來。我和小屋的間隔大約是九公尺遠，我因剛從公司回來，還穿著茶色羊駝材質的西裝。我立起上衣的衣領，為了不露出衣領和襯衫，我把前面的鈕扣扣得緊緊的，並把把草帽藏在腋下，然後蹲下身往前跑到小屋後方的水井陰影處，此時他們那裡有了動靜。

「好了，已經可以了，接下來去那裡看看吧。」

這是ＮＡＯＭＩ起的頭，接著他們陸續出來。

他們沒有發現我，從小屋前面往下走到海岸邊去。濱田、熊谷、關、中村——四個男人隨便穿著浴衣，而被夾在中間的ＮＡＯＭＩ披著黑色的罩衫，腳穿鞋跟很高的鞋子。她並沒有帶罩衫和鞋子來鎌倉的住處，所以身上那些物品一定是借來的。吹著風，罩衫的衣襬啪搭啪搭隨風翻飛，她看來好像是用雙手從罩衫裡頭抓緊往身體捲，每走一步，那豐滿的臀部就晃動著畫出弧線，而且她就一副喝醉酒的腳步，故意用兩側的肩膀輪流撞擊著左右的男生，搖搖晃晃往前走。

至此都縮著身子摒住呼吸的我與他們之間的距離拉到五、六十公尺遠，當只看得到白色浴衣在遠處飄動時，我開始急起直追。一開始他們往海岸直直走去，我以為他們要往材木座海岸走去，不過他們中途又往左轉，跨越沙丘往街道的方向出去。我等他們的身影隱沒在沙丘那頭時，才開始急起直追越過沙丘。為什麼呢？因為我知道他們要走去的路是條松林蓊鬱，非常適合藏身的隱蔽的昏暗別墅區，到那裡之後，我就算離他們近一點，也不用擔心被發現。

走下坡後，突然聽到他們震耳欲聾的嘹亮歌聲，那也難怪，因為我和他們才離五，六步遠而已，他們大聲合唱順著拍子踩著步伐前進。

Just before the battle, mother,

I am thinking most of you⋯⋯⋯

那是ＮＡＯＭＩ隨口常唱的歌，熊谷站在前方，像是手拿指揮棒般指揮著，ＮＡＯＭＩ也還是一下子撞向左邊那個人，一下子撞向右邊那個人，搖搖晃晃地行走，而被撞到的男生也像是划著小船般和她一起從這頭移動到那頭。

「嘿咻！嘿咻！……嘿咻！嘿咻！」

「唉呀，幹嘛！那樣推擠不就會撞到圍牆嗎？」

不知道是誰拿著棍子「啪啦啪啦」敲打著圍牆，ＮＡＯＭＩ高聲尖叫笑了出來。

「來吧，再來唱Oone kauha wiki wiki[1]！」

「好，來了唷！這首有搭配夏威夷的草裙舞，大家邊唱邊跳吧！」

Oone kauha wiki wiki－Oone kauha wiki wiki……然後他們同時搖起屁股。

1　《On the Beach at Waikiki》這首歌裡的開頭歌詞。

「啊哈哈哈，搖屁股是關搖得最好啊。」

「那是當然的啊，因為我研究很久了啊。」

「在哪裡？」

「在上野舉辦的和平紀念東京博覽會上啊，對吧，在萬國館有土著在跳舞吧？我去那裡去了十天呢。」

「你真無聊啊。」

「你也乾脆去萬國館表演好了，你那張臉看起來就像土著啊。」

「喂，小政，現在幾點了？」

那麼問的是濱田，濱田沒喝酒，所以在他們當中看起來比較正經一點。

「不知道啊，幾點了？誰有戴手錶？」

「嗯，我有戴——」

中村回答並點了火柴。

「喔，已經十點二十分了呢。」

「沒問題的，十一點半前我爹地是不會回來的，接下來我們繞一趟長谷路再回去吧，我想看看這附近熱鬧的地方。」

「贊成贊成！」

關大聲叫囂。

「可是這樣走著，我看起來到底像什麼呢？」

「在怎麼看都是女團長吧。」

「我是女團長，你們大家都是我的部下唷。」

「那不就是白浪四人組[2]嗎？」

---

2 取自於歌舞伎裡《白浪五人男》這齣戲。

「那我就是弁天小僧。」

「欸，女團長河合ＮＡＯＭＩ……」

熊谷用急促的語調起了個頭，接著說：

「……趁著黑夜，身穿黑色斗篷，……」

「哼哼哈哈，別發出那種下流的聲音啦！」

「……率領著四個惡漢，從由比濱海岸……」

「小政閉嘴！如果你不閉嘴的話！」

ＮＡＯＭＩ「啪」一聲在熊谷的臉頰上甩了個巴掌。

「好痛，……那下流的聲音就是我原本的聲音啊，我沒成為浪花曲的口白真的是天下一大憾事。」

「可是瑪麗．皮克福德不會成為女團長啊。」

「那麼是誰？Priscilla Dean 嗎？」

「嗯，對，是 Priscilla Dean。」

「啦、啦、啦、啦」

濱田又再度哼起舞蹈的歌曲並跳了起來，我看到他踩著舞步好像快往後傾時，迅速躲到樹蔭底下，可是這瞬間濱田同時發出「啊？」的聲音。

「是誰？——這不是河合先生嗎？」

大家突然一陣靜默，呆立在原地，在一片黑暗中往我的方向看，我想著「慘了」，不過已經來不及了。

「爹地？這不是爹地嗎？你在那裡做什麼？趕快過來加入大家的行列啊。」

NAOMI突然粗野地走到我面前，一打開罩衫就伸出手臂搭載我肩上，定睛一看，她那件罩衫下一絲不掛。

「妳在幹嘛！這是丟我的臉嘛！妳這婊子！蕩婦！下地獄吧！」

「喔呵呵呵！」

隨著那笑聲飄出濃濃的酒味，我至今從沒看過她喝酒。

十六、

那天晚上和隔天晚上，我花了兩天才終於從倔強的ＮＡＯＭＩ口中詢問出她欺騙我的一部分劇本。

如同我推測的，她之所以會說要來鎌倉，果然還是因為想和熊谷一起玩，關的親戚住在扇谷那邊是個天大的謊言，長谷的大久保的那間別墅是熊谷叔叔的家這件事才是真的。不，不只是這樣，我們現在租借的這間偏屋實際上也是靠熊谷的關係才能住，大久保宅邸算是這家園藝店的客戶，所以熊谷出面安排，怎麼安排好的呢？就是請前一個租客退租，然後讓我們住進去，不用說也知道這是ＮＡＯＭＩ和熊谷討論後做的決定。杉崎女使居中斡旋、東洋石油的董事等說法全都只不過是ＮＡＯＭＩ的胡謅，怪不得她自己一個人不斷讓事情進展下去。根據「植惣」老闆娘所說，她第一次來探路時，就是和熊谷家「公子」一起來，不只表現得宛如「公子」一家的一份子般，而且之前他們宣稱是那樣的關係，所以不得已只好拒絕之前的租客，把房間讓給我們。

「老闆娘，把毫無關聯的妳牽連進來，給妳添麻煩真的很抱歉，不過可以請妳把知道的都告訴我嗎？無論發生什麼事，我都不會說是從妳這邊聽來，我不會去找熊谷爭論這件事，我只是想知道事實而已。」

隔天，一直是全勤的我第一次跟公司請假，而且嚴密監視著NAOMI，嚴厲警告她「不准踏出家門一步」，我把她的衣服、鞋子、錢包全部都收拾起來搬到主屋，在主屋的一個房間裡訊問老闆娘。

「所以說……從之前開始，只要我不在時，他們兩個就有往來是嗎？」

「嗯，一直都是這樣，有時是公子會來這裡，有時是小姐會出門……」

「大久保先生那間別墅有誰住呢？」

「今年大家都搬到主屋去了，雖然有時他們會來別墅，不過通常是只有熊谷公子一個人住。」

「那麼熊谷君的朋友們怎麼樣？他們也有時會來嗎？」

「是的，他們不時會來玩。」

「通常是怎樣的呢？是熊谷君帶來的嗎？還是他們自己來的？」

「欸……」

她說——我後來才想起來她那時是一副非常不知所措的樣子。

「……有時他們自己來，有時是和公子一起來，不一定……」

「有誰？除了熊谷君以外，還有誰會單獨來？」

「那位叫做濱田先生的人，我記得還有一些其他人也有單獨來過……」

「那些時候他們會外出嗎？」

「沒有，他們大多是在家裡聊天。」

這是我最百思不解的一件事，如果NAOMI和熊谷有染的話，為什麼會把那些人拉進來攪和？他們單獨來訪，NAOMI也和他們聊得很開心，這又是怎麼一回事？如果他們都覬覦NAOMI的話，為什麼不會吵架呢？他們四個男人昨晚不是感情很好地喧鬧嗎？這麼一想，我又不解了起來，甚至懷疑NAOMI和熊谷是真的有染嗎？

可是關於這件事ＮＡＯＭＩ沒那麼輕易開口，她說自己並沒有什麼特別的企圖，只是喜歡和很多朋友一起熱鬧玩耍，她一直堅持這個說法，我問她既然這樣為什麼要陰險地騙我呢？

「因為爹地你對那些人疑神疑鬼的啊，我不想讓你操太多心啊。」

她回答。

「那麼，為什麼要騙說關的親戚有間別墅在這裡？關和熊谷有什麼不一樣嗎？」

我一這麼說，ＮＡＯＭＩ就一副詞窮的樣子，她突然低下頭，沉默地咬著嘴唇，挑起眼睛像是從洞穴窺視般地盯著我的臉看。

「可是你最懷疑小政啊——我就想說，講說是關先生的別墅應該還比較好吧。」

「你不准叫他小政！叫他熊谷這個姓！」

之前不停忍耐的我此時終於整個爆發出來，每當我聽到她叫「小政」，就渾身起雞皮疙瘩整個不舒服。

「喂！妳和熊谷有一腿吧？妳給我老實說！」

「才沒有什麼，如果你那麼懷疑我的話，你有什麼證據嗎？」

「雖然沒證據，不過我就是知道。」

「為什麼？——為什麼你知道？」

NAOMI的態度非常沉著，她嘴邊又浮起那令人厭惡的冷笑。

「昨天晚上那副德性是怎樣？妳醉成那樣還能說妳是清白的嗎？」

「那是大家勉強把我灌醉，讓我變成那樣的——我只是那樣走在外面而已啊。」

「好！那妳再怎麼樣都堅持說妳是清白的？」

「對，我是清白的。」

「妳能發誓吧！」

「可以，我發誓。」

「好！妳不要忘記這句話！我已經不會再相信妳講的任何一句話了。」

講完那句話後我就沒再跟她講話了。

我很害怕她會跟熊谷通信，所以就把所有信紙、信封、墨水、鉛筆、鋼筆、郵票都收起來，把這些東西和她的行李一起交給「植惣」的老闆娘，還有為了讓她無法在我去上班時外出，讓她穿一件紅色皺皺的睡袍，然後我在第三天的早上，裝作要去上班的樣子出了鎌倉。不過我在火車上一直在思考要怎麼樣才能取得證據，最後決定先回那個一個月都沒回去的大森的家看看，因為我認為如果她真的和熊谷有染的話，絕對不會是夏天才開始，我想先回大森檢查NAOMI的物品，說不定會找到信之類的東西。

我搭了比平常晚一班的火車，所以到大森家已經十點左右，我走上正門的門廊，用備用鑰匙打開大門，穿過工作室，爬到閣樓上去檢查她的房間。然而打開她房間一踏進去那瞬間，不禁「啊」地叫了出來，僵立在那裡無法發出第二句話，我竟然看到濱田一個人獨自躺在那裡！

濱田一看到我進去，突然脹紅了臉。

「嗨。」

他說著爬了起來。

「嗨。」

說了這聲後，兩個人就暫時狐疑地盯著對方揣測對方的心思。

「濱田君……你為什麼在這裡？……」

他動了動嘴巴好像要說些什麼，不過終究沒開口，他在我面前像是要祈求我原諒似地垂下了頭。

「喂？濱田君……你從什麼時候開始待在這裡的？」

「我剛才……剛剛才來的。」

他一副已經逃不了了、下定決心般用堅定的語氣說。

「可是這個家有上鎖吧，你是從哪裡進來的？」

「從後門——」

「後門應該也是上鎖的——」

「嗯，我有鑰匙──」

濱田用幾乎聽不到的聲音說。

「鑰匙？──為什麼你會有鑰匙？」

「ＮＡＯＭＩ給我的──說到這，我想您大概猜想得出來我為什麼會來這裡了吧……」

濱田靜靜地抬起頭，用認真且令人眩目的眼神緊盯著我那愕然的臉，那表情帶著一副豁出去了的和尚般正氣凜然的氣度，完全不是平常吊兒啷噹的他。

「河合先生，今天您突然出現在這裡的理由，我也大該想像得到，我是欺騙了您，關於這件事，我甘願接受任何制裁，現在才這麼說也很奇怪，不過我打從一開始……就打算在被您發現前，自己先告罪的……」

濱田說著說著眼眶裡浮現出淚水，接著眼淚就啪搭啪搭流下了臉頰，全部都超乎我的想像，我只是默默地眨了眨眼睛凝視著這光景，就算我勉強相信他的自白，但還是有想不通的事情。

「河合先生，您可以原諒我嗎？……」

「可是，濱田君，還有讓我想不通的事啊，你從NAOMI那裡拿到鑰匙，來這裡做什麼？」

「來這裡，……今天……和NAOMI小姐約在這裡碰面。」

「欸？和NAOMI約在這裡碰面？」

「嗯，是的……而且不是只有今天，已經約在這裡見面好幾次了……」

聽他說明我才知道從我們搬到鎌倉後，他和NAOMI約在這裡幽會過三次，也就是說NAOMI在我去上班之後，搭上晚我一、兩班的火車來到大森，通常是早上十點左右到這裡，十一點半離開，因此大概是下午一點左右回到鎌倉。她沒有讓我們住宿的老闆娘發現她這段時間是到大森來，然後濱田說今天早上也是約大約十點碰面，所以剛才我上來時，他以為是NAOMI來了。

聽到這番讓人吃驚的自白，首先心中充滿了一股茫然無法回神的感覺，只是驚訝得目瞪口呆——無法整理出個頭緒——這才是我真正的心情。再次強調我那時已經三十二歲了，NAOMI是十九歲，十九歲的小女子竟然這般大膽、這般狡猾地欺騙我！我以前都沒發現NAOMI是這麼可怕的少女，不，直到現在也還不敢相信。

「你和ＮＡＯＭＩ究竟是什麼時候開始那樣的關係？」

要不要原諒濱田是其次，我現在滿腦子只想追根究柢知道事情的真相。

「那從很久之前就開始了，大概從您還不認識我的時候開始……」

「嗯，我之前是什麼時候第一次見到你啊？——是去年秋天吧？我下班回家時，看到你和ＮＡＯＭＩ站在花圃前聊天。」

「對，就是那次，那之後也過了差不多一年了——」

「這麼說起來，是從那時候就開始了？」

「不是，是從那之前開始的，我是從去年三月開始去杉崎女史那裡學鋼琴，我在那裡第一次遇到ＮＡＯＭＩ小姐，那之後不久，大概三個月後吧——」

「那時你們都在哪裡見面？」

「就是在這裡，這個大森的家，因為ＮＡＯＭＩ小姐說她上午都不用出去上課，一個人在家無聊得不得了，叫我來陪她，一剛開始只是這樣而已。」

「這麼說是NAOMI叫你來玩的？」

「嗯，是的，而且那時我並不知道您的存在，她說自己是鄉下人家出生，來大森找親戚，她和您是表兄妹的關係，我在您開始到Eldorado跳舞時才知道你們不是那樣的關係，可是我……那時已經無法自拔了。」

「NAOMI這個夏天之所以想去鎌倉是和你商量後決定的嗎？」

「不是，那件事和我無關，建議NAOMI小姐去鎌倉的是熊谷。」

濱田說著突然更加強了語氣說：

「河合先生，被騙的不是只有你！我也被騙了！」

「……這麼說NAOMI也有和熊谷君交往？……」

「是的，現在最讓NAOMI小姐自由發展的男人是熊谷，我老早就發現NAOMI喜歡熊谷，可是我做夢也沒想到她一方面和我交往，另一方面又和熊谷交往，而且NAOMI說她只是喜歡和男性朋友單純地玩鬧，不會有逾矩的行為發生，我想想好像也是是……」

「唉。」

我嘆了一口氣說了：

「那是NAOMI的一貫伎倆啊，她也這麼跟我說，我之前也相信她了，……那你是什麼時候發現她和熊谷交往呢？」

「在那個下雨的夜晚，我們在這裡睡大通鋪的時候，那天晚上我發現的，……那個晚上，我非常同情您，那時候那兩個人不知羞恥的態度，再怎麼想都不會是沒什麼關係，我越嫉妒就越能體會到您的感受。」

「那麼，那個晚上你察覺到的事情是從他們兩個人的態度推測想像出來的嗎？……」

「不，不是，有可以證實這個想像的事實，天亮時，您還在睡覺可能不知道，不過因為我睡不著，就在半夢半醒間看到他們兩個在接吻。」

「NAOMI知道被你看到了嗎？」

「嗯，她知道，那之後我有跟她說，並叫她一定要跟熊谷分手，我討厭被當玩具，既然這樣我就一定要娶NAOMI小姐……」

「一定要娶？……」

「嗯，沒錯，我打算對您表明我們的戀情，然後娶ＮＡＯＭＩ小姐為妻，您是個明理的人，只要我告訴您我這份苦澀的心意，您一定能夠理解，ＮＡＯＭＩ小姐是這麼說的。我不知道事實是什麼，不過根據她的說法，您只是養育她並讓她就學，所以才一起住，並不是說一定要結為夫妻，再加上您和她差太多歲，即使結婚也不能保證就能幸福，……」

「這些事，……ＮＡＯＭＩ是這樣跟你說的？」

「嗯，她說的，她說最近會找您談，她會和我結婚，叫我再等一段時間，她答應我好幾次，而且她也說會和熊谷分手，不過這些都是她胡謅的吧，她一開始就沒打算和我結婚吧。」

「那她也這麼答應熊谷君的嗎？」

「這我就不知道了，我想或許是吧，她是個很容易玩膩的人，熊谷也不是認真的，那個男人比我狡猾多了……」

不可思議地我從頭到尾都沒有憎恨濱田，再聽到他的這番自白，我反而覺得他和我同病相憐，然後我就更憎恨熊谷了，我強烈感受到熊谷才是我們兩個人共同的敵人。

「濱田君，嗯，反正在這裡聊也不是辦法，我們找個地方邊吃邊聊吧，我還有很多想問的事。」

就這樣我邀他出門，因為去西式料理店不大方便，我們就去大森海岸的「松淺」那家店。

「那河合先生您今天也跟公司請假嗎？」

濱田的說話語氣也不似剛才那般激動，一副如釋重負般用輕鬆的口吻閒聊般起了個頭。

「是啊，我昨天也請假呢，公司方面這陣子又忙得不得了，不去很對不起公司，可是從前天開始腦子一片混亂，完全無心上班。……」

「NAOMI小姐知道您今天要來大森嗎？」

「我跟她說昨天整天都待在家，今天要到公司上班，可是那個女人說不定有查覺到什麼，不過也想不到我會來大森吧，我是打算搜索她的房間，找找看有沒有情書之類的東西，才突發奇想地過來看看。」

「啊，是喔，我想的不是這樣，我以為您是要來抓我的，不過等一下NAOMI小姐會不會來啊？」

「不，沒問題的，……我在出門前把她的衣服、錢包都收起來，讓她無法外出一步，她那裝扮連門口也出不了。」

「欸，是什麼樣的裝扮？」

「就是你也知道的，不是有那件桃紅色皺皺的睡袍嗎？」

「啊，那件喔。」

「就只穿那一件，也沒綁任何帶子，不用擔心，就像是把猛獸關起來一樣。」

「話說如果剛才NAOMI小姐進來了又會怎麼樣？那才真不知道她要怎麼鬧呢。」

「那麼，NAOMI到底什麼時候跟你約今天要見面的？」

「就是前天——被您發現的那個晚上，因為我那個晚上在鬧脾氣，她可能想安撫我還是怎樣的吧，就跟我說叫我後天到大森來，當然我也有不對的地方啦，我明明應該要跟她絕交，或是該跟熊谷吵架，我卻做不出來。我一方面覺得自己很委屈，卻又很懦弱，就這樣和他們磨蹭折騰下去，所以雖說我被NAOMI小姐欺騙，不過追根究柢也只能怪自己太愚蠢了。」

我總覺得這是在說我自己，而且一進到「松淺」的位子上，面對面坐著一看，我甚至覺得這個男的很可愛。

十七、

「來吧，濱田君，你老實告訴我實情，讓我我非常高興，總之喝一杯吧。」

我說著邊把杯子遞出去。

「那河合先生，您會原諒我吧？」

「也沒什麼原不原諒，你也是被NAOMI欺騙，既然你不知道我和她的關係，就沒有任何過錯，我已經不怪你了。」

「啊，謝謝您，您這麼說我就放心了。」

可是濱田看起來還是一副很不自在的樣子，即使我勸酒，他也不喝，低著頭難以啟齒般問了：

「那麼該怎麼說？冒昧請問一下，河合先生和NAOMI並不是親戚嗎？」

沉默了一陣子後，濱田像是想要解開他的疑慮般，那麼問了後又輕輕嘆了口氣。

「我們不是什麼親戚，我出生於宇都宮，是純正的江戶男子，老家現在也在東京，因為NAOMI說她想去上學，可是因為家庭狀況不允許而無法去，我覺得她很可憐，在她十五歲時領養了她。」

「所以，現在是已經結婚了嗎？」

「嗯，是的，我們有獲得雙方父母親的同意，也按照規矩辦了手續，不過因為那時她才十六歲，那麼年輕就被稱『太太』很奇怪，而且她本人也不想被那麼稱呼，所以我們約好暫時就像是朋友般一起住。」

「啊，是那樣啊，那就是產生誤會的源頭啊，NAOMI小姐那樣子看不出已是太太了，她自己也不這麼說，所以我們就被騙了。」

「NAOMI雖然不對，不過我也有責任。我對於世間所說的『夫妻』不是很能認同，盡可能地不去過像夫妻般的生活，然而她好像誤會了，之後我們會改進，唉呀，我真是受夠了。」

「如果是那樣，也沒辦法了。接下來我這麼規勸您也很奇怪，不過熊谷那可惡的傢伙真的不小心不行。我絕不是憎恨他才這麼説，熊谷、關、中村大家都不是好東西，NAOMI小姐並不是個壞人，是被他們帶壞了……」

濱田用充滿感情的語調敘説的同時，雙眼又再度泛著淚光，想到這個青年這麼認真地愛著NAOMI，我不知道該感謝還是感到抱歉，如果我沒告訴濱田我和她已經結為夫妻，他是否會進一步拜託我讓出她呢？不，不只是這樣，如果現在我説會放棄她的話，他一定會馬上説要得到她吧。這個青年眉宇間散發出的惹人憐愛的熱情，讓人不懷疑其決心。

「濱田君，我會遵照你的忠告，在這兩、三天內處理好事情，然後如果NAOMI真的能和熊谷分手的話就前嫌盡釋，如果不能的話，多在一起一天也只是不愉快而已……」

「可是、可是，請您絕對不要拋棄NAOMI小姐。」

濱田急忙打斷我的話説著。

「如果您拋棄了NAOMI小姐的話，她一定會變得更墮落，她完全沒有錯啊……」

「謝謝，真的謝謝你！你不知道你這番好意讓我多開心。嗯，我也是從她十五歲就照顧她到現在，即使被世間的人嘲笑，我也沒想過要拋棄她，只是那個女人很倔強，我必須好好想想要怎麼樣才能巧妙地讓她遠離那些壞朋友。」

「NAOMI小姐很逞強呢，為了些小事一吵架，就會無法收拾了，所以要請您多費心了，雖然我這樣講好像很自以為是……」

我對濱田反覆說了好幾次「謝謝」，如果我們兩個人之間沒有年齡和地位的差距，或是我們從之前開始關係就不錯的話，或許我會拉起他的手，互相擁抱哭泣吧，至少我的情緒已高漲至此。

「濱田君，今後你就一個人來我家玩吧，不用客氣。」

和他道別時我這麼跟他說。

「好的，不過或許暫時不會去吧。」

濱田扭捏地低下頭說，彷彿不想讓別人看到他的臉。

「為什麼呢？」

「要一陣子……直到我能忘了NAOMI小姐……」

他邊説著忍著淚戴上帽子，説了「再見」、穿過「松淺」店前，就一個勁地往品川方向走去，看來沒要搭電車的樣子。

之後我雖然去了公司，但當然完全無心工作。NAOMI那傢伙現在在幹嘛？我讓她只穿一件睡衣待在家，她應該不至於穿著那樣外出吧，才想到這就還是無法不去在意，為什麼會這樣？因為出乎我意料之外的事一件接著一件發生，在被欺騙後才知道謊言是建構在另一個謊言上，這逐漸讓我神經變得異常敏銳，開始神經質地想像猜測各種可能性。事到如今，不禁讓我認知到NAOMI這個人的神通廣大超出我的想像，不知道她何時會搞出什麼花樣，完全無法放心。不能再待在這裡了，在我不在家時不知道會發生什麼事——我把工作草草結束，火速趕回鎌倉。

「嗨，我回來了。」

我看著站在門口的老闆娘説。

「她在家嗎？」

「是的，她在喔。」

這樣我就放心了，我又問：

「有誰來玩嗎？」

「沒有，都沒人來。」

「怎麼樣？她的狀況？」

我用下顎朝偏屋指了一下，對老闆娘使了使眼色，這時我發現ＮＡＯＭＩ理應在的那個房間的拉門關著，玻璃那頭昏暗，看起來很安靜、沒人在。

「我不知道狀況怎麼樣——今天一整天她都在那裡面——」

嗯，終於一整天都待在家了啊，可是這麼安靜又是怎麼一回事？她會是什麼表情？我內心還是有稍許不安。我悄悄地踏上緣廊，打開偏屋的拉門，那時已是傍晚過六點，ＮＡＯＭＩ一身凌亂大剌剌地熟睡著，可能為了不要被蚊子叮，她才翻來翻去吧。我拿出一件外套綁在她腰部，因此只有腹部有遮起來，從紅色皺褶睡袍露出的雪白手腳，就彷若煮熟的高麗菜莖，這個畫面又時機不對地莫名地蠱惑我、搔弄著我的心。我默默開了燈，獨自快速換了便服，開壁櫥門時故意發出很大的聲音，不知道ＮＡＯＭＩ有沒有聽到，不過還是傳來她均勻的鼾聲。

「喂，要不要起床了，已經晚上了……」
我明明沒什麼事，卻靠在桌子旁假裝在寫信，不過三十分鐘後終於忍不住了叫她起床。
「唔……」
她在我大聲叫了兩、三次後才心不甘情不願地閉著眼睛回答，
「喂！起床！」
「唔……」
她回了，但還是沒起床。
「喂！妳在幹嘛！趕快起來！」
我站起來，用腳抵著她的腰部用力搖晃著。
「啊啊。」
她說，先直直伸出那兩隻柔軟的手臂，緊握著的小小紅紅的拳頭往前伸出，邊打哈欠邊坐起

身子的ＮＡＯＭＩ偷瞄了我一眼，又馬上往旁邊看去，開始抓起癢來，腳背、小腿、背部都有被蚊子叮咬過的痕跡，還有不知道她是睡太久還是偷偷哭過，雙眼充血，頭髮凌亂，雙肩下垂。

「來吧，換衣服吧，不要穿那樣。」

我去主屋把她那包衣服拿回來，丟在她前面，她沒說一句話，默默地換了衣服，之後到晚餐送來、我們吃完飯之前，兩個人都沒人開口說話。

在這段鬱悶的大眼瞪小眼的長時間裡，我只是一直在想要怎麼樣才能逼她吐實，要怎麼樣才能讓倔強的她由衷道歉，濱田的忠告——ＮＡＯＭＩ很頑固，如果一不小心就會吵架，一吵架就無法收拾了。當然我腦子裡也懂，濱田之所以會給予那樣的忠告，看來是他的經驗談吧，我也不時有這種經驗，最不該做的就是讓她更生氣，為了不讓她鬧彆扭、不演變成吵架、不讓她看不起，一定要巧妙地起頭。因此，若採取法官般的態度質問她是最危險的，她不是那種只要直球對決地問「妳和熊谷這樣那樣吧？」「還有跟濱田也這樣那樣吧？」就會內疚地回「嗯，對」的女人，她一定會反抗，她一定會裝傻到底，堅稱沒那回事。如此一來，我也會煩躁動起肝火，這樣就完了，因此不能用爭論的方式，我想著不然乾脆放棄讓她吐實的想法，直接把今天發生的事告訴她好了，如此一來，再怎麼嘴硬的她也不能裝傻了吧，好，就這麼做，我一想到就先說：

「我今天早上十點左右去了大森一趟，遇到了濱田喔。」

並觀察她的反應。

「喔。」

果然她還是有點嚇到，避開了我的視線，只是用鼻子發出了個聲音。

「然後聊了一會兒後就到了午餐時間，我就邀他去『松淺』一起吃了飯。」

自此之後NAOMI都沒回應，我隨時觀察她的神色，用不帶冷嘲熱諷的口吻如實敍述，在我説完之前，NAOMI都低著頭聽著，而且沒有慚愧的樣子，只是臉色稍微變蒼白而已。

「所有狀況濱田都跟我説了，所以我不用問妳也知道實情了，因此妳也不用再嘴硬，如果妳覺得做錯了，跟我道歉就好了，……怎麼樣，妳覺得自己做錯了嗎？妳承認妳做錯了嗎？」

因為NAOMI都不回答，眼看情勢就要演變成我擔心的爭論狀況，「NAOMI，怎麼樣？」我盡可能用溫柔的語氣問，又繼續説：

「只要妳承認做錯了，我就不再追究以前的事，也不是説要妳跪在地上道歉，只要妳發誓説以後不會再犯這種錯誤就好了，怎麼樣？知道了吧？妳會道歉吧？」

於是ＮＡＯＭＩ順勢點了個頭說「嗯」。

「那妳知道了吧？以後絕對不會再跟熊谷他們一起玩了吧？」

「嗯。」

「一定喔？妳答應我了喔？」

「嗯。」

我們就以這聲「嗯」畫下句點，互不撕破臉地和好了。

十八、

那個晚上，我和ＮＡＯＭＩ就像什麼都沒發生過般說著枕邊細語，可是老實說我心裡並不是真的整個想開了，這個女人已經不是清白之身了——這個想法不僅讓我心情鬱悶，也讓我把原本被我當作寶物的ＮＡＯＭＩ的價值打了對折以下，怎麼說呢？她的價值是透過我親自養育，把她養育成我心目中的女人，然後只有我自己熟知她每一吋肉體，也就是說ＮＡＯＭＩ這物品對我而言就是我自己栽培出來的一個果實。我花了多少心思、多少勞力才把她培育到如今這般成熟得嬌豔欲滴，能夠品嚐這果實是栽培者的我應得的報酬，其他人理應沒有這個權利，可是曾幾何時竟然被其他人剝了外皮、咬了果肉，然後這個果實一旦被玷汙了，她再怎麼道歉，都無法挽回。「她的肌膚」這一塊高貴的聖地，已經永久烙印了兩個盜賊那沾滿泥土的足跡，這件事讓我越想越不甘心，雖說不怨恨ＮＡＯＭＩ，可是也不禁怨恨起竟然發生這種事。

「讓治先生，你要原諒我喔……」

ＮＡＯＭＩ看到我默默掉眼淚，一改白天的態度對我這麼說，可是我只是一個勁地掉淚點頭而已，即使嘴巴上說「好，我會原諒妳」，可是也無法抹滅掉那股無力挽回的遺憾。

鎌倉的那個夏天就在這混亂狀態下狼狽告終，不久我們回到大森的住處，不過就像我剛才說的，我心裡已經有芥蒂了，也自然地顯現在各種表現上。那之後兩個人的關係還是有些隔閡，表面上雖然和解了，但我心裡絕對還沒完全接納ＮＡＯＭＩ，即使去上班也依然擔心熊谷會不會來，因為我太在意不在家時她的行蹤為何，每天早上都假裝出門卻又繞到後門看看，在她去上英語課和音樂課的那些天，我就偷偷地跟蹤她，有時會背著她偷看她收到的信，隨著我變成這般私家偵探般的行徑，ＮＡＯＭＩ也自有她的想法，她可能在心裡嘲笑著這麼執拗的我，她雖然沒有說出口來爭吵，不過看來有故意做些讓人討厭的事。

「喂，ＮＡＯＭＩ！」

有天晚上，她板著臉裝睡，我搖晃著她的身體叫她。

「妳為什麼……要裝睡？妳討厭我了嗎？」

「我才沒有裝睡呢，我只是閉著眼睛想讓自己睡著而已。」

「那就把眼睛打開，沒有人在別人要講話的時候閉著眼睛吧。」

聽到我這麼說，NAOMI才不甘願地稍微打開眼瞼，從睫毛縫稍微往這裡瞥了一下，那瞇著眼的眼神、表情又更冷酷了。

「欸？妳討厭我了嗎？如果是這樣就如實說啊……」

「你為什麼會這麼問？」

「我從妳的行為大概猜得出妳在想什麼，這段日子我們是沒吵架，可是內心互相交鋒，這樣我們還能算是夫妻嗎？」

「我才沒交鋒，是你才在交鋒吧。」

「我想雙方都是這樣，妳的態度無法讓我放心，所以我才總是懷疑妳……」

「哼。」

NAOMI嘲諷地笑了一聲打斷我的話，並說：

「那我問一下，我的什麼態度讓你懷疑？如果有證據的話就拿出來啊。」

「嗯，是沒有能稱為證據的東西啦，……」

「沒有證據還懷疑，這是你不對吧，你不相信我，剝奪我當妻子的權利，卻又要求我們要像夫妻般相處，這樣不行啊，喂，讓治先生，你以為我什麼都不知道嗎？偷看我的信，像偵探般跟蹤我……這些我都知道。」

「那是我不對，可是因為也有之前的事，所以我變得比較神經質，你也要體諒我啊。」

「那到底要怎麼做才好？我們不是說好不提以前的事了嗎？」

「為了讓我能真的放心，妳只要對我打開心房，真心愛我就好了。」

「可是那也要你相信我啊……」

「嗯，我相信妳喔，今後我都相信妳。」

在此我不得不坦白男人的膚淺，不管白天我多正經八百，但一到晚上，我總是輸給她。與其說是我輸給她，應該說是我內心的獸性被她征服了。老實說我還無法相信她，但是我的獸性卻盲目地被她降伏，讓我捨棄一切而妥協了，也就是說對我而言，NAOMI早已不是珍貴寶物，也不是不可得的偶像，而只變成是個一介蕩婦而已。那裡不存在著戀人間的空靈，也不存在著夫妻間的情愛。對，這些情愫都如同過往雲煙般消失了！若說到為什麼我還對這個不忠、已被玷汙的女人迷戀不已呢？這是因為我被她肉體魅力吸引，而且是只沉迷於她的肉體魅力。這是ＮＡＯＭＩ的墮落，同時也是我的墮落。怎麼說呢，因為我拋棄了身為男人該有的節操、潔癖、純情、過去的驕傲，在蕩婦面前屈服了，而且也不覺得這行為可恥，不，有時甚至把那應該鄙視的蕩婦之姿當作女神般仰望崇拜著。

ＮＡＯＭＩ熟知我這個弱點，她知道自己的肉體對男人而言有著無法抵抗的魅惑力，到了夜晚可以征服男性——開始有這個意識的她在白天會露出冷淡的態度，自己是賣「女人」這商品給眼前的男人，除此之外對這個男人完全沒興趣、也和他沒什麼關係，她會明顯表現出這樣子，就像個路人般事不關己似地愛理不理。有時我跟她說個話，她也不好好回答，只有在非回答不可的時候才會回答個「是」或「不是」。對於她這樣的行為，我覺得是對我表現出消極的反抗之意，表示對我的極度輕蔑。「讓治先生，不管我多冷淡，你都沒有生氣的權利喔，因為你只是從我身上取走你想要的東西，不是嗎？這樣你就滿足了不是嗎？」只要我站在她面前，就覺得她好像是用這種眼神在看我，然後動不動就毫不掩飾地顯露出睥睨的神情，彷彿在說：

「哼，怎麼有這麼討厭的傢伙，簡直就像隻狗一樣下賤，沒辦法，我就先忍著些好了。」

不過這狀況想必不會持續很久，兩個人開始試探對方的想法，持續陰險的暗中爭鬥，我做好隨時都有可能爆發出來的覺悟，有個晚上我說：

「欸，NAOMI。」

我特別用比平常更溫柔的語氣叫她。

「欸，NAOMI，我們不要再互相死要面子了，我不知道妳怎麼想，不過我是無法忍受目前這種冷冰冰的生活……」

「但是你說要怎麼做？」

「我們想辦法再恢復成真正的夫妻怎麼樣？雙方當中有某方放棄都是不對的，如果沒有認真努力找回以前的幸福是不對的。」

「儘管努力，可是心情還是無法說變就變啊。」

「或許是那樣，不過我認為一定有可以讓兩個人都變幸福的方法，只要妳同意的話……」

「什麼方法？」

「妳要不要替我生個孩子？當個母親呢？只生一個也沒關係，只要有個孩子，我們就能成為真正的夫妻了喔，一定能變幸福的，拜託妳，聽我的請求吧？」

「我不要！」

NAOMI馬上拒絕。

「你之前不是拜託我說不要生小孩嗎？希望我不管到幾歲都保持年輕少女的模樣、說最可怕的就是夫妻間有小孩嗎？」

「嗯，有陣子是那麼想的，可是……」

「那就表示你現在並不想要像以前那樣愛我吧？你不是說不管我年紀多大、多汙穢都沒關係嗎？不，這樣說起來，你才是不愛我了。」

「妳誤會了，我以前像愛朋友般愛妳，可是從現在起想要像真正的夫妻般愛妳……」

「這樣做你覺得就能找回從前的幸福嗎？」

「或許不是像從前一樣，不過肯定是真正的幸福……」

「不要，不要，如果是那樣我就不要了。」

這麼說著的她在我話還沒說完前就猛烈搖頭說：

「我想要像從前一樣的幸福，如果不是的話我就不要了，你那時是那麼答應我，我才跟著你的。」

十九、

ＮＡＯＭＩ再怎麼樣都不要生小孩的話，我還有一招，那就是把大森那間「宛如童話的家」退租，另組一個正經、符合常識的家庭。總而言之，我之前是因為憧憬「簡單生活」這種美名，才會住在這間奇妙甚至可說無實用性的童話故事般的工作室裡，讓我們的生活墮落也是這個家害的，年輕夫妻住在這個家，又沒有請女傭，會讓我們變得太過隨心所欲，簡單生活變得不是簡單，而是隨便，這也是可想而知。因此，為了讓我不在家時能監視ＮＡＯＭＩ，我決定請兩個人，一個人打掃，一個人煮飯，我要搬到住得下男女主人和兩個女傭的純日式且是中上流紳士該住的家，而不是住所謂的「文化住宅」。賣掉現在使用的西洋家具，全部換成日式家具，要為了ＮＡＯＭＩ特別買一台鋼琴給她，這樣她的音樂課就可以請杉崎女史來家裡上課，英語課也是請哈里遜太太來家裡上課，這樣自然地她外出的機會就減少了。為了實現這個計畫，必須有一大筆錢，我打算向老家借錢，到一切準備就緒前都不讓ＮＡＯＭＩ知道，我一個人獨自辛苦地找租屋處和詢問家具等的價錢。

我老家寄來了一千五百塊的匯票，說暫時就只能寄這些，我還拜託他們幫忙找女傭，我母親在寄匯票時附上的信上寫著「關於打掃的女傭有很合適的人選，在我們家服務的仙太郎的女兒叫做小花，她今年十五歲，你也知道她的個性，能夠放心交給她吧，至於煮飯的女傭我會詢問幾個可能的人選，在你確定租屋處後，我再讓她們去東京」。

NAOMI大概隱約感知到我內心的盤算，擺出一副「我就看看這個人要幹嘛」的態度，剛開始還非常鎮定，不過在我母親的信寄來的兩、三天後，她說：

「那個⋯讓治先生，我想要一件西式衣服，你能不能買給我？」

她突然用半甜美半冷靜的諂媚語調問。

「西式衣服？」

我瞬間驚訝了一下，瞇著眼凝視著她並察覺到「喔喔，這傢伙知道我家裡寄匯票來，所以想要套我的話吧。」

「好不好嘛，不買西式衣服的話，買和服也可以，買件冬天的外出衣服給我嘛。」

「我不會買那種東西給妳。」

「為什麼呢？」

「妳衣服已經多到滿出來了不是嗎？」

「雖然很多，可是我穿膩了，所以又想買新的了。」

「我絕不允許妳那麼浪費。」

「是嗎，那那筆錢要做什麼用？」

終於直接說出來了！我心裡那麼想，可是卻裝傻說：

「錢？哪裡有錢？」

「讓治先生，我在書櫃下看到掛號信了喔，你也會偷看我的信，所以我想我也可以這麼做——」

這倒讓我很意外，我以為NAOMI之所以提到錢，是因為有掛號來，所以猜想裡面有匯票，完全沒想到她看了我藏在那書櫃下的信件內容。她一定是想要揭發出我的秘密，所以才到處找看能不能找到信，沒想到她會看到那封信，如此一來不僅知道匯票的金額，也知道要搬家和要請女傭的事了。

「你明明有那麼多錢，可是卻不肯買一件衣服給我——你想想看，你曾經跟我說過什麼呢？說你為了我，即使住再狹窄的房子裡、過著多不自由的生活都能忍耐，能把賺的錢都讓我盡情浪費，你忘記你說過這些話了嗎？你真的變了。」

「我愛妳的心沒有變啊，只是愛妳的方式改變了而已。」

「那麼，為什麼要隱瞞我要搬家的事？你打算完全不和我商量，就命令我去做這件事嗎？」

「嗯⋯，等找到適合的房子後，當然會和妳討論啊。⋯⋯」

我說到此就把語氣放軟，設法平靜地說服她：

「妳聽我說，NAOMI，老實說我現在也還是希望能讓妳奢侈過生活喔，不只是衣服方面的奢侈，也希望能讓妳住豪宅，讓妳的整體生活過得更像有派頭的太太，所以妳沒什麼好抱怨的吧。」

「是嗎？那真的是謝謝你⋯⋯」

「那不然明天妳和我一起去找房子怎麼樣，只要房間比這個屋子還多、妳也喜歡的房子，住哪裡都可以喔。」

「那我想要住洋房，絕對不要是日式房子——」

我不知道該怎麼回答時，她又露出「你看吧」的表情幽幽吐露出她的想法：

「女傭的話，我也會拜託淺草老家的人幫忙找，請你拒絕那個鄉巴佬，因為女傭是我要用的。」

隨著這樣的爭論，兩個人之間又壟罩著濃厚的低氣壓。後來也常有一整天都沒講話的日子，最後整個爆發出來是從鎌倉回來的兩個月後，那是十一月上旬，被我發現了NAOMI還沒跟熊谷切斷關係的鐵證如山的證據。

關於我發現的過程沒必要特別在這裡詳述，我老早就把所有心思都花在搬家的準備上，不過另一方面也直覺地發現NAOMI的行徑怪怪的，所以一點都沒減少我的偵探行動，結果就在某天抓到她和熊谷大膽地在大森家附近的曙樓密會後回到家的現場。

那天早上，我發現NAOMI的妝比平常濃，就開始起了疑心，遂在出門後馬上折返回家，躲在後門置物小屋裡的木炭包的陰影處，（因為這些原因，那段時期我常跟公司請假。）結果在九點左右，她打扮得很漂亮地出門了，明明那天不是去上課的日子。她沒往車站方向走去，卻往相反方向快步走去，我在她走了約莫十公尺後，飛奔回家翻出學生時代穿的外套、戴的帽子，穿戴好後，襪子也沒穿就穿上木屐往大門跑去，循著ＮＡＯＭＩ走的路徑遠遠地追了上去。然後我看到她走進曙樓，十分鐘後熊谷也來了，我確認好這點後就在那裡等他們出來。

他們離開時果然也還是分開出來，這次是熊谷先留在店裡，ＮＡＯＭＩ先出現在路上，那是大概十一點左右——也就是說我幾乎在曙樓附近閒晃了一個半小時——她和來的時候一樣，心無旁騖地往一公里多外的自家走去，然後我也漸漸加快腳步，她打開後門進入家裡後，我也循著她後腳，在不到五分鐘內走進去了。

我一進家門的瞬間，映入我眼簾的是瞪大雙眼、壟罩著一股悽慘感的ＮＡＯＭＩ的雙眼，她呆立在那裡一步也動不了，雖然用銳利的眼神看著我，但她腳邊散落著我剛才換衣服時脫下的帽子和外套、鞋子、襪子，她看到那個就似乎明白了一切，在晴朗舒適的秋天上午，她臉上反射了工作室的亮光，一陣慘白，一副大勢已去的冷靜。

「妳給我滾出去！」

我只發出這麼一句震耳欲聾的話，就沒再説第二句話了，ＮＡＯＭＩ也沒回話，兩個人就像拔刀對立的人互瞪著對方的眼睛，看什麼時候有機可趁，那瞬間我實際感受到ＮＡＯＭＩ那張臉有多美，並體悟到男人越憎恨某個女人，她的臉看起來就越美。殺掉卡門的唐・荷西因為越憎恨卡門越覺得她美而殺掉她，那心境我非常了解了。ＮＡＯＭＩ視線茫然看向一方，顏面肌肉僵硬，緊閉著刷白的嘴唇，一副邪惡的化身般站立著——啊，這才是將蕩婦的真面目毫無保留地顯露出來的姿態。

「滾出去！」

在我再度叫出的同時，為那無法形容的憎恨、恐懼與美麗所驅，忘我地搖晃著她的肩膀，想把她往門口丟去。

「滾出去！快！妳給我滾出去！」

「原諒我……讓治先生！我下次不會……」

ＮＡＯＭＩ的表情驟然轉變，那聲音語調帶著哀愁，眼眶盈滿淚水，趴跪在地上仰望著我懇求著。

「讓治先生，是我不對，請你原諒我！……原諒我，求求你……」

我沒預想到她會這麼示弱地乞求，像被突擊般，這讓我更氣憤，我雙手握拳毆打起她來。

「畜生！狼心狗肺！忘恩負義！妳已經沒什麼用處了！出得去的話就滾出去！」

NAOMI似乎瞬間發現「這下失算了」般，態度猛然一變站了起來，

「那我就出去啊。」

一副平常講話的語調。

「好！妳馬上滾出去！」

「好啊，我馬上出去——我可以去二樓收拾換洗衣物吧？」

「妳就這樣馬上出去，妳再派人過來！我再把妳的行李交給他！」

「可是這樣我會很不方便，現在馬上就需要很多東西——」

「那妳就去拿，動作快一點！」

我看穿她說要去拿行李是一種威嚇，就不服輸地說了。她上了二樓乒乒乓乓收了一輪，籃子、包巾等等，她收了幾乎背不動的行李，自己叫了車把行李搬上去。

「那你好好保重，這段時間受你照顧了——」

她離開前極為冷淡地說了這句話。

二十、

她的車離開後，我不知道為什麼馬上拿出懷錶看時間，那時是中午十二點三十六分……啊，對喔，剛才她從曙樓出來時是十一點，之後我們大吵一架，情勢馬上轉變，現在她已經不在這裡了，這期間只花了一個小時三十六分。……人在照顧的病人嚥下最後一口氣時，或是在遇到大地震時會不自覺地看時間，我那時不經意地拿出懷錶看大概也是這樣的心境吧。大正某年十一月某日中午十二點三十六分──自己在這個時間終於和NAOMI分開了，自己和她的關係或許在這個時間點就會結束……

「姑且鬆了口氣！卸下重擔了！」

不管怎麼說，我前陣子因為和她明爭暗鬥已經疲累不堪，一想到此我就全身癱軟在椅子上放空。馬上湧現的是「啊啊，太感謝了，我終於解脫了」這種痛快的感覺，我之所以會這麼說是因為我不單是精神上疲憊，連生理上也很疲累，所以想要好好休養其實也是肉體上的迫切需求。可以把NAOMI比喻成一種非常強烈的酒，喝過多的話對身體而言是個毒害，雖然知道如此，但日復一日聞著那芳醇的香氣，看著盛滿黃色液體的酒杯，我還是忍不住喝了起來，越喝，其毒性越往身體各部位蔓延，發昏、厭倦，後腦杓像鉛塊般沉重，突然站起來就會頭暈，仰起頭隨時可能往後倒，而且隨時都感覺像是宿醉，感到噁心、記憶力衰退、對所有事情都失去興趣，像個病人般沒精神。腦袋裡奇妙地浮現出NAOMI的幻影，有時會胸悶到想打嗝，鼻子裡老是聞到她的體臭味、汗水和油脂。「看了對眼睛不好」的NAOMI不在了的這件事，就像梅雨季裡暫時放晴一樣。

但是，就像剛才說的，這些反應都是剎那間的感覺而已。老實說，那鬆了一口氣的心境只持續了一個小時左右而已吧。也不是說我的肉體非常強健，只在一個小時內就消除了所有的疲憊，而是當我全身癱軟在椅子上放鬆時，不久後浮現我腦海的是剛才NAOMI吵架時露出的異常美麗容顏。「男人越憎恨某個女人，那女人看起來就越美」所說的就是她那一剎那間的容顏。那個就算逼我刺殺她也不足惜的令我憎恨不已的蕩婦容顏，將永遠烙印在我腦海中，想要消除卻無法消除，而且不知道為什麼隨著分秒流逝，又更清楚地浮現眼前，感覺她現在還是在我眼前直盯著我看，而且那憎恨感慢慢轉變成無盡的美麗。仔細想想，她那妖豔的神情我至今從沒看過，無庸置疑地那就是「邪惡的化身」，同時也是她的身體和靈魂帶來的所有美麗爆發到頂點的姿態。我剛才在吵架吵得正熱烈時不僅被那美麗爆擊，還在心中吶喊「實在太美了」，但為什麼沒有拜倒在她的石榴裙下呢？總是優柔寡斷又沒志氣的我，再怎麼激憤在面對駭人的女神時，為什麼還能夠當面罵她並出手打她呢？那無端的勇氣不知哪來的——那讓我想起來更覺不可思議，漸漸湧現出憎恨起那無端勇氣的心境。

「你真的是笨蛋，你做了傻事啊，即使有一點不順己意，但你要因此而犧牲掉『那張臉』嗎？那種美麗世間絕不會再出現第二次。」

我開始覺得好像有人這麼跟我說，啊，沒錯，我真的做了蠢事。我之前那麼小心不要惹她生氣，卻以這種形式結束，一定是著了魔，這個想法無意間不知道從何冒了出來。

不到一個小時前還覺得她很麻煩、詛咒她存在的我，現在竟然反過來詛咒自己，為什麼會懊悔剛才那輕率的舉動？為什麼原本那麼憎恨的女人現在會那麼想她？那急速的心境轉折連我自己也無法說明清楚，或許只有戀愛之神才能解開這個謎團吧。我不知何時站了起來，在房間裡來回踱步，要怎麼樣才能平撫這思念的心情？我想了很久。但是，再怎麼想也想不到安撫的方法，只是不斷想到她的美麗，想到過去五年共同生活的點點滴滴，啊，那時她說了這些話、她的表情是這樣、她使了這樣的眼神，這些情景不斷浮現出來，每個情景都讓我眷戀不已。特別讓我無法忘懷的是她十五、六歲時，每天晚上讓她進入浴缸幫她洗澡的情景。還有我當馬讓她騎在背上，「好好！跑跑！」地在房間繞圈玩的情景——為什麼這些小事會讓人如此懷念，說來真的很蠢，不過如果她之後再度回到我身邊，我最先要做的就是玩一下那時玩的遊戲。再次讓她騎在背上，在這個房間裡繞圈。如果能那樣，我不知道會有多開心，沒有比這更幸福的事了，我如此幻想著。不，不只是幻想，我因為太想念她了，不自覺地已經四肢著地，想像她現在就坐在我背上般，在房間裡繞了起來，然後我又——在這裡寫出來真的很丟臉——去了二樓，把她的舊衣服拿出來，放了幾件在我背上，雙手戴上她的襪子後，在房間裡爬行了起來。

從頭閱讀這個故事的讀者應該還記得吧，我有一本名為《NAOMI的成長》的紀念冊，那是從我把她放入浴缸、幫她洗澡時開始寫起，詳細記錄到她四肢日漸成長的模樣，也就是說，這是一本專門記錄少女時代的NAOMI慢慢長成大人的過程的日記本。我想起我在這本日記各處貼著當時NAOMI的各種表情、各種姿態變化的照片，想著至少當作回憶她的憑據，遂從木箱底部挖出那本布滿灰塵的日記本，一頁一頁翻了起來仔細看著。那些照片除了我以外，絕對不會給其他人看，所以那時我是自己把相片洗出來，而大概是水洗過程沒有沖得很乾淨，照片上出現了一點一點的斑點，看起來很有年代感，就好像是古早的肖像畫般朦朧，不過也因此更增加了懷舊感，思緒好似飄到十年二十年前孩童時代的遙遠夢境般。那些照片裡映照出她那時喜歡的各種裝扮，奇裝異服、輕便的衣服、奢華的衣服、好笑的衣服，我幾乎沒有漏掉任何一套衣服全都拍下來了。有一頁的照片是她穿著黑天鵝絨材質西裝的男裝扮相，再翻到下一頁，則是只用一條薄棉質巴里紗的布把身體包住，宛如雕像矗立著的姿態，再下一頁是穿著帶亮面綢緞的羽織及和服，窄版腰帶高高繫在胸下，襯領綁著緞帶的照片。接著出現的是多張她做出各種表情動作或是模仿電影女星的照片——瑪麗．皮克福德的笑容、格洛麗亞．斯旺森的眼眸、波拉．內格里的激動神情、貝比．丹尼爾斯的裝腔作勢、憤然神色、嫣然一笑、驚悚的表情、銷魂神情，她每張照片的表情和身體律動都不一樣，這說明了她在模仿女星這方面有多敏銳、多靈巧、多伶俐。

「啊，太荒謬了！我真的錯失了一個那麼好的女人。」

我心中感到懊惱又不甘心忍不住跺起腳來，再繼續翻閱日記，又出現很多不同的照片。拍攝方式漸漸細緻入微，將每個部位放大，鼻子的形狀、眼睛的形狀、嘴唇的形狀、手指的形狀、手臂曲線、肩膀曲線、背部曲線、腳的曲線、手腕、腳踝，連手肘、膝蓋、腳底都拍攝了，如同在誠心對待希臘雕像還是奈良佛像般。ＮＡＯＭＩ的整個身體都是藝術品，在我眼裡看來，我認為那比奈良的佛像還完美，仔細觀察其中甚至會湧現出宗教的虔誠。啊，我那時到底是抱著什麼心態拍了這麼精密的照片呢？是不是我那時候就有預感這會成為一個悲傷的紀念呢？

我想念ＮＡＯＭＩ的心情急速加劇，此時太陽已下山、窗外的傍晚天邊開始閃爍著星光，甚至感到些許涼意，但是我從早上十一點開始就沒吃飯、沒生火，也沒有開電燈的力氣，在黑暗中爬上二樓又下來，自己敲打自己的頭罵了好幾聲「笨蛋！」面對宛如空屋的家，對著冷清的工作室牆壁叫喊「ＮＡＯＭＩ、ＮＡＯＭＩ」，最終甚至用額頭摩擦地板邊呼喊她的名字。不管怎麼樣、再怎麼樣都要挽回她才行。我在她面前絕對無條件臣服，她說的、她想要的，我全部都會服從……可是，問題是她現在在做什麼？她帶著那些行李，從東京車站應該是搭車回去吧？如果是那樣的話，她現在應該已經回到淺草的家五、六個小時了吧。她會對她娘家的人坦承被趕出去的原因嗎？還是會像往常一樣逞強，胡謅出一番逃脫的理由來欺騙她哥哥姊姊呢？她很討厭被別人知道娘家是在千束町從事卑微工作，她認為她兄弟姐妹是無知的人，所以鮮少回娘家——在這麼格格不入的一家人之間，他們現在正在討論什麼善後策略呢？她哥哥姊姊當然會叫她要來道歉，而ＮＡＯＭＩ一定會強勢地說：「我絕不會去道歉，誰去幫我拿行李回來。」然後就一副完全不擔心似地悠然地談笑風生、趾高氣昂，或是交談間夾雜著英文，或是秀出那些西式衣服等物品，就像是貴族公主造訪貧民窟般高傲態度，是不是這樣呢……

可是，不管怎麼說畢竟這還是個事件，理應有個人馬上飛奔過來吧……但若她本人說「我不去道歉」的話，她姊姊或哥哥會代替她來嗎？……還是她的兄弟姊妹都沒人真心擔心她呢？就像ＮＡＯＭＩ對他們都很冷淡般，他們也從以前開始就不對ＮＡＯＭＩ的事負任何責任，「這個孩子的事就一切交給你了。」他們把十五歲的她交給我時，就一副任憑我處置的態度了，因此這次也隨ＮＡＯＭＩ的意，完全不管嗎？即使如此，也還是要來拿回行李吧？我那時跟她說：「妳回去後馬上派個人來，我再把行李交給他」。可是到現在都還沒有任何人來，這是怎麼回事？雖說換洗衣物和手邊會用到的東西她都有帶走，可是她視為「僅次於生命」的那些花俏衣服還有好幾套在我這裡。反正想必她也不會整天關在那狹窄的千束町裡，一定會每天都打扮得花枝招展到附近閒逛吧，這樣的話就更需要那些衣服，她應該無法忍受沒有那些衣服吧……

但是那個晚上再怎麼等都沒等到ＮＡＯＭＩ派的人過來，我想到，或許因為我在天還沒完全暗下前都沒有開燈，要是被誤以為沒人在家就不好了，想到這我就慌慌張張將家裡面所有房間的燈都打開，並確認門牌有沒有掉落，把椅子搬到門邊，坐在那裡好幾個小時，聽看看外面有沒有行人往來的腳步聲，可是都過了八、九點，甚至到了十點、十一點……從早上事件開始發生時算起整整一天了，都沒有任何人來。落入悲觀谷底的我的內心裡，又湧現出各種漫無邊際的臆測，ＮＡＯＭＩ之所以沒派人來，或許是個她看輕整個事件的證明，是不是她認為兩、三天就能解決呢？「沒問題啦，他非常迷戀我，他不能一天沒有我，所以一定會來接我的」，她是不是在使這些手腕？她自己應該也知道現在已經習慣奢侈的生活了，跟著其他人她是無法過活的，而且即使她投奔其他男人，也沒有人會像我這樣珍惜她，讓她盡情耍任性。NAOMI那傢伙應該非常清楚這情況，只是嘴硬，卻衷心期盼我去接她吧。還是說等到明天早上，她姊姊或哥哥就會來說和呢？或許是因為晚上要忙店裡的事，要白天才能外出也有可能，不管怎樣，到現在都還沒派人來表示我還抱有一絲期望。到明天都還沒音訊的話，我就去接她吧。事到如今，不要意氣用事也不要管什麼面子了，本來我就是因為太意氣用事才失策，就算被她娘家的人取笑，或是被她看破底細都沒關係，我就去道個歉，跟她哥哥姊姊說些好話，「這是我一輩子的請託，請你們把NAOMI還給我」，只要這樣千拜託萬拜託，她也有面子，就會大搖大擺地跟著我回來了吧。

我幾乎一整夜都沒闔眼到天明，又等到那天的下午六點，卻還是沒有任何消息，於是我按耐不住地飛奔出家門，連忙往淺草奔去。一刻都等不及地想要早點見到她，只要看到她的臉就能放心了！——為情所困指的就是那時候的我，我心中除了「好想妳，想見妳」之外容不下任何東西。

繞過花屋敷後方彎彎曲曲的小路來到她千束町的家時，約莫是七點左右。因為真的覺得很尷尬，所以我悄悄打開格子大門，站在門口小聲地說：

「那個…我是從大森來的，請問NAOMI有來這裡嗎？」

「啊，是河合先生。」

她姊姊聽到我的聲音從隔壁房間探出頭，可是卻露出驚訝的表情說：

「咦？NAOMI嗎？——沒有，她沒有來呢。」

「真奇怪，她不可能沒來啊，她昨天晚上說要來這裡就出門了……」

二十一、

剛開始我以為是ＮＡＯＭＩ的姊姊順她的意隱瞞她在家的事實，所以拜託了很多次，可是聽著聽著發現她真的沒有回到這裡。

「好奇怪……她帶著很多行李，那狀態無法到什麼其他地方啊……」

「咦，帶著行李？」

「籃子啊，包包啊，包巾啊，她帶很多走呢，老實說昨天我們因為一點小事吵架了……」

「她本人在出門前說要回來這裡嗎？」

「不是她說，是我這麼跟她說，我叫她馬上回淺草，然後派人來拿行李——我覺得只要你們有人來的話，就能知道發生什麼事。」

「原來如此……可是她沒來這裡喔，不過說不定她等一下就會到了。」

「可是你說，從昨天晚上開始的話，就很難說了吧。」

我和她姊姊說著說著，她哥哥也出來並說。

「那請你找一下她可能去的地方，到現在都沒來的話就表示她沒有要回來這裡吧。」

「而且NAOMI不大回娘家喔，上次是什麼時候回來的啊？——已經兩個月沒回來了喔。」

「那麼，不好意思，拜託一下，如果她有回來這裡的話，不管她本人怎麼說，請你們馬上通知我可以嗎？」

「嗯，那當然，我現在更是不知道那個孩子在做什麼，所以她來的話，我會馬上通知你。」

我坐在入口處的地板上，邊啜飲著他們端出來的粗澀的茶，我暫時迷失了方向，面對得知妹妹離家出走卻也不特別擔心的哥哥姊姊們，我再怎麼對他們表達我的心意也沒什麼用。我再度對他們說萬一她有回來的話一定要馬上連絡我，白天的話請打電話到我公司。不過我最近常跟公司請假，所以如果我不在公司的話，就馬上打電報到大森給我。這麼一來，我會過來接她，請她務必不要外出在家等我。我不厭其煩地拜託他們，即使這樣我總還是覺得這些人靠不住，為了以防萬一，又再次告訴他們公司的電話號碼，看他們的樣子好像也不知道大森家的地址，於是我又仔細寫在紙上留給他們後才離開。

「好了，那現在該怎麼辦？她到底去哪裡了？」

我急得快哭出來了——不，實際上說不定已經哭出來了——走出千束町的小巷，漫無目的地在公園裡漫步思考，她連老家都沒回，可見事態比我想像中的還要嚴重。

「那一定是在熊谷那裡了，她到那裡避風頭了。」——察覺到這點才想到她昨天要出去時說的那句「可是這樣我會很不方便，現在馬上就需要很多東西」，原來是她有這個打算，對，果然是這樣，她打算去熊谷那裡，才會帶那些行李去。或許之前他們就討論過如果發生這樣的事的話，就這麼處理，這樣一來事情就變得很麻煩。第一，我連他住哪裡都不知道，即使查一下就會知道，但他總不能把她藏匿在他父母親家吧，雖然他是不良少年，不過聽說他家是有頭有臉的人，不會放任自己的兒子做些讓他們丟臉的事吧，還是他也離家，兩個人躲到某個地方？或是他搶了父母的錢，兩個人到哪裡逍遙了嗎？

不過呢，如果真的是這樣的話也好，這樣我就能去找熊谷的父母親談判，請他們嚴加干涉。假設他不聽父母親的話，錢花光了之後那兩個人就沒辦法生活了，結果他要回他自己的家，而

ＮＡＯＭＩ就要回到我這裡。最終可能會演變成這樣吧，不過這段期間我會有多辛苦呢——是能在一個月內解決，還是也有可能要花兩、三個月，甚至半年？——不，那樣就太冒險了，一旦發展成那樣，她就會越來越難回來，說不定又會出現第二個、第三個男人。不能再這樣拖磨下去了，這樣和她分離越久，和她的緣分就會越來越薄。她一刻一刻越離越遠，我要振作！即使她想逃也不能讓她逃走！我再怎麼樣也要把她抓回來！覺得痛苦的時候就拜託神明——我以前從來不信奉神明，不過那個瞬間突然想到，來求觀世音菩薩保佑好了。我誠心誠意祈求「希望能早點知道ＮＡＯＭＩ的去處，希望她明天就回來」，然後我隨便逛逛，去了兩、三間酒館，喝得酩酊大醉後回到大森的家已經超過十二點。

可是即使喝得再醉，ＮＡＯＭＩ也始終在我腦海中盤旋，想睡又睡不著，等到酒醒後，又開始煩惱那件事。要怎麼樣才能找到他們的住處呢？再說她是真的躲到熊谷那去嗎？如果沒有確認好就殺到他家去談判也太過輕率了，對了，好像不拜託私家偵探調查就沒有可確認的方法了……我左思右想，突然冒出來的人物就是濱田，對對，還有濱田這號人物存在啊，我一時頭昏忘記了，那個男人應該會是我的戰友吧。我們在「松淺」道別時，我記得有抄下他的住址，好，明天早上就寄信給他，寄信的話我會等不及他回信，還是打電報好了？那樣也太誇張了，他家應該有電話，還是打電話請他過來一趟？不不，不至於需要請他過來，如果他有時間過來，不如請他用這些時間去找熊谷還比較有效率，此時最重要的事是知道熊谷的動靜。因為我和濱田有一點交情，所以可以請他有消息時馬上跟我回報，以當前來看，能夠察覺我的痛苦、解救我的人只有那個男人了，這果然也是「覺得痛苦的時候就拜託神明」的一種方法啊……

隔天早上我七點就飛奔到住家附近的公共電話亭，翻閱電話簿，很幸運地找到了濱田家。

「啊，您要找少爺啊？他還沒起床呢……」

女傭接了電話這麼說。

「真的很抱歉，不過因為我有急事，可以麻煩您幫我叫他嗎？」

我再次拜託，一陣子後接了電話的濱田說：

「您是河合先生嗎？大森那裡的？」

一副還沒睡醒的聲音。

「嗯，是的，我是大森的河合，上次給你添麻煩了，而且今天還在這個時間打電話給你真的很抱歉，老實說，NAOMI離家了——」

我在說「離家了」時，不禁哽咽了起來，那時已經是個非常寒冷的冬天清晨，我只在睡衣上套了一件衣服就慌慌張張地跑出來，所以手握著話筒，身體不停顫抖。

「啊，您說ＮＡＯＭＩ小姐啊——果然是因為這件事啊。」

很出乎意料地，濱田非常鎮定地說。

「這麼說，你已經知道了？」

「我昨天晚上有看到她喔。」

「咦？ＮＡＯＭＩ？……你昨天看到ＮＡＯＭＩ嗎？」

我聽了後身體又顫抖了起來，直打哆嗦，但這次不是因為寒冷。因為顫抖得太劇烈，門牙還敲到話筒。

「昨天晚上我到Eldorado舞廳，ＮＡＯＭＩ小姐也有來喔。雖然我沒特別聽她說發生了什麼事，不過她看起來不大對勁，我想大概是因為那樣吧。」

「她和誰一起去呢？她是和熊谷一起去的吧？」

「不是只有熊谷喔，她和五、六個人男人一起去，裡面也有洋人。」

「洋人嗎？」

「嗯，是啊，而且她穿著很華麗的洋裝喔。」

「她出門時，沒帶洋裝出門啊……」

「那我就不知道了，反正她就是穿著洋裝，而且是非常正式的晚宴服呢。」

我像是被狐狸附身般呆若木雞，已經不知道要問什麼好了。

二十二、

「啊，喂、喂，怎麼了？河合先生……喂……」

因為我在電話這頭沉默太久，濱田催促了起來。

「啊，喂、喂，……」

「啊……」

「河合先生還在嗎？」

「是……」

「您怎麼了嗎？」

「啊……因為我不知道該怎麼做……」

「可是在電話那頭想，也無法解決問題吧？」

「我也知道無法解決，可是……濱田君，我是真的很煩惱，完全不知道該怎麼辦，她一離開，我晚上睡也睡不著，很痛苦啊……」

我為了要博取濱田的同情，盡全力打出哀兵政策。

「……濱田君，我現在能信任的人只有你了，所以雖然你可能會覺得困擾，可是我……我無論如何都想知道NAOMI現在在哪裡，她是在熊谷那裡還是在其他男人那裡，我想要確實掌握。關於這點，真的對你很不好意思，可以借助你的力量幫我調查一下嗎……因為我想與其我自己查，由你幫忙查應該有更多的線索吧。」

「嗯，確實或許我查一下就能查到。」

濱田完全沒推託地答應，又說：

「不過河合先生，關於她會去那裡，您完全沒頭緒嗎？」

「我本來以為她一定是在熊谷那裡，不瞞你說，他到現在還是背著我和熊谷交往著，因為前幾天被我發現，她就和我大吵一架後離家了……」

「唔……」

「可是根據你說的，她還和洋人以及其他男人一起出現，而且穿著洋裝，這樣一來我就完全無頭緒了，不過如果去找熊谷問，應該會知道情況吧，……」

「啊，好好，我知道了。」

濱田打斷我的抱怨。

「總之我查查看。」

「而且希望能越快越好，如果可以的話，今天能告訴我結果我會非常感激……」

「啊，這樣啊，應該今天就可以問到，我問到後要聯絡哪裡？那時您應該是在大井町的公司裡吧？」

「不，從那起事件發生後，我就一直跟公司請假。因為我想說不定NAOMI會突然回來，所以我都盡量待在家。因此容我任性地拜託你，因為我那裡沒有電話，所以如果能和你見面談的話，我會比較方便……怎麼樣？知道情況後可以麻煩您來大森一下嗎？」

「好，沒問題，反正現在也沒事。」

「啊，謝謝你，這樣真的幫了我大忙！」

如此一來，我實在等不急濱田的消息了，我又催促他：

「那麼，你大概幾點會來呢？大概兩點或三點時能問到答案嗎？」

「我想是可以啦，可是不問問看不能確定，我會盡快去問，不過如果不順利的話說不定要花兩、三天……」

「那也沒辦法，那明天、後天，我都會一直在家等你來。」

「我知道了，那詳細的情況就等改天見面時再談吧——那就再見了。」

「啊，喂、喂。」

在他快掛電話時，我慌張地再度叫住他：

「喂、喂，……那個、還有……雖然你不一定會遇到NAOMI，或許不需要說，不過如果你有直接看到她的話，且有機會跟她講話的話，希望你能幫我傳達幾句話——我絕不會追究她的過錯，因為我知道她之所以會墮落，我自己也有不對的地方，因此我對於自己不對的地方會不斷道歉，不管她提什麼條件，我都會接受，過去的事就放水流，請她一定要回來，如果她不想的話，至少請她跟我見一次面——」

說了「不管她提什麼條件，我都會接受」這句後，其實老實說我下一句想說：「如果她叫我下跪，我也會欣然下跪，如果她叫我額頭要整個貼地，我也會照做，我一定會奮力道歉。」我本來也想請濱田這麼傳達，後來還是沒說出口。

「——我是如此地想著她，如果可能的話，希望你能幫我傳達這……」

「啊，這樣啊，有機會的話，我一定會如實傳達的。」

「還有，那個……，她的脾氣那麼硬，所以我在想說不定她想回來，可是卻賭氣才不回來的，如果是那樣的話，請你跟她說我意志非常消沉，最好是能硬把她帶過來……」

「我知道、我知道了，雖然我不能保證能幫到什麼程度，不過我會盡力幫忙就是了。」

因為我實在太囉嗦了，所以濱田也透出不耐煩的語氣，不過我在公用電話那裡打了三通電話不斷交代，直到我零錢包裡的五錢硬幣都用完了為止，或許這是我打從出生後第一次用哽咽、顫抖的聲音，這麼滔滔不絕、不顧羞恥地拜託人吧。可是掛掉電話後，我也沒有鬆口氣的感覺，反而開始等起濱田，想著他什麼時候才會來，他說今天應該會知道結果，不過如果他今天沒來的話，我該怎麼辦？——不，比起該怎麼辦，該想的是我會變得怎樣？我現在除了滿心想著NAOMI之外，什麼事都做不了、也不知道怎麼該怎麼做，無法睡覺、進食、外出，只是一直閉居家中，只能袖手旁觀等著不相干的外人為自己奔走，等他帶消息來。

對一個人而言，沒有什麼比任何事都做不了還更痛苦，再加上我還拼命地想著NAOMI，那思念盤踞著身體，卻只能把自己的命運交給他人，盯著時鐘指針不斷往前走，光用想的就無法忍受了。即使是一分鐘，也感受到「時間」過得還真緩慢，彷彿無限延長，一分鐘要走六十次才是一個小時，走一百二十次才過了兩個小時，假使需要等三個小時，也必須等這無事可做、無法再加快的「一分鐘」、這轉一圈的second的分針滴答滴答繞一百八十圈！而且如果不是只有三個小時，而是要等四個小時、五個小時，甚或是半天、一天、兩天、三天，這股殷切期待的心情和思念一定會讓我抓狂。

可是，不管濱田多早查到情況，他也要傍晚左右才會到吧，雖然我有心理準備，沒想到打完電話後四個小時，大概十二點左右，大門的門鈴尖銳地響了起來。接著就聽到濱田喊的「你好」，意外聽到這聲時，我不自覺地開心到跳起來，趕緊去開門，然後用慌張的語調說：

「啊，你好，我馬上去打開大門，因為門鎖著。」

邊說邊想著「我沒想到他會這麼早來，不過這樣看來是不是因為順利見到ＮＡＯＭＩ了啊，說不定是見到她馬上談好，順便把她帶來了啊」，一想到這我又更雀躍了，心頭小鹿亂撞。

一打開門，我設想她會站在濱田後面，就東張西望了起來，可是四周都沒人，只有濱田孤伶伶地站在那裡。

「剛才打擾了，怎麼樣？有消息了嗎？」

我結巴地啟齒問了，濱田非常鎮定，憐憫地看著我說：

「嗯，有是有……可是河合先生，那個人已經完蛋了，您乾脆把她放棄會比較好喔。」

他明確地說了並搖了搖頭。

「啊，那、那怎麼說？」

「什麼……怎麼說？完全超出我們的預料——我是為了您好才這麼說的，你忘掉ＮＡＯＭＩ小姐的所有事，結束這段感情如何？」

「這麼說起來你有見到ＮＡＯＭＩ了嗎？是因為你和她談了之後很絕望嗎？」

「不，我沒有見到她，我去了熊谷的住處，問了詳細情形後就來的，但那內容實在太不堪、太令人震驚了。」

「可是濱田君啊，ＮＡＯＭＩ現在在哪裡？我想先知道這個答案。」

「她沒有固定住所，而是到處漂泊。」

「有那麼多地方可以收留她嗎？」

「ＮＡＯＭＩ小姐有好多個您不認識的男性友人，一剛開始和您吵架那天，她去熊谷家，如果是先跟熊谷聯絡後再偷偷地去也就算了，偏偏她帶了行李搭了車就突然出現在他們家的玄關，突然來了個陌生人把他們全家人都嚇了一跳，也不能就這麼說『妳進來吧』，就連熊谷也不敢出聲。」

「嗯，然後呢？」

「然後也沒別的辦法，他們就先把她的行李藏在熊谷的房間裡，兩個人一起外出，然後去了一間不正派的旅館。那間旅館就是在這個大森家的附近某個叫做什麼樓的房子，那個早上他們兩個才被您在那裡撞見，他們也實在太大膽了。」

「所以說那天他們又去那裡了？」

「是的，就是那樣，熊谷很得意地描述了這些，我聽著很不開心。」

「這麼說來那個晚上他們兩個人就住在那裡嗎？」

「實際上不是那樣，他們兩個人在傍晚前是在那裡沒錯，可是那之後就一起去銀座散步，然後在尾張町的四角道別了。」

「可是那樣很奇怪啊，熊谷那傢伙是不是在說謊——」

「沒有，總之您先聽下去，他們道別時熊谷也有點可憐呢，他問：『妳今天晚上要住哪裡？』她則說：『我有好幾個地方可住呢，等一下我要去橫濱。』一點都沒有難過的感覺，之後就飛快地往新橋方向走去了——」

「她會提到橫濱，是誰的住處？」

「那就是很奇怪的地方，就算NAOMI交友再廣闊，橫濱也不會有她能住的地方，所以熊谷認為她雖然這說，不過八成就是回到大森的家吧，可是隔天她又打電話來說『我在Eldorado等你，你馬上過來』，結果他去了就發現NAOMI小姐穿著耀眼的晚禮服，拿著孔雀羽毛扇，還戴著閃亮亮的項鍊和手環等飾品，被一群洋人在內的男人們包圍著，談笑風生。」

聽著濱田的敍述，只覺得就像是眼前有個恐怖箱，從裡面不斷跳出讓人覺得「不會吧」的事實。也就是說NAOMI第一天晚上是去住在某個洋人家裡，那個洋人叫做威廉・麥坎內爾，就是那個我第一次和NAOMI去Eldorado跳舞的時候，沒經過人介紹就擅自來搭訕，硬是要和她一起跳舞的那個厚臉皮、塗滿白粉的娘炮，但更令人驚訝的是——這是根據熊谷的觀察，在那個晚上去投宿之前，NAOMI跟那叫做麥坎內爾的男人並沒有那麼親密地往來，NAOMI從以前開始就對他有點意思，畢竟他長得就是一副好色的臉，多少有點演員那颯爽的氣質，在跳舞圈子裡有著「色鬼洋人」的稱號，而NAOMI自己也說過「那個洋人的側臉真好看，是不是有點像約翰巴里」，約翰巴里指的是美國的演員，是常在電影上看到的那位約翰巴里摩。所以確實她是有在注意他的，也或許不時地拋媚眼給他也說不定，而麥坎內爾也是覺得「這個女人對我有意思」才去跟她搭訕的吧，所以他們根本稱不上朋友，只憑藉那麼一面之緣就殺去他家，而且去看了之後，麥坎內爾覺得家裡飛進了一隻有趣的小鳥，就問：「妳今天晚上要不要住我家？」「好啊，住下來也沒關係。」情況一定是這樣吧——

「再怎麼樣也有點難相信這種說法啊，第一次去那個男人家就住下來——」

「可是河合先生，我覺得ＮＡＯＭＩ小姐根本不在意這些，而且麥坎內爾看起來也給人種不可思議的感覺，昨天晚上他還問熊谷『這位小姐到底是何許人也』」

「讓不知何許人的人住下來的他也有問題。」

「而且還不只讓她住下來，還送她洋裝、手環、項鍊等，這樣是不是更離奇？然後才住一個晚上，他們好像就熟得不得了，ＮＡＯＭＩ小姐都叫他『威力、威力』」

「那麼，洋裝和項鍊也都是那個男的買給她的？」

「好像有些是他買給她的，不過畢竟是洋人，他是說他去跟女性朋友借衣服來，讓她先頂著穿。起因是她先撒嬌說『我想要穿洋裝』，那男人想博取她的歡心吧，而且那套洋裝看起來也不是買成品，而是量身訂做的，鞋子也是鞋跟很高的法式跟鞋，整雙漆皮的鞋面上，鑲著許多細碎的寶石閃閃發光，昨晚的ＮＡＯＭＩ小姐就像是童話故事裡的仙杜瑞拉。」

我聽著濱田的敍述，想像著仙杜瑞拉風的ＮＡＯＭＩ有多美麗，心頭又激動了起來，但下一秒又為了她那不檢點的態度感到愕然，湧現出一股下流、可恥、不甘心等無法言喻的心情，如果對方是熊谷也就算了，但她卻去找不知對方底細的洋人，還厚臉皮地住了下來，叫他買衣服，這像是昨天前都還算有個丈夫的女人該有的行為嗎？我這幾年一起住的ＮＡＯＭＩ是這麼汙穢的蕩婦嗎？是我至今都不知她的真面目、而只一個勁地做著愚蠢的夢嗎？啊，就像濱田所說的，不管我有多留戀她，都不得不放棄她了吧，她讓我蒙羞，丟光了男人的面子……

「濱田君，雖然我有點囉嗦，不過讓我再確認一次，你現在說的內容百分之百是事實嗎？不只是熊谷證明，你也能掛保證嗎？」

濱田看到我眼中盈滿淚水，同情似地點了點頭說：

「我可以理解您的心情，我來也是很難啟齒。不過昨天晚上我也在場，所以認為熊谷講的內容大致是真的，若要再說下去的話，還有很多事情可說，您聽了也會認同我的建議，不過請您不要再繼續聽下去了，就相信我吧，我絕沒有開玩笑地把事實誇張渲染——」

「啊，謝謝你，聽到這些就夠了，沒必要再聽更多了……」

不知道怎麼了，我說著說著突然哽咽起來，落下大滴淚珠，我想著「唉呀，糟了」，突然抱著濱田，趴在他肩上，並「哇」地邊哭邊大叫。

「濱田君！我、我……我已經完全放棄那個女人了！」

「說得好！您能那樣說實在太棒了！」

濱田也被我傳染般用哽咽的聲音說。

「我，老實說，我是抱著來跟您宣告NAOMI小姐已經沒救了的心情來的，不過您也知道那個女人，說不定哪一天她又一臉沒事兒地出現在您面前，但現在已經沒有人會對她認真了，熊谷還給她取了個很難聽的綽號，說她就像是大家的玩物，您至今為止不知被她丟過幾次臉了……」

以前和我一樣狂熱愛著NAOMI的濱田，而且和我一樣被她背叛的濱田——這個少年充滿悲憤地由衷為我著想的每字每句，都有著像是用尖銳的刀割出腐肉般的效果。大家把她當作玩物，她有著不好說出口的難聽綽號——這麼露骨的揭露反而讓我心情痛快，我就像是瘧疾痊癒般，一時之間卸下了擔子，眼淚也止住了。

二十三、

「河合先生怎麼樣？不要再關在家裡了，出去走走散散心怎麼樣？」我受到濱田的鼓舞，跟他說了句「那你等我一下」後就去梳洗，這兩天連漱口都沒漱、鬍子都沒刮的我，刮了鬍子、洗了臉，轉換成清爽的心情後，和濱田一起外出，那時約兩點半左右。

「像這種時候，我們就到郊外去散步吧。」濱田這麼說，我也贊成了。

「那就去那裡吧。」

說著就往池上的方向邁出腳步，可是我突然出現一股厭惡而停住腳步。

「啊，不能去那裡，那個方向是危險地帶。」

「是喔？為什麼說是危險地帶？」

「剛才的談話裡出現的那家曙樓就是在那個方向。」

「啊，那不行！那要怎麼辦？往海岸直走，去川崎那裡看看嗎？」

「嗯，好啊，那樣是最保險的。」

濱田說著就轉了個身朝向反方向，往車站方向走去。可是再仔細想想，這個方向也不是完全沒有風險，如果NAOMI現在又去曙樓的話，也無法保證這個時間不是會剛好和熊谷一起走出來，又或者剛好是她和那個洋人坐車往返京濱的時間，無論如何省線電車會停的地方都不能去。

「今天真的給你添了很多麻煩啊。」

我不自覺地說了這句，走到他前面，轉了個彎，正要穿越鋪在田埂路上的鐵路。

「您在說什麼啊，完全沒問題，反正我早就覺得遲早會有這麼一天。」

「唔，在你看來我是不是很可笑？」

「我也有一段時間很可笑，所以沒有資格笑您，只是在我的熱情消退、冷靜下來觀察後，覺得非常同情您而已。」

「不過你還年輕還沒關係，像我已經三十好幾了，還做這種蠢事，真的是太不像話了，而且如果沒聽你說，我還不知道要蠢到什麼時候……」

走出水田，晚秋的天空彷若在安慰我般，秋高氣爽地晴朗，不過因為風呼呼地吹著，剛才哭過的腫脹雙眼的眼周刺痛不已。而遠方的鐵軌上，那最好不要搭的省線電車在田中央轟隆轟隆行駛著。

「濱田君，你午飯吃了嗎？」

在一陣短暫的沉默後，我問了。

「不，老實說我還沒吃，您呢？」

「我從前天開始，酒是有喝，但幾乎吃不下飯，現在覺得肚子非常餓。」

「那是當然的啊，不要那麼虐待自己比較好喔，弄壞身體就沒意思了。」

「不會，沒問題的，經你的開導後我頓悟了，我不會再胡來了，我明天開始會改頭換面，而且也會去上班了。」

「嗯，這樣可以轉移注意力，我也是在失戀努力想要忘記對方時，把所有注意力都放在音樂上。」

「懂音樂的話，這個時候可以派上用場呢，我沒什麼才藝，只能埋首於工作了——總之現在你肚子也餓了吧？我們找個地方吃飯吧。」

兩個人聊著聊著邊往六鄉的方向晃過去，不久後就走進川崎町的某家牛肉專賣店，圍著咕嘟咕嘟煮著的火鍋，又像在「松淺」時一樣喝起酒來。

「來來，喝一杯怎麼樣？」

「啊呀，您這麼喝不行啦，空腹喝酒身體會受不了啊。」

「唉呀沒關係啦，今晚我除掉厄運了，喝酒慶祝一下，我明天開始戒酒，不過今天晚上就要先好好喝一頓、把酒言歡。」

「啊，這樣啊，那就祝賀您健健康康。」

濱田的臉被火照得紅通通的，佈滿黑頭粉刺的那張臉就像牛肉剛燙好時油亮油亮的，我本身則喝到有好幾分醉意，已分不清是悲傷還是高興了。

「對了，濱田君，我有件事情想問你。」

我看準時機，身體往他靠近一點，問了：

「你說ＮＡＯＭＩ被取了一個難聽的綽號，是什麼綽號啊？」

「不，那不能說，因為那實在太難聽了。」

「難聽也沒關係，因為那個女人已經和我完全沒關係了，你不用顧慮我，說吧，告訴我吧，反而聽了後我會更死心。」

「您可能這麼認為，不過我真的說不出口，請您諒解，反正您只要知道那是個很難聽的綽號就好了，其實只要想一下就想得到了，至於為什麼會有那樣的綽號，我倒是可以跟您說明其由來。」

「那就請告訴我由來。」

「可是河合先生，……該說嗎？」

濱田說著搔了搔頭，又說了：

「那是真的很難聽，您聽了不管怎樣，心情一定會更糟的。」
「沒關係，沒關係，我不在意，請你說吧！我現在只是單純好奇，想知道那個女人的秘密而已。」
「那我就稍微說一些那個秘密吧——您覺得這個夏天你們在鎌倉時，NAOMI小姐到底有幾個男人？」
「我不知道，就我所知的只有你和熊谷，可是還有別人嗎？」
「河合先生，您聽了不要太驚訝喔——關和中村也都是喔。」
雖然我那時已經喝醉了，可是身體還是像通電般顫了一下，然後不自覺地拿起眼前的杯子連喝了五、六杯酒後，才開口說出：
「也就是說你們那一群人，她沒放過任何一個人？」
「嗯，是啊，而且您認為他們都在哪裡碰面呢？」
「在那大久保的別墅嗎？」

「是在您租的那間園藝店的偏房喔。」

「唔……」

我發出這聲，彷彿喘不過氣來，心情沉重，好不容易才又呻吟般地吐出這句：

「唔，是喔，那真是令人驚訝啊。」

「所以那段時間最困擾的應該是那間園藝店的老闆娘吧，她跟熊谷家有交情，所以也不能把他們趕走，只能默認，讓自己的家成了一個魔窟，讓各種男人出入自己的家，不僅被鄰居說閒話，而且還擔心萬一被您知道就慘了，她整天提心吊膽。」

「啊，原來如此，難怪有次我問老闆娘ＮＡＯＭＩ的事情，她非常倉皇失措，心驚膽顫的，原來是因為這樣啊。那個大森的家是和你的密會場所，而園藝店的偏屋是魔窟，我居然什麼都不知道，真的是被她欺騙得很徹底啊。」

「啊，河合先生，不能說大森那件事啦！您一提起我就要道歉了。」

「啊哈哈哈，沒關係啦，一切都已經過去了，我已經不放在心上了，可是一想到我被ＮＡＯＭＩ那傢伙巧妙地欺騙，反而覺得被騙也很痛快，她手法實在太高明了，只能如此佩服，其他無話可說了。」

「就好像相撲的招式一樣，被對方舉起摔出去。」

「有同感，完全就像你說的——那怎麼說呢？那群人大家都被ＮＡＯＭＩ玩弄，互相都不知道嗎？」

「不，大家都知道，因為有時她會同時和兩個人約會。」

「那樣大家不會吵架嗎？」

「大家互相暗地裡結盟，把ＮＡＯＭＩ小姐當作是個共享物。也就是之後那個難聽綽號的由來，大家私底下都以那個綽號叫她。您不知道那個綽號反而比較幸福，我真的覺得她很可憐，想要拯救她，可是一跟她講，她反倒小看我，真的是無可救藥了。」

濱田想起那時的事情，語氣還是感傷了起來。

「河合先生，之前有次我在『松淺』和您碰面時，沒跟您談這麼多吧——」

「你那時候說最讓ＮＡＯＭＩ自由發展的人是熊谷——」

「嗯，是的，我那時那麼說了，那也不是隨便說的，NAOMI小姐和熊谷都是大剌剌的個性很合，所以感情最好。熊谷贏過所有人，我想那些壞事都是他教的，所以才那麼說，那時不能再跟您講更多，因為那時候我還希望您不要拋棄NAOMI小姐，並把她導回正軌。」

「結果不但沒有把她導回正軌，反而被她耍得團團轉——」

「只要和NAOMI小姐有牽連，每個男人都會變成那樣。」

「因為那個女人有種不可思議的魔力啊。」

「確實那是種魔力！我也是因為感覺到那魔力，所以才決定不該再接近那個人，我已經了解到一旦接近那個人，自身就會有危險——」

NAOMI、NAOMI——我們雙方之間不知道出現幾次這個名字，我們把這個名字當作下酒菜配著酒喝，那好唸的發音就像是比牛肉還好吃的食物，我們用舌頭品嚐著，用唾液舔舐，然後從嘴巴說出來。

「不過也不錯啦，被那樣的女人騙一次也好。」

我無限感慨地說。

「也是啦！我的話，總之我託那個人的福嚐到了初戀的滋味，即使時間很短暫，也讓我做了個美夢，想到這就覺得值得感謝了。」

「可是之後會變怎樣？那個女人會何去何從？」

「不知道，可能就這樣漸漸墮落下去吧。根據熊谷說的，她也不能長時間待在麥坎內爾那裡，過兩、三天後又會去其他地方吧，我家也還有她的行李，所以可能也會來我家吧，話說NAOMI小姐沒有她自己的家嗎？」

「她娘家是在淺草的酒家——我覺得她很可憐，所以至今都沒有跟別人講過。」

「啊，是這樣啊，果然什麼樣的家庭就會養出什麼樣的小孩啊。」

「據NAOMI所說的，他們原本是旗本武士，她出生時是住在下二番町的氣派宅邸裡。『奈緒美』這名字是她祖母幫她取的，那位祖母聽說是在鹿鳴館時代[1]時有在跳舞的時髦人，她講的不知道有幾分真實性，不過她的出身真的不好，我現在也深切體會到了。」

「聽了這些我覺得很可怕，也就是說NAOMI小姐天生就帶著這種淫蕩的血液，是那樣的命運，好不容易您收養她了卻還是——」

兩個人聊了大概三個小時，走出戶外已過晚上七點了，覺得我們之間好像有聊不完的話。

「濱田君，你要搭省線回家嗎？」

走在川崎街道上時，我問了。

「還不知道，等一下要走路有點累——」

「是那樣沒錯啦，我要搭京濱電車，如果他們在橫濱的話，搭省線有遇到他們的危險性。」

「那我搭京濱好了——不管怎樣NAOMI小姐那樣到處招蜂引蝶，一定會在哪裡遇到的。」

「那樣的話，我們就無法放心在戶外走了。」

「她一定會時常出入舞廳，所以銀座附近是最危險的區域。」

1 鹿鳴館是因歐化政策的一環於1883年蓋的西洋館，1883年到1887年被稱為鹿鳴館時代。

「大森也不能說就不是危險區域，有橫濱、花月園，還有那家曙樓……視情況而定，我說不定也會退掉那個房子，再去另外租房子。短期內在事件平靜下來前，我不想見到那些人。」

我讓濱田陪我搭京濱電車，在大森跟他道別。

二十四、

就在我苦於孤獨與失戀之際，又發生了一件悲慘的事件。而且不是外人的事，是故鄉的母親突然因腦溢血過世。我收到她臨終的電報是在和濱田碰面的兩天後的早上，我在公司接到電報後，馬上奔到上野，在傍晚時回到鄉下的老家，可是那時母親已經失去意識，看著我卻認不出我了，在那兩、三個小時後嚥下最後一口氣。

對年幼失父、由母親一手帶大的我而言，這是我第一次體驗到「失去父母親的悲痛」，更何況母親和我的感情比世間一般的親子還好。我回首過去，完全想不起任何我反抗她或被她罵的記憶，這或許也和我很尊敬她有關吧，我覺得她是一個非常體貼別人、充滿慈愛的人。世間常有這樣的情形，就是兒子長大離鄉到都市後，父母親會擔心東擔心西的，或是懷疑兒子會不會變壞，還是會因為距離而讓雙方關係疏遠，不過母親在我去東京後，還是很信任我、理解我的心情，處處為我著想。

我下面還有兩個妹妹，長子離家對母親而言應該會非常寂寞且不安，不過我母親一次都沒抱怨，反而常祈求我能出人頭地。因此我離家遙遠時，反而比在身邊時更能感受到她的慈愛。特別是在和ＮＡＯＭＩ結婚前後那陣子，還有那之後我的一些任性要求，母親都二話不說地答應，每每都讓我因這溫情感動落淚。

這樣的母親竟然這樣在我完全沒有心裡準備的情況下突然過世了，我雖然在她的遺骸旁，卻彷佛置身在夢中。昨天之前身體和靈魂都還沉醉在ＮＡＯＭＩ的色香裡的我，以及今天跪在佛壇前燒香的我，這兩個「我」的世界之間，再怎麼想好像都沒什麼連結。昨天的我是真正的我嗎？還是今天的我才是真正的我？——我流著歎息、悲傷、錯愕的眼淚，自我反省著時，不知道從哪裡傳來那樣的聲音。接著另一頭又傳來這樣的聲音：「你母親今天過世完全不是偶然，你母親是在訓誡你、是在給你個教訓。」於是我又更加追憶起母親的身影，興起無限的愧疚，後悔的眼淚再度潰堤，因為我哭得太用力，覺得這樣實在太難看了，就到後山俯瞰充滿少年時期回憶的森林、小路和農田景色，邊放聲大哭。

這極度的悲慟淨化了我的心靈，將堆積在心裡和身體裡的雜質洗滌去除。如果沒有這悲傷，或許我現在還忘不掉那個骯髒污穢的蕩婦，陷在失戀的痛苦深淵裡。一想到這裡，就覺得母親之死似乎並非無意義。不，至少我認為不能將此死視為無意義。那時我的想法是，已經厭倦了都市的空氣，雖說是獨立自主了，但來到東京卻只是過著輕挑浮華的生活，根本不叫有自己的一席之地、更不是出人頭地。像我這種鄉下人終究還是只適合住在鄉下，我就這樣窩居在故鄉裡，守著故鄉的土地吧。然後邊守護著母親的墳墓，邊和村子裡的人們往來，成為村裡的普通老百姓好了，我甚至有了這樣的想法。

可是叔叔、妹妹等親戚的意見是「那樣說也太突然了，你現在覺得無心無力也是難免，但再怎麼說你也是一個大男人，不能只因為母親過世，就葬送了光明的未來。無論是誰，在父母親過世時，都會有一段時間覺得很絕望，不過隨著時光流逝，那悲傷也會漸漸淡薄。所以你也是，要那麼決定也可以，不過先仔細想想後再做決定比較好吧！而且別的先不說，突然辭職也會給公司造成困擾吧。」我忍不住差點脫口說出「其實不只是這樣，雖然我還沒跟大家說，不過其實我妻子離家出走了」可是一方面是在眾人面前這麼說太丟臉，另一方面是大家現在正忙得一團亂，終究沒說出口。（關於NAOMI這次沒去鄉下露臉，我是跟大家說她生病了），頭七的法會結束後，我就將所有事情交給當我代理人管理財產的叔叔夫妻處理，聽他們的話先回東京了。

可是，我就算去公司也心不在焉的，而且公司裡的人對我也不像之前那麼友善。本來因為精勵格勤、品性方正而有了「君子」這個綽號的我，因為NAOMI的關係讓我的英名一落千丈，在董事和同事間都失去信用，甚至有些人冷嘲熱諷地說這次我說母親過世，也只是個請假的藉口，因為這種種原因讓我更覺厭倦。在母親過世第十四天的那天，我趁著回老家住一晚時，跟叔叔透露「我不久後可能會辭掉工作」，叔叔只說「好啦好啦」，沒太認真理我，隔天我心不甘情不願地去公司，待在公司的時候是還好，但傍晚到夜晚就很難熬，我無法下定決心是要隱居鄉下、還是要毅然留在東京，所以也還沒再去租其他房子，而是孤零零地獨自住在空蕩蕩的大森那個家。

下班後，我還是不想遇到NAOMI，所以會刻意避開熱鬧的地方，搭京濱電車直接回大森。然後晚餐就在附近點一道菜來吃，或是吃蕎麥麵、烏龍麵打發掉，之後就沒什麼事情可做了，沒辦法只好上去二樓的房間蓋上棉被，可是大部分時間不可能就這樣睡著，通常躺了兩、三個小時還醒著。我的房間就是之前說過的在閣樓上的房間，那裡現在也還放著她的東西，過去五年裡東西隨意擺放、亂丟導致發霉的味道滲進牆壁和柱子裡。那味道其實就是她肌膚的味道，懶惰的她髒衣服也不洗、捲一捲就丟在那裡，所以那味道就蔓延在這通風不良的房子裡。我實在受不了這狀況，後來就睡在工作室的沙發上，但在那裡同樣睡不太著。

母親過世三週後，進入了那年的十二月，我終於下定決心要辭掉工作。而且手邊的工作也剛好告一段落，所以確定做到那年年底就要離職，再說這個決定也不是和誰商量後才下，而是獨自決定好，所以我家鄉的人也都還不知道，想到只要再忍耐一個月就好，心情就平靜了不少。因為心寬了不少，所以在閒暇時就看看書、散散步，不過依然絕對不會靠近危險區域。有天晚上因為實在太無聊了，就散步到品川去，想說來看部松之助的電影殺時間而進入了電影院。那時剛好在放映哈羅德．勞埃德的喜劇作品，讓我想到若看到年輕的美國女演員出現而想起許多往事就不好了，於是那時想著「以後再也不要看洋片了」。

到了十二月中旬的某個星期日早上，我在二樓躺著時（那時因為工作室實在太冷了，我只好再度回到閣樓的房間睡覺），樓下傳來嘎搭嘎搭的聲響，感覺有人在活動的聲音。欸，好奇怪，我門窗應該都有鎖好才是啊……就在我這麼想著時，果然聽到熟悉的腳步聲，然後那聲響上了樓梯，我都還沒定下心神。

「早啊！」

隨著開朗的打招呼聲，眼前的門打開，NAOMI站在我面前。

「早啊！」

她又說了一次，征征地看著我。

「妳來做什麼？」

我沒有起床的意思，只是平靜冷淡地問，內心無奈地想著她還真敢這樣厚臉皮地出現——

「我？我來拿行李啊。」

「來拿行李是沒問題，可是妳是從哪裡進來的？」

「從大門——因為我有鑰匙啊。」

「那妳離開時把那鑰匙留下來。」

「好，我會留下鑰匙。」

我轉過身背對著她，不發一語。她在我枕頭邊乒乒乓乓大聲地收拾東西，把東西包進包巾裡，不久後聽到她解開腰帶的聲音，我朝她那裡看了一下，發現她走向房間角落，而且是走向我視線看得到的地方，背對著我換衣服。其實剛才在她進來這裡時，我早就注意到她的衣服了，那是件我沒看過的銘仙綢的衣服，而且可能因為每天都穿著那件，領子已泛黃，膝蓋部位也磨破了，整件衣服皺巴巴的。她解開腰帶，脫掉那件髒髒的銘仙綢，露出來的毛紗長襦袢也泛黃了。接著，她拿起剛才拿出來的金紗絲綢的長襦袢，輕輕地披在肩上，雙手撥動全身，像是金蟬脫殼般地把裡面那件棉麻衣服脫下後散落在榻榻米上。然後穿上她喜歡的衣服之一的龜甲圖案的大島衣裳[1]，在腰間緊緊綁上紅白相間的市松格子的窄腰帶，我以為再來她要在上面繫上寬腰帶，不過她卻轉向我，蹲下來，換穿起足袋來。

她全身上下最能誘惑我的地方就是她那光滑的腳踝，我盡可能把目光放到別處，可是還是忍不住不時地飄向那裡。她當然是故意那麼做，還故意把腳踝像魚鰭般甩動，有時偷偷地瞄我有沒有在看她。不過她換完衣服後，就馬上把她脱下的衣服收拾好後說：

「再見！」

並邊拿著包好的包巾往門口走去。

「喂，把鑰匙留下。」

我那時才開口對她說話。

「啊，對對。」

她說著就從手提包裡拿出鑰匙。

---

1 以奄美大島為主要生產地的代表日本的高級和服。

「那我放在這裡喔——可是我一次沒辦法拿那麼多東西，所以我可能還會再來一次喔。」

「妳不用來，我會把妳的東西寄到妳淺草娘家的。」

「寄到淺草我會很困擾，因為有些原因——」

「那要寄去哪裡才好？」

「哪裡喔？我現在沒有固定住處……」

「妳這個月沒來拿，我就不管妳了，就寄到淺草了——不能讓妳的東西永遠都放在這裡啊。」

「好，我知道了，我會盡快來拿的。」

「還有，先說好，妳準備好車子一次全部搬完，而且要派人來拿，不要自己來拿。」

「是喔——好，我會那麼做的。」

然後她就出去了。

我以為這樣就能放心了，沒想到兩、三天後的九點左右，我在工作室看晚報時，又聽到嘎搭嘎搭的聲音，好像有人把鑰匙插到大門裡。

二十五、

「是誰？」

「是我唷！」

隨著聲音剛落，門也打開了，一個黑色巨大如熊般的物體從暗黑的戶外闖進屋裡，瞬間那個人脫掉黑色外衣，露出像狐狸般的白色肩膀和手臂，身體包覆著一件水藍色的法式絲綢洋裝，那是一個我認不出來的年輕西方女性。玲瓏有緻的脖子上戴著一條彩虹般閃亮亮的水晶項鍊，黑天鵝絨的帽子壓低到眼眉上，帽子下露出帶神秘感的可怕白色鼻尖和下巴，讓那鮮豔紅唇更顯眼。

「你好啊。」

那個洋人說著拿下帽子時，我才心想「咦？這個女人是——」仔細觀察那張臉後，總算認出她是ＮＡＯＭＩ。這麼說可能有點奇怪，但她的外表和以前不同。不，外表再怎麼變應該也不會到認不出來，可是剛才騙過我眼睛的那張臉，到底是施了什麼魔法，讓那張臉從肌膚顏色、眼神到輪廓都改變了。如果我沒有聽到那聲音，即使現在她脫掉帽子，我還是會以為她是個不知從哪來的洋人。還有她那白到可怕的膚色，她露在衣服外面的豐滿肉體都白得如蘋果的果肉一樣。以日本人的膚色來看，NAOMI絕不是黑的，可是也沒有這麼白。看著她露到肩膀的兩條手臂，再怎麼樣也無法相信那是日本人的手臂。之前在帝國劇場看Maurice E. Bandmann的歌劇時，就曾經看著西方女演員那白皙的手臂看得入迷，現在眼前這雙手臂就彷如那樣，不，甚至看起來還更白。

NAOMI撥弄著那水藍色的輕飄衣服和項鍊，用腳尖踩著鞋跟很高、鑲著嶄新鑽石的光亮漆皮高跟鞋小步小步地走──我此時想到「啊，這就是之前濱田說的仙杜瑞拉的鞋子啊」──她單手插腰，手肘外展，神氣地扭著腰擺出奇妙的姿勢大搖大擺地走到目瞪口呆的我的面前。

「讓治先生，我來拿行李了。」

「我不是說過不用妳自己來拿，派人過來拿就行了嗎？」

「可是我沒有人可以派啊。」

她說話時身體沒有一刻停下來，整張臉露出認真的表情，雙腳有時緊貼著站著，有時單腳往前踏一步，或是用腳跟叩叩地敲著地板。每換一個動作，手的位置也會換，偶爾也會聳肩，她全身的肌肉就像鋼絲般緊扭著，動用到全身所有部位的運動神經。我的視神經也隨著她的動作被牽引著，我不得不看著她的一舉手一投足，看著她身體的每一吋。再仔細看看她的臉，才發現原來我會覺得她長得不一樣，是因為她將前面的頭髮剪成兩三吋，留著一排整齊的瀏海，就像中國少女那樣，在額頭前方像門簾般垂下，然後把剩下的頭髮綁起後從頭頂部下垂到耳垂，圓圓的齊齊的就像個大黑天[1]的帽子一樣。那髮型她之前沒有梳過，臉的輪廓好像變成別人一樣，我之所以認不出她來一定是那個髮型害的。

之後再更仔細看又發現她的眉型和之前不同，她的眉毛天生就很粗很濃密，可是今晚看到的是細長、呈現淡淡的弧形，那弧形周邊還留有剃掉的青色痕跡，這些細微改造我馬上就看出來了，但是像魔法般讓我認不出來的是那眼睛、嘴唇和肌膚的顏色。眼眉周圍看起來那麼像洋人，或許和那眉毛也有關係，不過好像還有其他機關，大概是眼皮和睫毛吧，那裡隱藏著什麼秘密，儘管我這麼想，可是卻完全看不出其所以然。嘴唇也是，上唇的正中間剛好像是櫻花花瓣般清楚分成兩半，而且那紅色色澤又不像平常擦的普通口紅顏色，而是散發出生動自然的光澤。連那肌

1　七福神之一。

膚的白色色澤，怎麼看都是皮膚原本的顏色，沒有擦粉的痕跡。而且不只臉很白，連肩膀、手臂到指尖全部都很雪白，如果說那是擦粉，就一定要全身都擦才會那樣，這令人百思不解的神祕少女——與其說這是NAOMI，不如說這是NAOMI的靈魂靠著某種魔法變成有某種理想美貌的幽靈吧？她甚至讓我有這種感覺。

「好嘛，可以讓我到二樓去拿行李吧？」

NAOMI的幽靈這麼說，不過那聲音果然是NAOMI，確定不是幽靈。

「嗯，可以，……是可以啦，可是……」

很明顯地我亂了分寸，說起話來有點結巴。

「……妳是怎麼打開大門的？」

「怎麼打開，用鑰匙打開的啊。」

「鑰匙，妳之前不是留在這裡沒帶走嗎？」

「鑰匙那東西我有好幾副呢，不是只有一副喔。」

那瞬間她那紅唇突然浮現一抹微笑，露出似諂媚又似嘲笑的眼神。

「我現在告訴你也沒關係，備份鑰匙我打了好幾副，所以被你收去一副也沒關係。」

「可是我會很困擾，妳這樣三不五時來的話。」

「這你不用擔心，只要我把行李搬完，就算你叫我來，我也不會來了。」

然後她腳跟一蹬轉了個身，咚咚咚地上了樓，奔進閣樓上的房間裡。

……之後到底過了幾分鐘？我靠在工作室的沙發上，呆然地等待她從二樓下來的這段時間……到底是五分鐘不到，還是過了半個小時或一個小時？……我對那段時間的「長度」抓不準，心裡只充滿著今晚NAOMI的姿態，就像是聽了某首美麗音樂之後的恍惚快感，還留有餘韻。那音樂非常高、非常純淨，就像是從世外桃源的聖境傳來的女高音般的歌曲，這已經不是情慾或戀愛……我內心感受到的是和那完全沾不上邊的虛無飄渺的陶醉感。

我思考了好幾次，覺得今晚的NAOMI完全無法和那個汙穢的蕩婦NAOMI、或是被諸多男人取了難聽綽號的等同賣淫婦的NAOMI連結在一起，而是像我這種男人憧憬的尊貴對象，拜倒在她的石榴裙下也不足惜。如果她那白皙的指尖願意稍微觸碰我一下的話，我會興奮到戰慄不已吧，這心境要怎麼表達才能讓讀者感受得到呢？——試著說說看，就像是鄉下的父親到東京，某天偶然在路上遇到小時候就離家出走的自家女兒，而那女兒成長為時尚的都會女子，即使看到髒髒的鄉下老百姓也認不出那是自己的父親，而那父親雖然有認出對方，可是現在因為自己身分的關係，不敢接近她，驚訝這是自己的女兒啊，又覺得自己很上不了台面就悄悄地溜走了——那時父親的心情是有點落寞又有點欣慰。

又像是被論及婚嫁的女人拋棄的男人，在五年或十年後，某天站在橫濱碼頭看到一艘商船進港，走下一群人，男人在下船的人群當中無意間認出她，想到她是喝過洋墨水回來的，就沒勇氣和她相認，自己只是一個沒有長進的貧窮書生，而女人已經看不到以前野丫頭的身影，變身成習慣巴黎或紐約生活的奢華洋派女人，兩個人之間已經拉出千里差距了——此時的書生輕視起被拋棄的自己，即使怨嘆她的成長，卻還是歡喜的心境。

雖然用了這些譬喻，還是無法完全表達出我的感受，只能說真要說的話就是這樣的感覺。總之，至今ＮＡＯＭＩ的肉體裡遍布著想去除也去除不了的過去的汙點，然而今晚的ＮＡＯＭＩ看起來，那汙點消失在天使般純白的肌膚裡，原本是個連想都不願意想的物體，現在卻反而覺得能用指尖觸摸到都是種奢侈——這是否根本就是個夢境？如果不是的話，ＮＡＯＭＩ到底是從哪裡且又是如何獲得那魔法、習得那妖術的呢？兩、三天前還穿著骯髒的銘仙綢的那個

ＮＡＯＭＩ竟然……

咚咚咚，樓梯又再度傳來高亢的腳步聲，那鑲著新鑽石的鞋尖又在我面前停住。

「讓治先生，兩、三天後我會再來喔。」

她這麼說著……雖然她站在我面前，我們兩個人的臉只隔著三尺的距離，但她那如風般輕盈的衣袖卻完全無意觸碰我……

「今天晚上我只是先來拿兩、三本書，我不會一次帶很多行李走，再加上我這身打扮也沒辦法帶太多。」

我的鼻子那時嗅到一股似曾聞過的淡淡香味。啊，這香味……像是從海的彼端傳來、讓人聯想到奇妙異國花園的香味……這好像是曾幾何時舞蹈老師休蘭姆斯卡雅伯爵夫人……是從那老師身上散發出來的香味，ＮＡＯＭＩ擦著和她同款的香水。

不管ＮＡＯＭＩ說什麼，我都只能點頭說「嗯嗯」，即使她的身影再度消失在黑暗中，我還像是追尋著幻境般，用敏銳的嗅覺嗅聞著在房間裡漸漸散去的香味……

二十六、

各位讀者啊，你們看到上一章的情節時，是不是預想到我和ＮＡＯＭＩ不久後就會復合——你們應該認為那樣也沒什麼好驚訝，而是自然而然的事，而且事實上最終結果也是如同各位所想的一樣，只不過我們是歷經百轉千迴才復合，在這當中我也做了些蠢事，走了冤枉路。

我和ＮＡＯＭＩ在那之後很快地又熟絡了起來，隔天、再隔一天，還有那之後的每一天晚上，她都來拿一點東西，每次來一定都會上二樓包一些東西下來，可是都只是包一些絲綢巾等小東西。

「今晚妳來拿什麼？」

我問。

「這個？這沒什麼啦，只是個小東西。」

她曖昧地回答，又說：

「我口渴了，能不能給我喝一杯茶？」

她說著就在我旁邊坐了下來，聊了二、三十分鐘才回去。

「妳住在這附近的哪裡嗎？」

有一天晚上我和她隔著桌子坐，喝著紅茶這樣聊著。

「你為什麼要問這種事？」

「問了也沒關係吧。」

「可是，為什麼……問了你打算做什麼嗎？」

「沒打算做什麼啊，只是好奇問一下而已──欸，妳住在哪裡？跟我說也沒關係吧。」

「不要，我不說。」

「為什麼不說呢？」

「我沒有義務要滿足你的好奇心，如果你真的那麼想知道的話，就跟蹤我啊，做秘密偵探不是你最擅長的嗎？」

「我也不是那麼想知道——只是覺得妳應該是住在這附近沒錯。」

「哼，怎麼說？」

「因為妳不是每晚都來拿行李嗎？」

「即使每晚都來也不一定就是住這附近啊，可以搭電車或是叫車來。」

「那妳是特地從很遠的地方來的嗎？」

「唔，是那樣嗎——」

她支支吾吾。

「——每天晚上都來不行嗎？」

並巧妙地轉了話題。

「也不是說不行……就算我叫妳不要來妳還是會來啊，也沒辦法阻止啊……」

「當然啊，我就是壞心啊，你越叫我不要來我就越要來——還是你害怕我過來？」

「嗯，這個嘛……也不是完全不怕……」

她突然仰頭，白皙的下顎往前頂出去並張開塗了紅色口紅的嘴哈哈大笑。

「不過沒問題喔，我不會做什麼壞事。但你可以讓我盡棄前嫌，以後也和你當普通的朋友嗎？好不好？可以吧？那對你沒差吧？」

「那樣也很微妙啊。」

「有什麼好微妙的？曾經是夫妻的兩個人變成朋友有什麼奇怪的？那才真的是不合時宜的守舊想法吧？——我真的不在意以前的事喔，而且話說回來，如果現在我想要誘惑你的話，在這裡很簡單就能做到了，不過我發誓我不會那麼做，好不容易你都下定決心了，讓你動搖也太可憐了……」

「那麼，你是看我可憐才說要和我當朋友的嗎？」

「也不是那麼說，你也是啊，為了不讓人憐憫，振作一點就好了啊。」

「可是就很奇怪啊，我現在覺得自己很振作，可是只要一和妳打交道就會慢慢走樣。」

「笨蛋，讓治先生真是個笨蛋——那你不想和我當朋友嗎？」

「嗯，是不想。」

「如果你不想的話，那我就誘惑你喔——我會顛覆你的決心，徹底擾亂你喔。」

NAOMI這樣說著，看起來既不像開玩笑也不完全是認真的，只是斜眼笑著。

「以後作為朋友往來，或是你被我誘惑、被我玩弄，哪一個比較好？——今晚我是在威脅你喔。」

這個女人想跟我當朋友到底是在盤算什麼？我那時想了這個問題，她之所以每天晚上都來，不僅是單純來嘲弄我，一定還有其他企圖，她是不是並非採取自己先示弱的態勢，而是想先和我當朋友，然後漸漸進攻，最後再和我成為夫妻？如果她的本意真的是那樣的話，即使不採取那麼麻煩的策略，我也馬上就會同意啊，怎麼說呢？因為在我心裡，曾幾何時已經開始燃起若能再和她成為夫妻，絕對無法說「不」的心情了。

「ＮＡＯＭＩ，我說啊，但是當朋友也沒什麼意思不是嗎？如果是那樣的話，不如就乾脆恢復我們的夫妻身分吧？」

如果時機和情況允許的話，我隨時都可以這麼跟她開口，不過今晚就她那樣子來看，即使我認真表明我的心情，她也不會輕易說「好啊」。

「那種事我絕對不幹，如果不是當普通朋友的話就不用說了。」

如果被她看透我的想法的話，她可能會得寸進尺，我好不容易下定的決心被她糟蹋也很不值，而且再說ＮＡＯＭＩ的本意也不是和我成為夫妻，而是她要讓自己處於自由的立場，讓她有空間玩弄各種男人，而我只是她玩弄的對象之一，若她的計謀是這樣的話，我更不能脫口說出愚蠢的話。她現在連自己的住處都不說清楚，就要認知到她現在一定有男人，如果我這樣不乾脆地糾纏著她當妻子，一定又會遇到慘事。

因此我突然靈光一閃說：

「那當朋友也可以，因為我不想被妳威脅啊。」

我也默默地笑著說。我覺得先跟她當朋友，就能逐漸知道她的本意。之後如果她有一點認真的話，那時也有機會跟她表明我的心意，說出希望能再成為夫妻的提議，而且也能在比之前有利的條件下讓她成為自己的妻子，我也有我自己的陰謀。

「那你答應我囉？」

ＮＡＯＭＩ說著，臉貼近到快摩擦到我的臉，觀察著我又說：

「可是讓治先生，真的就只是普通朋友喔。」

「嗯，當然。」

「兩個人都不能想那些不正經的事喔。」

「我知道——如果不是那樣的話，我也很傷腦筋。」

「哼。」

ＮＡＯＭＩ又如往常般用鼻子冷笑了一聲。

有那樣的對話之後，她更頻繁地出入我家了。有時是傍晚我從公司回家後，她突然像燕子般飛奔過來，叫了聲「讓治先生」，然後又說：

「今天你要不要請我吃晚餐？朋友的話，應該可以這麼要求吧？」

我被迫請她吃西式料理，讓她吃飽喝足後回去，有時是在下雨的夜晚，已經很晚了才來，她咚咚咚地敲著房門說：

「晚安，你已經睡了嗎？——已經睡了的話不起床也沒關係，我今天晚上打算住這裡喔。」

然後就擅自進去隔壁房間，鋪床睡了起來，有時候甚至是我早上起來，發現她前一晚來過夜，正睡得香甜的景象，接著她下一句一定會說出：「因為是朋友，沒有關係吧。」

我那時深切感受到，她真的是個天賦異稟的蕩婦，不過若要說是哪一點像，是因為她本身個性就很輕挑，露出肌膚給眾多男人看也完全不在意，但另一方面，她平常又非常保護她的肌膚，絕不會給不是目標的男人看到任何一丁點肌膚，看似裸露給人看也不在意的肌膚，平常包裹得非常緊——這讓我解說的話，就是她那行為的確是蕩婦本能地自我保護的心理。

怎麼說呢？因為蕩婦的肌膚對她而言是非常重要的「招牌」，是「商品」，有時貞女一定要比平常還要嚴謹地保護她的肌膚，如果不這麼做的話，「招牌」的價值就會不斷下降。NAOMI真的有抓到這微妙之處，在曾經是她丈夫的我的面前，更是把自己包得緊緊的，不過若說她絕對不露，又不是這麼一回事。她會故意在我面前換衣服，而且在換衣服時襦袢會滑落，此時她就會說「哎呀」，雙手遮住裸露的肩膀逃到隔壁房間去。或是泡完澡回來，在化妝台前脫衣服脫到一半時，才假裝發現我的存在說：

「啊，讓治先生，你不能在那裡啊，去別的地方啦。」

她會這樣把我趕走。

她經常不經意地讓我看到她的肌膚，而她露出的少許部位，例如脖子周圍、手肘、小腿、腳踝，真的只是鳳毛麟角，但她的身體比之前更有光澤，令人生恨地增添了好幾分美麗，這絕對逃不過我的法眼。我不禁常常在自己想像的世界裡，把她全身的衣服扒光，盡情欣賞她玲瓏的身體曲線。

「讓治先生，你那麼認真在看什麼？」

她有時會在背對著我換衣服時那麼問。

「我在看妳的身材啊，該怎麼說呢，看起來比之前更水潤了。」

「哎呀，討厭——不能看淑女的身體啦。」

「就算不直接看，穿著衣服也大概看得出幾分。剛才稍微露出的臀部看起來也比之前更豐滿了。」

「對啊，變豐滿了呢，臀部漸漸變大呢。不過腳很直，沒有蘿蔔腿。」

「嗯，妳的腳從小就很直，站著的時候兩腳之間沒有縫隙，現在也還是這樣嗎？」

「對啊，沒有縫隙。」

她說著，用衣服圍住身體雙腳、站直讓我看，說：

「你看，沒有縫隙吧。」

此時我腦中浮現出不知道哪張照片上看到的羅丹的雕刻像。

「讓治先生，你想看我的身體嗎？」

「我說想看的話，妳會給我看嗎？」

「不能那樣啊，因為你和我只是朋友啊——好了，我要換衣服了，你先到那裡去。」

然後她就推著我的背，把我推出房間，碰一聲把門關上了。

就像這樣，NAOMI總是設法燃起我的情慾，然後在關鍵時刻又拋下我，接下來她會設下嚴密的防線，不讓我跨進任何一步。我和她之間就像隔著一道玻璃牆，看起來好像已經靠近了，但事實上卻是道跨越不過的隔閡。只要我稍不留神想出手，就一定會撞到那道牆，再怎麼焦急也不能碰觸她的身體。有時她好像有意除掉那道牆，我正以為「喔，可以嗎？」，但一靠近她，果然那道牆還是緊閉著。

「讓治先生，你真乖，給你一個吻。」

她常半開玩笑地那麼說。我知道她在耍我，可是當她的嘴唇朝我靠近、我想去吸吮時，她又會馬上逃開，只從兩三吋遠的距離朝我的嘴巴吹氣，說：

「這是朋友之吻喔。」

她邊笑邊這麼說。

這個「朋友之吻」的奇特打招呼方式——不是吸吮女人的嘴唇，而是只能吸其氣息以求滿足的不可思議的接吻——變成我們之後的習慣，她在離開時會說：

「那麼再見了，我會再來的。」

然後她會嘟起嘴巴，我把臉往前推出，像是面向個吸入器般把嘴打開，她把氣息吹入我的嘴裡，我再緊閉雙眼把那口氣吸入，深深吸進胸腔深處享受著。她的氣息裡帶著溫暖濕氣，有著無法想像那是從人類的肺裡吐出來的甜美花卉般的香氣——她好像是為了讓我沉醉，所以偷偷地在嘴唇塗了香水，不過我那時當然不知道她耍了這些小手段——我那時真的以為，只要是像她那樣的妖豔女人，內臟也和一般女性不同，所以穿過她體內到達口腔的空氣就會帶著那香氣。

我腦袋就這樣慢慢混亂，完全被她牽著鼻子走。至此我已沒有餘裕去糾結是否一定要正式結婚、被她玩弄很困擾等事情。不，老實說應該一剛開始就知道事情會變成這樣，如果真的害怕她的誘惑，不要跟她有往來就好了，說什麼想要得知她真正的想法，或是要再尋找有利的機會等說法，都只不過是自欺欺人的藉口而已。

我雖然嘴上說著很害怕那誘惑，但真心話是心裡期待著被誘惑。可是她一直都只是保持著那令人難耐的朋友關係，絕對不會逾矩誘惑，這只是她挑逗我的策略，挑逗著挑逗著，等她覺得「時候到了」時就會突然脫下「朋友」的面具，伸出她擅長的魔手吧，現在已經不是我出手她就會順從的情況，我充其量也只能順著她的策略走，只要她像對狗下指令說「站立」，我也只能

「站立」，她下指令說「等一下」，我也只能「等一下」，什麼都順著她的要求演戲，最終就會得到獵物吧。我每天扭著鼻子，我的期待看似沒那麼容易實現，即使我假想著今天是不是終於會脫下面具？明天她是不是會伸出魔手？到了當天都是在千鈞一髮之際，讓她順利溜掉。

如此一來我是真的焦急了，雖然沒說出「我已經等不及了，妳如果要誘惑我就早點誘惑」，可是最後變成我開始稍微誘惑起她，我會讓她有機可趁，或是稍微示弱一下，但她完全沒搭理我，只說：

「讓治先生你在幹嘛！你這樣不是違反約定嗎？」

她像是訓斥小孩般怒瞪著眼訓斥我。

「約定不是那麼重要，我已經……」

「不行，不行！我們是朋友喔！」

「我說啊，NAOMI……不要那樣說啊，拜託妳……」

「哎呀，你很煩欸！就說不行了！……來，我親你來補償你。」

然後她就像之前一樣對我吹氣，

「這樣可以了吧？就這樣忍耐著吧，這樣做說不定都已經超出友誼了，是因為是你，我才特別這麼做的喔。」

這「特別」的安撫手段，卻異常地刺激了我的神經，讓我無法平靜下來。

「可惡！今天也不行嗎！」

我越來越焦躁，她像風一般離去後，暫時都無法做任何事，只能對自己生悶氣，像是隻被關在柵欄裡的猛獸般在屋子裡亂竄，敲打或亂摔屋裡的東西來發洩。

我真的苦於這樣的發狂，可說是男人的歇斯底里發作，她每天都會來，也就是說我固定每天都會發作一次。再加上我的歇斯底里又和一般的不一樣，發作平息後，也不會變輕鬆，反而是心情更沮喪，之後又比之前更清楚、更執拗地想起NAOMI的每一吋肉體。她換衣服時稍微從褲管露出的腳踝，她對我吹氣時，離我不過兩、三吋的嘴唇，比起當面看到這些景象，之後再想像各種景象時反而更真實。想像那嘴唇和腳踝線條時，很不可思議地連實際上沒看到的部分都能無限想像出來，就像洗相片時從底板上慢慢將影像呈現出來般顯現而出，最終在心裡突然浮現出貌似維納斯的大理石雕像。

我的頭是個被天鵝絨帷幕圍起來的舞台，那裡有個叫做「NAOMI」的女演員登場，從四面八方照射過來的舞台燈光將在黑暗中搖晃著的她那白皙身體以清楚強烈的背光包圍著。我專注地凝視著，她肌膚上燃起的光線慢慢增加亮光，有時那亮光像是要燒到我的眉毛般逼近。就像電影的「特寫」一般，放大了某些部位……那些幻影已真實到威脅到我的感官，簡直就像是實物出現在眼前，唯有手觸摸不到這點讓人感到不過癮，其他都像是實物般活靈活現。如果太認真凝視的話，我會頭昏目眩，身體裡的血液一口氣衝到臉上，獨自激烈地心悸。然後再度歇斯底里發作，踢椅子、扯窗簾、或是打破花瓶。

我的幻想日益狂暴，只要一閉上眼睛，昏暗的眼瞼底部總是映照出NAOMI。我常想起她那帶著芬芳香氣的氣息，我會對著空氣中張開嘴吸著她待過地方的空氣，走在路上、或是悶在家時，也會懷念她的嘴唇。我會突然仰起頭大口呼氣，我目光所到之處都看得到NAOMI那鮮紅的雙唇，覺得周圍的空氣好像都充滿了NAOMI的氣息。她就像是個惡靈，漫佈在天地之間，鋪天蓋地的氣息包圍著我、微笑著折磨我、聽著我的呻吟。

「讓治先生最近有點怪怪的，看起來不太對勁呢。」

有天晚上NAOMI來了之後說。

「當然會變奇怪啊，被妳這麼吊胃口……」

「哼……」

「哼什麼哼？」

「我打算嚴格遵守約定喔。」

「要遵守到什麼時候？」

「到永遠。」

「別開玩笑了，那樣我會漸漸發狂。」

「那我教你個好方法，拿自來水淋在頭上就可以了。」

「喂，妳真的是……」

「你又來了！讓治先生露出那種眼神會讓我更想捉弄你啊，你不要靠我那麼近，離我遠一點啊，不要碰我一根寒毛。」

「那沒辦法，妳給我朋友之吻吧。」

「你乖一點我就親你，可是那之後你不是會更不舒服嗎？」

「那也沒關係，現在管不了那麼多了。」

二十七、

那個晚上ＮＡＯＭＩ「為了不讓我碰她一根寒毛」，叫我坐在桌子對側，嘲弄地看著我吃醋的臉，瞎聊到很晚。時鐘響起十二點的鐘聲時，她又用那嘲弄的口吻說：

「讓治先生，今天晚上讓我住下來吧。」

「嗯，妳住吧，明天是星期日，我整天都在家。」

「雖然我住下來，但也不能讓你予取予求喔。」

「不，妳不用擔心，妳也不是個會讓我予取予求的女人啊。」

「你不是想著『如果能予取予求就好了』嗎？」

她說著竊笑著。

「來吧，你先睡，不要說夢話喔。」

她把我趕到二樓，然後就進去隔壁房間，並啪搭地把門鎖起來。

我當然非常在意隔壁房間的情形而無法安然入睡，以前我們是夫妻時，沒有這麼愚蠢的事。我睡在這裡，隔壁就躺著她，想到這些我就非常不甘心。隔著一道牆壁，聽到ＮＡＯＭＩ不停地——或是說她是故意地——拿出墊被棉被、枕頭準備睡覺，一舉一動都震得地板嘎茲嘎茲作響。啊，她現在正在把頭髮放下來吧，正在把外衣脱掉換成睡衣吧，那些動作我都非常清楚，然後她把寢具啪地鋪在地上，之後聽到她自己用力躺到墊被上的聲音。

「發出的聲音還真大聲。」

我用她聽得到的聲音自言自語著。

「你還醒著嗎？睡不著嗎？」

牆壁另一頭馬上傳來ＮＡＯＭＩ的回應。

「是啊，很難入睡——我有很多事要想啊。」

「呵呵呵，讓治先生在想的事，不用問也大概猜得出是什麼。」

「不過說來真的很奇怪，現在妳明明就睡在這道牆壁的另一側，可是我卻什麼都不能做。」

「一點都不奇怪啊，很久以前就是這樣不是嗎？我剛來你身邊的時候——那時候就是像今晚這樣的睡法。」

被她這麼一說我才想起，啊，對喔，的確也有過那樣的時期啊，那個時候我們雙方都是純潔的，雖然想到這有點放鬆了，可是一點也沒辦法澆熄我的慾火，反而讓我想到我們兩個有深厚的緣分連結著，深切感受到我到底還是無法離開她。

「那個時候妳很天真無邪呢。」

「我現在也還是很無邪啊，有非分之想的是讓治先生你啊。」

「妳要怎麼說都行，不管妳到哪裡，我都會追尋妳的。」

「呵呵呵。」

「喂！」

我說著槌了一下牆壁。

「哎呀，你在做什麼啊，這裡不是空曠田野間的獨棟房子喔，請安靜一點。」

「這道牆壁太多餘了，我要把這道牆壁打掉。」

「唉呀，吵死了，今天晚上老鼠好爆走。」

「當然會爆走啊，那隻老鼠已經歇斯底里了。」

「我討厭那種老鼠爺爺。」

「在說什麼傻話，我才不是爺爺，我才三十二歲啊。」

「我才十九歲喔，十九歲的人眼中看來，三十二歲的人已經是爺爺了，我不會害你，建議你另外娶個太太吧，這樣歇斯底里也會治癒吧。」

不管我說什麼，ＮＡＯＭＩ最後都只是笑笑帶過，不久後，她說：

「我要睡了喔。」

就假裝打起呼來，不久就真的睡著了。

隔天早上我一醒來就看到ＮＡＯＭＩ穿著衣衫不整的睡衣坐在我枕頭旁。

「怎麼了？讓治先生，昨天晚上你很難受吧？」

「嗯，這段期間我有時會那樣歇斯底里，妳嚇到了嗎？」

「我覺得很有趣，我還想再看看那景象。」

「已經沒問題了，今天早上已經好了——啊啊，今天天氣真好。」

「天氣好就趕快起床怎麼樣？已經十點多了，我一個小時前就起床了，已經去泡了個澡回來了呢。」

聽她說，我睡眼惺忪地看著她出浴的模樣。所謂女生的「出浴模樣」——其實真正的美並不是在剛出來時顯現，而是稍微隔段時間，約在洗完澡十五、二十分鐘後更美。無論這個女生原本的皮膚有多好，剛泡過澡後的皮膚就像煮過熟般，指尖等處會泛紅腫脹，等到身體降溫到合適的溫度後，才會像臘凝固般變回透徹的狀態。ＮＡＯＭＩ現在正是在泡完澡的回程路上吹了個風，呈現出浴後最美的瞬間。那嬌嫩透薄的肌膚還飽含著水蒸氣，透出白皙光感；衣服稍微覆蓋住的胸部若隱若現，透出水彩畫的畫筆般的紫色陰影；臉也充滿光澤，彷彿敷了張膠原蛋白膜的光澤，只有眉毛整個沾濕，那上面映照著萬里晴空透過窗戶照射進來的淡淡青色。

「怎麼了？一大早就去泡澡？」

「你管我為什麼要去泡——嗯，泡完真舒服。」

她用手心輕拍了鼻子的兩側，然後突然整張臉靠近我面前。

「喂，你看！你仔細看看，我是不是長鬍子了？」

「嗯嗯，長出來了。」

「我順便去理容院挽臉吧？」

「可是妳不是討厭去剃鬍子嗎？妳說西方女人絕對不會刮臉上的毛。」

「可是最近美國流行刮臉上的毛喔，欸，你看一下我的眉毛，美國女人都是把眉毛剃成這樣的。」

「喔喔，是喔，我前不久就覺得妳的臉和之前有點不同，眉毛的形狀變不一樣了，是因為剃成那樣啊。」

「嗯嗯，對啊，你現在才發現也太晚了吧。」

NAOMI這樣說著，好像又想到別的事的樣子，說：

「讓治先生，你的歇斯底里真的治好了嗎？」

她突然這麼問。

「嗯，已經好了，為什麼這麼問？」

「治好了的話，我有事想要麻煩你——我覺得去理容院有點麻煩，你可以幫我刮臉上的毛嗎？」

「妳那麼說，是希望我歇斯底里又犯嗎？」

「唉呀，不是那樣啦，我是真的想要拜託你，你那樣好心對我也沒關係吧？而且如果歇斯底里又犯了，受傷的話就不好了。」

「我借妳安全刮刀，妳自己刮怎麼樣？」

「可是那樣不行啦，臉的話還可以自己刮，可是脖子周圍到肩膀後方都要刮啊。」

「喔？為什麼要刮到那邊？」

「當然要啊，穿著晚禮服時不是會露出肩膀嗎？」

然後她就故意稍微露出一點肩膀給我看。

「你看，要刮到這裡喔，所以說我自己沒辦法刮啊。」

她說了之後，又急忙用衣服蓋住肩膀，這是她的慣用手法，可是我每次都無法抵抗這誘惑。ＮＡＯＭＩ這傢伙，說要刮臉上的毛只是一個藉口，她是為了要玩弄我所以特別去泡澡後回來拜託我——雖然知道她的陰謀，不過刮身體上的毛是至今沒有做過的一個新挑戰，今天可以靠得非常近，可以仔細看她的肌膚，當然還可以觸摸，想到這，我就真的無法拒絕。

接著我為她在瓦斯爐上燒水，把燒好的水放入金屬臉盆裡，更換吉列刮鬍刀的刀片。ＮＡＯＭＩ在我做這些事時，幫忙把桌子搬到窗邊，在那上面放上小立鏡，臀部坐落在雙腿間，然後拿了一條白色大浴巾圍在脖子周圍，之後我繞到她後方，拿高露潔的肥皂棒沾水，終於要開始刮毛時，她突然說：

「讓治先生，你可以替我刮毛，可是有一個條件。」

「條件？」

「嗯，對啊，不過不是什麼很難的事。」

「是什麼事？」

「你不要打著刮毛的名義藉機用手指這裡捏捏、那裡按按，刮毛時絕對不准碰到我的皮膚。」

「可是妳——」

「沒有什麼『可是』，不碰到也能刮吧，塗肥皂時可以用牙刷塗，剃刀也是用吉列的，……即使是在理容院，厲害的師傅也不會碰到皮膚啊。」

「妳不能拿我跟專業師傅比啊。」

「你這麼不知好歹，你明明很想幫我刮的！——如果你不想這樣的話，我也不勉強你幫我刮了。」

「也不是不想，別那麼說，讓我幫妳刮吧，好不容易都準備好了。」

我凝視著她從衣服裡露出的後頸髮際線，只能那麼說。

「那你會遵守條件吧？」

「嗯，我會遵守。」

「絕對不能碰到我喔。」

「嗯，我不會碰。」

「只要碰到那麼一點點，馬上就會停止喔，你那隻左手好好放在膝蓋上。」

我遵照她的指示，只用右手開始在她嘴巴周邊刮了起來。

她陶醉地享受著剃刀的刀片撫刮著皮膚的快感，眼睛盯著鏡子，安靜地讓我刮。我耳邊傳來她嘶嘶快睡著的呼吸聲，我看得到她下顎下跳動著的頸動脈，我現在和她的距離已經近到眼睫毛都快刺到她的臉了。窗外極度乾燥的空氣中，早晨陽光溫暖照射著，每個毛孔都清晰可見。

我從來沒在這麼明亮的地方，這麼不受時間影響下、這麼仔細地凝視著自己所愛的女人的眼鼻。

這麼一看，發現那美貌像是巨人般排山倒海地向我逼近。那細長的眼睛、像是高聳建築物般的鼻梁、鼻子到嘴巴間刻劃出兩條清楚的人中線，線下有輪廓明顯的紅唇，啊，這就是一種稱作「ＮＡＯＭＩ的臉」的神妙物體啊，這個物體就是我的煩惱來源啊……想著想著我覺得不可思議了起來。我不自覺地拿起牙刷，在那個物體的表面製造出很多泡泡，可是無論用牙刷多麼用力地刷，那個物體只是安靜地、毫無抵抗地，只是以柔軟的彈力動著而已。

我手裡拿著的剃刀就像是銀色的小蟲往下爬行在平緩的肌膚上，從脖子往肩膀方向移動，體態很好的她的背部就像是雪白的牛乳般，豐滿寬闊，映入我眼簾。她知道自己臉蛋長得很漂亮，但到底知不知道自己的背部是如此美麗？她恐怕不知道吧。最清楚知道的就是我，因為我曾經每天晚上幫她洗澡刷背，那時也剛好像現在一樣製造出很多泡泡……這是我戀愛的古蹟，我的手、我的手指頭在那絕美的雪上嬉戲，我曾經自由、開心地在上面踩踏，或許現在某處還留有痕跡也說不定……

「讓治先生，你手一直在發抖喔，你振作一點……」

突然傳來ＮＡＯＭＩ的聲音，我自己也知道我腦子一片混亂、口乾舌燥，身體不自然地顫抖，我回過神來驚覺「啊，我精神錯亂了」，然後盡力忍耐，突然覺得臉一陣冷一陣熱的，可是

ＮＡＯＭＩ的捉弄還不只如此，就在我幫她刮完肩膀的毛後，她掀起衣襬、把手肘高高舉起說：

「來，接下來刮腋下。」

「咦，腋下？」

「是啊——腋下的毛刮掉穿洋裝才好看啊，露出這裡的毛很沒禮貌。」

「妳好壞心！」

「為什麼說我壞心，你真奇怪——我洗完澡的熱度快下降了，你快一點。」

那一剎那，我丟掉手中的剃刀往她的手肘飛撲過去——說是飛撲過去，應該是說過去咬住她手肘比較正確，而ＮＡＯＭＩ好像已經預期到我會這麼做，馬上用她的手肘把我撥回來，不過我的手指頭還想到處亂摸，順著肥皂泡沫遊走，她又再次使出全力把我往牆壁方向推去，同時發出尖銳的叫聲：

「你在幹嘛！」

看到她的臉——或許我的臉也是慘白的，她的臉也是——不是開玩笑的，是真的慘白。

「NAOMI！NAOMI！妳不要再作弄我了！好不好！我什麼都聽妳的！」

我完全沒意識到我說什麼，只是急得像熱鍋上的螞蟻般脫口而出，NAOMI只是默默地盯著我看，文風不動、一臉厭惡地凝視著我。

我撲到她腳邊，跪著說：

「妳為什麼不說話！妳說點話啊！妳討厭我的話就殺了我吧！」

「你瘋了喔！」

「我瘋了有什麼不對嗎？」

「誰會理這樣的瘋子。」

「那不然妳把我當成馬，像以前那樣坐在我背上，如果妳不讓我碰的話，這樣也可以！」

我說著就四肢著地。

一瞬間NAOMI覺得我是真的瘋了的樣子，她臉色變得鐵青，睜大雙眼看著我，眼裡出現了近乎害怕的表情，不過馬上她又突然露出充滿厚臉皮、大膽的表情，用力跨上我的背，豪爽地說：

「那這樣總可以了吧。」

「嗯，這樣可以。」

「你之後都會聽我的吧？」

「嗯，我會聽。」

「我要多少錢，你就會給我多少錢吧？」

「我會給。」

「你會讓我做我想做的事嗎？不要動不動就干涉？」

「我不干涉。」

「你不要只叫我『ＮＡＯＭＩ』，要叫我『ＮＡＯＭＩ小姐』，可以嗎？」

「我會這麼叫妳。」

「一定？」

「一定。」

「好，我不把你當馬、會把你當人看待，因為我覺得你很可憐——」

然後我和NAOMI就全身沾滿了泡泡……

「……我們終於又成為夫妻了，這次不會再讓妳逃走了。」

我說。

「我逃走了你那麼傷腦筋嗎？」

「嗯，很傷腦筋，我有陣子以為妳真的不會回來了呢。」

「怎麼樣？你知道我的厲害了吧？」

「知道了，知道得非常清楚了。」

「那剛才說的話你不要忘記了喔，你一定要讓我自由地做我想做的事喔——雖說我們是夫妻，可是我不要當那種處處受到束縛的夫妻，不然我又會再逃走喔。」

「之後我們又會互相稱呼『ＮＡＯＭＩ小姐』和『讓治先生』吧？」

「我有時可以去跳舞嗎？」

「嗯。」

「我可以交各種朋友嗎？你不會像之前那樣抱怨吧？」

「嗯。」

「再說我已經和小政絕交了喔——」

「欸？和熊谷絕交了？」

「對啊，絕交了，我才不會再跟那麼討厭的人見面呢——以後我要盡可能和洋人往來，他們比日本人有趣。」

「那個橫濱的叫做麥坎內爾的男人吧？」

「洋人朋友我有一堆，麥坎內爾也不是什麼特別的存在。」

「唔，是那樣嗎？」

「我說的就是這個，你那麼懷疑別人是不行的喔，我都這麼說了，你就要相信，知道了嗎？說！你相信還是不相信？」

「我相信！」

「我還有一些要求喔——讓治先生你辭掉工作後要做什麼？」

「之前因為被妳拋棄，所以想說要躲回鄉下，不過現在這樣，我就不用躲回去了，我會把鄉下的財產做個整理後帶現金過來。」

「換算成現金有多少？」

「還不知道，不過大概能帶個二、三十萬過來吧。」

「只有那麼一點點？」

「有那些錢對我們兩個來說已經夠多了吧。」

「可以奢侈地玩嗎？」

「當然不能那麼奢侈地玩啊——妳是可以玩，可是我打算開間事務所，自己當老闆。」

「你不能把錢全投注在工作上喔，你要撥出一筆錢讓我自由花費喔，知道嗎？」

「嗯，知道了。」

「那就分一半吧？如果有三十萬元的話，就撥十五萬給我，如果有二十萬元的話，就撥十萬元給我——」

「妳講得很清楚欸。」

「一定要這樣的啊，一剛開始就要把條件講好——怎麼樣？知道了嗎？我提出這些條件，就不想讓我當你妻子了嗎？」

「不會不想啊——」

「如果不想你就說吧，現在說還來得及。」

「我就說沒問題了啊——說我知道了啊！」

「還有喔——如果是那樣的話，就不能只住在這個家了，我們搬到更奢華、更洋派的家吧。」

「當然。」

「我想住在洋人住的那條街上的西洋館，住在有漂亮房間和餐廳的房子，請廚師和僕人——」

「東京裡有那樣的房子嗎？」

「東京裡沒有，不過橫濱有喔，橫濱的山手那裡剛好有一間要出租，我之前有去看過。」

我這才知道她原來有這麼深遠的計謀，ＮＡＯＭＩ一剛開始就是這麼打算，經過縝密計畫後才來釣我。

二十八、

接著，是三、四年後的故事了。

我們那之後搬來橫濱，租了ＮＡＯＭＩ之前看好的那間位於山手的西洋館，可是她越來越奢侈，不久就覺得那個房子太小，而買了本牧那裡一間之前是瑞士人家庭住的房子，包括家具一整套都買下了並搬進去。之前那個大地震讓山手一帶都燒得精光，不過本牧有很多地方逃過一劫，我們家也只是牆壁龜裂而已，幾乎可說是沒有任何損害，真的是不知何等的幸運，因此我們一直到現在都住在這個房子裡。

我在那之後就按照計畫辭掉大井町那家公司的工作，將鄉下的財產處理好後，和兩、三位同學合資開了一家製作電器機械並販售的公司。這家公司我們分工合作，我出最多資金，不過實際上的工作大多是朋友要做，雖然我沒必要每天都去辦公室，不過不知道為什麼，我一整天都待在家的話，ＮＡＯＭＩ會不開心，所以雖然我不想去公司，還是每天都去露個面。我大概早上十一點左右從橫濱到東京，去京橋的辦公室待一、兩個小時，大概傍晚四點左右就離開公司了。

我原本非常勤勞、早上都很早起，可是此時的我每天不睡到九點半或十點是不起床的，起床後就穿著睡衣在屋子裡閒晃，走到NAOMI的房間前，輕輕敲門，可是NAOMI比我起得還晚，這個時間她還在睡夢中。

「唔。」

有時她會這樣回，有時她沒聽到繼續睡。如果她有回答的話，我就會進去她房間跟她道早安，如果她沒回答的話，我就會離開她房門，然後去辦公室上班。

就像這樣，我們夫妻不知何時開始分房睡，不過說到怎麼會變這樣，那是NAOMI提出來的，她說女人的閨房是神聖之地，即使是丈夫也不能恣意妄為地侵犯——她這麼說地自己選了大間的房間，叫我去睡隔壁那間小房間。雖說是隔壁，可是兩個房間沒有連結起來，中間夾著夫妻專用的浴室和洗手間，也就是說我們兩個房間是分開的，要從這個房間到那個房間，必須經過浴室和洗手間。

NAOMI每天都會在床上半夢半醒賴床到十一點多才起來，抽抽菸看看報紙。她抽的菸是DIMITRINO的細捲，報紙是看都新聞，然後也會讀classic雜誌和VOGUE雜誌。不，她並不是閱讀，只是仔細看裡面的每一張照片——特別是西式衣服的設計和流行，她那個房間是面朝東南方，陽台下方就是本牧的海，早晨很早就會有太陽照進來。ＮＡＯＭＩ的床是位於二十塊榻榻米大的廣闊房間裡的正中間，而且不是普通的便宜床，是某個東京大使館出售的附有天蓋、並垂下白紗蚊帳的床。自從買了這張床之後，ＮＡＯＭＩ又比以前睡得更舒服，也比以前更難離開床。

她洗臉前會先在床上喝紅茶和牛奶，這段期間，女傭會在浴室放水，等她起床後，會先去泡澡，泡完澡出來後又暫時躺回床上，讓女傭幫她按摩，然後綁頭髮、修指甲，說是會用到七種道具，不過不只這七種，還會用數十種藥和器具在臉上滾，之後又猶豫要穿什麼衣服，所以到飯廳吃飯大概已經下午一點半了。

吃過午飯後到晚上的這段期間，她幾乎沒什麼事可做，到了晚上她或許去別人家作客、或許找客人來我們家，要不就是去舞廳跳舞，每天晚上都有活動，所以時間到了她就會再次化妝、換衣服，如果有晚會的話就更費事了，她會去泡完澡後，讓女傭幫她全身撲滿粉。

ＮＡＯＭＩ沒有固定的朋友，濱田和熊谷在那之後就沒再來過，有一段時期那個麥坎內爾是她的心頭好，不過不久就換成另一個叫做迪甘的男人了。迪甘之後又有一個叫做胡斯塔斯的朋友，這個叫做胡斯塔斯的男人比麥坎內爾更叫人討厭，他非常懂得如何取悅ＮＡＯＭＩ，有次在舞會時我實在太氣憤了，還和他大打出手，鬧得大家圍觀。ＮＡＯＭＩ站在胡斯塔斯那邊對我大罵「你瘋了喔！」我瘋狂地追著他跑，大家都攔著我大聲叫著「George！George！」——我的名字是讓治[1]，所以洋人以為我叫George，就一直叫著「George」「George」——因為發生了這件事，胡斯塔斯就不再來我家了，但那之後NAOMI又對我開出新的條件，我又要多服從更多條件了。

胡斯塔斯之後當然還有第二個、第三個胡斯塔斯出現，不過我已經成熟很多、很能忍耐了，連自己都覺得不可思議。人類就是只要遇到過一次可怕事件，就會有被害妄想症，並永遠都記得那時的感覺。我到現在還忘不了之前NAOMI離家後我那可怕的心境變化，她說的「你知道我的厲害了吧」這句話也一直縈繞在我耳邊。她的出軌還有任性是我從以前就知道，但若除去這些缺點她的價值也會跟著降低。她是個會出軌的女人、她非常任性，這些特質讓我越想越覺得她可愛，也越陷入她設的陷阱。所以我覺悟到，我對她生氣就是更讓自己處於不利之地。

失去信心就什麼事都不用談了，現在的我在英語上無法贏她。可能因為她有實際和外國人往來，英語自然地就進步了，在晚會上她笑臉盈盈地和其他女士與紳士們交談，再怎麼說她的發音從以前開始就很好，因此她滔滔不絕講起英文時，聽起來真的很像外國人，我常常聽不懂她講什麼。還有，她常常用西洋的方式叫我「George」。

在此將我們夫妻的紀錄畫下句點，讀者看了之後覺得內容實在太愚蠢的話，請儘管笑沒關係。若您覺得這可當作一個借鏡，請當作個警惕吧。因為我深深地為ＮＡＯＭＩ著迷，所以大家怎麼看我都無所謂。

ＮＡＯＭＩ今年二十三歲，而我三十六歲了。

1　「讓治」的日語發音和 George 幾乎一樣。

附錄　谷崎潤一郎生平年表

1886年	0	7月24日出生於東京日本橋，為家中長男。
1890年	4	弟弟谷崎精二出生，為日本知名作家。
1897年	11	國小畢業，受稻葉清吉老師影響，開始對文學產生濃厚興趣。
1898年	12	與學長和同學創辦校園雜誌《學生俱樂部》。
1901年	15	家道中落，由稻葉清吉老師資助就學。
1908年	22	進入東京帝國大學就讀國文科，兩年後因繳不出學費離開學校。
1910年	24	與小山內薰等人創辦第二次的《新思潮》文學雜誌。發表短篇小說《刺青》、《麒麟》受永井荷風的激賞，確立文壇地位。
1912年	26	發表短篇小說《惡魔》。
1916年	30	發表長篇小說《鬼面》。與石川千代子結婚，隔年生下長女鮎子。
1917年	31	母親過世，開始與芥川龍之介、佐藤春夫來往。
1918年	32	前往朝鮮、中國北方和江南一帶旅行。返國後擔任中日文化交流顧問。發表短篇小說《小小王國》。
1921年	35	愛上千代子的妹妹，夫妻感情失和。友人佐藤春夫因同情而對千代子動心。原本協議將妻子讓給好友，然而谷崎因遭妹妹拒絕而反悔，兩人因此絕交，文壇稱之為「小田原事件」。

1922年	36	發表獨幕劇《禦國與五平》。
1923年	37	9月1日，關東大地震發生，全家搬到關西，寫作風格開始帶有大阪方言和特有的風土人文。
1925年	39	發表長篇小說《痴人之愛》。
1926年	40	年初，再度前往中國上海旅遊，並結識文人郭沫若。
1926年	41	與芥川龍之介論爭，芥川於谷崎41歲生日當天自殺。
1928年	42	發表《卍》。
1930年	44	與千代子、佐藤共同發表協議。谷崎正式與千代子離婚，佐藤與千代子結婚，兩人恢復友誼關係，為知名的「讓妻事件」。
1932年	46	發表《武州公秘錄》。
1933年	47	發表短篇小說《春琴抄》。
1937年	51	受選為日本帝國藝術院會員。
1939年	53	發表隨筆評論作品集《陰翳禮讚》。於1955年譯為英文版，在美國打開知名度，隨後也出版法文版。其中的日本古典美學、藝術與生活的感性，對法國知識圈造成重大影響。
1948年	62	發表長篇小說《細雪》，獲得每日出版文化賞及朝日文化賞。1950年代開始被翻譯成英文，隨後也出版各國語言版本。為其知名代表作。

1949年	63	獲得第八回日本文化動章。
1950年	64	發表《少將滋幹之母》。
1951年	65	由於高血壓病況加重，搬到靜岡縣熱海靜養。發表《源氏物語》口語譯本。
1956年	70	發表《鑰匙》。
1958年	72	出現右手麻痺的中風現象，此後作品都用口述方式作成。
1960年	74	由美國作家賽珍珠推薦提名諾貝爾文學獎，是日本早期少數幾位獲得提名的作家之一。
1962年	76	發表《瘋癲老人日記》，獲得每日藝術大賞。
1964年	78	獲選為日本首位全美藝術院美國文學藝術學院名譽會員。
1965年	79	住進東京醫科大學附屬醫院治療病情，出院後前往京都旅遊。7月30日因腎病去世，享年80歲。葬於京都市佐京區的法然院。

日本經典文學：谷崎潤一郎

痴人之愛

〈附紀念藏書票〉

2024年5月27日 初版第1刷 定價360元

著者 谷崎潤一郎
譯者 林佳翰
總編輯 洪季楨
編輯 陳亭安・葉雯婷
美術設計 王舒玗
編輯企劃 笛藤出版
發行所 八方出版股份有限公司
發行人 林建仲
地址 台北市中山區長安東路二段171號3樓3室
電話 (02)2777-3682
傳真 (02)2777-3672
總經銷 聯合發行股份有限公司
地址 新北市新店區寶橋路235巷6弄6號2樓
電話 (02)2917-8022・(02)2917-8042
製版廠 造極彩色印刷製版股份有限公司
地址 新北市中和區中山路2段340巷36號
電話 (02)2240-0333・(02)2248-3904
郵撥帳戶 八方出版股份有限公司
郵撥帳號 19809050

國家圖書館出版品預行編目(CIP)資料

日本經典文學：谷崎潤一郎 痴人之愛 / 谷崎潤一郎著；林佳翰譯.
-- 初版. -- 臺北市：笛藤出版, 2024.05
面； 公分
ISBN 978-957-710-919-4(平裝)
861.57 113005369